ORIGINAL POINT PSYCHOLOGY | 沅心理

爱与虐

余灏 —— 著

图书在版编目（CIP）数据

爱与虐 / 余灏著 . -- 北京 : 华龄出版社 , 2023.2
ISBN 978-7-5169-2425-9

Ⅰ . ①爱… Ⅱ . ①余… Ⅲ . ①长篇小说—中国—当代 Ⅳ . ① I247.5

中国版本图书馆 CIP 数据核字 (2022) 第 239915 号

策划编辑	颉腾文化		
责任编辑	鲁秀敏	责任印制	李未圻
书　　名	爱与虐	作　者	余　灏
出　　版	华龄出版社		
发　　行	HUALING PRESS		
社　　址	北京市东城区安定门外大街甲 57 号	邮　编	100011
发　　行	（010）58122255	传　真	（010）84049572
承　　印	北京市荣盛彩色印刷有限公司		
版　　次	2023 年 2 月第 1 版	印　次	2023 年 2 月第 1 次印刷
规　　格	880mm×1230mm	开　本	1/32
印　　张	9.25	字　数	199 千字
书　　号	978-7-5169-2425-9		
定　　价	59.00 元		

版权所有　翻印必究

本书如有破损、缺页、装订错误，请与本社联系调换

推荐序

创伤中的"纯粹"

创伤发生了,就有了"纯粹",书中说,"边缘(指边缘性人格障碍)的特性之一就是纯粹",创伤与纯粹遥遥相对。创伤破坏了纯粹,同时也让纯粹显现出来。纯粹是充满诱惑的、要命的,是纯粹得不能再纯粹的纯粹。因为创伤,人就不得不在创伤与纯粹之间跳来跳去:面对创伤,就想回到失去了的纯粹;千辛万苦抵达想象中的纯粹,因为这纯粹来源于创伤,纯粹中隐藏着创伤的黑洞,并不能如愿以偿拥抱纯粹,也是一样的纠结。在创伤与纯粹之间的摆荡,成就凄苦的、悲壮的人生。

这条摆荡的路上,有老谭、老木,及老刘的接力,他们身后,是弗洛伊德、克莱茵,及科胡特一众精神分析学家对心灵世界艰难的探索与传承。

在这条路上，人们变着法子言说着创伤。创伤深入到肌肉、骨髓，成为厉鬼纠缠不休，它们等待着言说，需要几代人合力完成言说。而且，必须找到自己言说的语言，这是唯一的出路。

所以，要修改"接力"的说法，加上"肉搏"，治疗室中发生的是肉搏，心灵之间的肉搏，而不仅仅是接力。读者在阅读过程中，会迎接、捕获到一个个新的词，属于自己的词。

之前，人们说"干净""赤子"，说"理想化"，说的都是创伤，对于本书作者来说，这些词只是路标，她必须自己走过来，现在，她走过来了，找到一个词，属于她的词，即"纯粹"。

如何形容对应着纯粹的，那个不纯粹的自己？作者说自己是"散沙""流水"，是随风飘散的"蒲公英"……说的都是解离，但不只是那个解离的概念，而是创伤之后灵魂的形状。

小说中的"我"惶惶如丧家之犬，那些惶恐、慌乱来自祖辈、父辈，特别是母亲。母亲是孤儿，她说的危险是的的确确的存在，是她经历过的事实。她说的话不是理论，不是道听途说，是她活生生的生命经验。她遇到过陌生的坏人，所以她要女儿不要与陌生人说话；她要女儿不去荒凉偏僻的地方，因为她不得不去过，在那里她胆战心惊，魂飞魄散。

母亲说，"这些话我都不会跟你两个哥哥讲，因为他们是儿子，是男孩，我只跟你讲，因为你是我的女儿，你是女孩"。好吧，因为"我"是女孩，只有"我"可以、可能成为一个母亲，一个母亲从沼泽、沙漠的沦陷中，托举起另一个母亲。我们经历着创伤，承受着创伤，传递着创伤，现在，经过我、穿透我，这些祖祖辈辈的创伤可以言说了。希望，明天是一个明朗的天。

"我"问老木，"你想不想听"，老木回答说，"在分析中，你想说什么都可以，我都会认真听"，之所以犹豫，是不知道所说的对于自己的意义，但是，只有说出来，才有可能知道。在某个时刻，有如闪电划破黑暗，我们可以看见祖辈父辈所看见的，所经历的，它们喧嚣、激荡在我们的灵魂之中。看见了，便逝者安息、生者安宁。

感谢作者，以她非凡的勇气和才华，奉献了一部不可多得的心灵"实录"，应该说，这是最直接、最忠实的时代记录。

吴和鸣

目录

序幕 / 001

开场白 / 003

第一章 谭先生和别的分析师不一样

第一节　听课 / 007

第二节　玻璃罩 / 014

第三节　"他" / 018

第四节　关系的开始 / 024

第五节　初次咨询 / 027

第六节　原生家庭 / 033

第七节　不按常理出牌 / 038

第八节　电影 / 044

第九节　半年后的约定 / 046

第十节　死亡那么近 / 051

第十一节　意外身亡的父亲 / 058

第十二节　奔丧 / 066

第十三节　虚无是归宿 / 070

第十四节　心经 / 075

第十五节　蓝绿色的越野车 / 077

第十六节　遗体告别 / 085

第十七节　送葬 / 093

第二章　分不清的爱与虐

第一节　再次来听课 / 099

第二节　预约谭先生 / 104

第三节　讨论父亲 / 105

第四节　解离症状 / 112

第五节　突然涨价的咨询费 / 118

第六节　失望的长程咨询 / 124

第七节　折磨 / 130

第八节　边缘性人格 / 134

第九节　攻击后的快感 / 137

第十节　离开又回来 / 142

第十一节　游戏 / 145

第十二节　一条短信 / 150

第三章　脚踏多只船

第一节　和老木哭诉 / 159

第二节　我和母亲的故事 / 166

第三节　刻骨的爱与恨 / 176

第四节　似乎把谭先生忘了 / 181

第五节　嫉妒 / 185

第六节　代际创伤 / 191

第七节　消失的鬼 / 200

第八节　忐忑 / 203

第九节　奶奶去世 / 204

第十节　与谭先生重逢 / 207

第十一节　我想回归 / 213

第十二节　强迫性重复 / 222

第十三节　新的咨询 / 228

第十四节　噩耗 / 232

第四章　谭先生死了

第一节　墓碑上的名字 / 237

第二节　死亡的气息 / 245

第三节　昏天暗地 / 247

第四节　对死亡的体验 / 250

第五节　新文身 / 253

第六节　艰难的自助 / 257

第七节　回忆、感受和触摸 / 261

第八节　消失的老刘 / 265

第九节　自我的力量 / 271

尾声 / 282

专业名词解释 / 283

序幕

秩序，保障人类文明的生存与发展，是人们为了适应社会做出的进化。

秩序是头顶的天空和脚下结实的道路；秩序，是今天的计划和对未来的畅想；秩序，是教室里的琅琅书声和排列整齐的桌椅；秩序，是准时出发的飞机、火车和地铁，是美食和享受美食的心情。

秩序，是人们得体的打扮和话语，是熟人朋友间的温情和寒暄，是陌生人的文明礼貌和客套，是不触犯他人边界的擦肩而过……

我们习惯了各种井然的秩序，就如同习惯了活着一样。

那么，死亡是不是也是生命秩序中的一种呢？

我那刚去世的父亲，又去了秩序中的哪个环节呢？

啊，父亲，我的父亲。一想到父亲已经永不能再相见，一想到我无法见到他的最后一面，我的心就剧烈地绞痛起来。

猝不及防的疫情打断了世界原本的秩序，作为一个正在学哲学专业的研究生，我一直习惯了独立思考，即使在疫情中，我仍然保持着继续观察、持续思考的习惯，并试图在这个特殊时期下去重新思考人生的价值和意义，思考未来我们该如何更好地去度过每一个日夜——毕竟，在经历了那么多之后，我们肯定是需要去反思一些什么的。

可不曾想，如今，我心中的秩序也被打破了，父亲的去世打断了我对他情感与依恋的秩序。

于是，我的大脑在剧烈的痛苦中没有办法如往常般理性地思考了，就像一坨生了锈的废铁，只有遗憾、自责、悔恨、悲伤在啃咬着我的这颗心。

四下里静悄悄的，几乎没有一点声响，而往日里，在这栋研究生宿舍楼里，白天通常都是热闹的，说话声、音乐声、走来走去的脚步声……总是不绝于耳。可如今，时而隔离时而半隔离的生活让一些同学无法返校，留在学校的同学上着各种各样的网课，并且大家都已经习惯了安静地与他人保持社交距离。

可是，无论这个世界发生什么，春天总是会如约而至。

天刚微亮，天空就变得淡蓝，窗户和窗帘被打开了一直没关，于是清晨的风儿就那样一阵阵地吹进来，带着一丝又一丝淡淡的花的甜香。这让我想到，窗户外面的那一大片桐花应该已经悄悄地盛开了。

仿佛被这片浓浓的春意惊醒，我从自己的悲伤中暂时地抽离了出来。

刹那间，我有了一股出去走走的冲动，我想去一个更加宁静、更加空旷的地方，让我沉重的哀思有更广阔的容纳空间，让我生锈的大脑重新能够转动起来。

于是，我从床铺上跳了下来，随手抓起我的斜挎小包，走出校门，上了一辆开往郊外某湿地公园的公交车。

但此时我并没有预想到的是，我竟然会在这个人迹罕至的公园里遇到一位中年女性，并且听她讲述了一个几乎是撼动我灵魂的长长的故事……

开场白

　　你好，嗨！不好意思打扰你了。我之前一直在那边的亭子里看书，你可能没看到我，但是我能很清楚地看到你……所以，想过来看看你。

　　嗯，我知道你现在不想说话。我平时也不是一个喜欢说话的人，只不过，我在那边看书的三个小时里，发现你坐在这湖边一动不动，既没有玩手机，也没有带书来看，只是一言不发地望着水面……这个公园太安静了，平时很少有人来，我很难不注意到你，更何况，湖水倒映着这初夏的阳光，又将光芒折射在了你的脸上，让我看到了你心事重重的样子。三个小时过去了，我决定过来看看你。

　　哦哦，你说你不会自杀，叫我放心。"自杀"这个词真让人心惊肉跳，我去年在国外目睹过一场自杀，是住在我楼上的一位老太太因为疫情封城而抑郁跳楼，让我之后很久都留有心理阴影……我可不可以坐下来？不好意思，我年纪大了，蹲着好累，我要先坐下来。我看了一下，我们之间的距离应该有一点五米了，是安全的社交距离，更何况，这里是郊外的天然公园，环境开阔，空气流通，我已经打过了疫苗，刚才过来之前又特意戴上了口罩。我想应该是比较安全的。

　　说实话，刚才走过来之前，一直到现在，我心里想的就是：如果你跳进湖里了，我该怎么办？你是一个年轻的半大姑娘，我是一个完全不会游泳的中年妇女,如果你落水了,我只能赶紧先拨打报警电话,然后大声呼喊,看能否幸运地喊来一个路人,但是这种可能性极小,因为这里是郊外,来这里的人很少。然后我会慌乱地找一根大一点儿的棍子,伸进水里试图能将你扒拉回岸边,我不会奋不顾身地跳下去救你,因为我不会游泳,我跳下去只会是无谓的牺牲……但无论是哪一种努力,恐怕都会徒劳,因为人只要溺水几分钟就可能会死。到那时,我肯定会内疚的,正常的人在这种情况下都会内疚,我不想让自己又留下一段时间的心理阴影。

谢谢,你说我很真实,我当这是一个赞扬,因为我喜欢真实。作为一个已历经了不少风霜的中年人,能依旧保持着真实的确是一件很幸运的事。

当然经历过亲人的死亡。

可以的。事实上,我经历的死亡要比一般人更多一些,既然你说想听听,我可以说一说。你沉默了好一会儿,好像是鼓起勇气才提出这个要求的,我能理解你的感受,你一定是一个不轻易开口麻烦别人的人,不过没关系,正好我今天特别有空,而且说说我自己的故事,也能让我自己轻松不少,我还要谢谢你的倾听呢。说之前,我想先问一句:你是在校的大学生吗?

哦!原来是在校的研究生,还是学哲学的!学哲学的人有着比一般人更强的独立思考能力,就像王小波的一部作品:《一只特立独行的猪》。我对哲学家的刻板印象是孤独、内向、冷静、深刻,我有点理解你为什么可以一个人坐三个小时一动不动了。

今天太阳真好,空气也清新,还真是适宜说点什么。

第一章

谭先生和别的分析师不一样

第一节
听课

短暂得到一份深刻的情感然后注定又要永远失去，和一直都不曾得到过所以也没有期待，哪一种人生状态是更痛苦的呢？如果可以由得自己选择，世人大多会如何选择呢？

这个问题我在后来思考过无数次，但在那时，我还依然只是一个害怕自己会疯掉的女人，并且急于从这种状态中摆脱出来。为此，我四处学习和听课，试图了解和拯救自己。

我刚开始去申城，便是去参加一个外国老师的课程，我在很多年前的一次免费讲座上认识了一位女同学，姓童，正是这位童同学告诉我这个课程信息。

在当年的那个免费讲座上，童同学正好坐在我的旁边，那次的内容是绘画心理，讲座老师教大家画房、树、人来分析自己的潜意识，我当时随手就在纸上画了一棵树，邻座的童同学看到了，便一脸惊讶地说道："你画的树好特别啊！"她的法令纹略有点明显，看上去似乎有几分严厉，但她的眼神是极柔和的，我想这应该是一个心地善良的人，于是把画纸往她那边轻轻地推了推："能帮忙分析一下吗？"童同学拿过去认真地看了又看，沉吟了一会儿，然后说道："你画的树完全没有花朵或树叶，而且用的是黑色，笔迹很用力，树干和树枝画得就像铁丝一样，这棵树就像用铁丝拧成的假树，感觉它没有生命，还有，整个树干部分有很多伤疤，尤其是靠近根部那里，根部那里代表童年，所以感觉是在童年时期受过严重的创伤，但是树干部分也有伤疤……总之我觉得你的内心似乎很缺爱，好像没有活着的感觉。"她絮絮叨叨说了一大堆，但我的心里却被她最后一句话戳中，便和她慢慢聊了起来。我们俩坐在那张长桌子旁，就像两个质朴的小学生那样，你分析我的画、我分析你的画，彼此都觉得对方分析得还比较准确。讲座结束时我们互相加了QQ，但是后来很多年都没怎么联系，就像我们在生活中遇到的无数人那样。直到有一天，我突然心血来潮地去QQ问童同学最近在学些什么内容、上些什么课程。童同学于是告诉我这个课程的信息，说师资很好，课程内容很好很专业，学费也不算贵。我想了想，便也跟着她一起报了名。真实的人生便是这样，命运发生转折的时候并不会有什么惊天动地的预兆，一切都是那么普通又平常。

在一个不冷不热、不干不燥的初秋下午，我坐着火车到达了南方的申城。

上课地点在一个有点特殊的医院里面。尽管早已经有了心理准备，可是当我一走进医院大门，站在那个栽满了许多植物的四方形院子里时，稍稍一抬头，还是被住院大楼的那些窗户吸引住了——每一扇窗户都被特别处理过，额外织上了一层密密的铁丝网。

这些窗户给这栋大楼平添了几分神秘。

我不由得停下了脚步，仰着脖子好奇地望着这些窗户，当然什么也看不到，我的视线无法穿透那些墙壁和窗户，可是越看不到就越觉得好奇，与此同时我的脑袋里开始浮现出电影、电视剧里的各种画面,并且忍不住暗暗胡乱揣想起来:那些窗户里面有一些什么样的人呢?男的多还是女的多?年轻人多还是中老年人多?他们每天的生活是怎样的?他们每天吃些什么喝些什么?几个人一间房?彼此之间会聊天或者打架吗?病情严重的会被绑在床上吗?他们会被强行灌药、被电击吗?会像《飞越疯人院》那部电影里那么恐怖吗?

  我不由得想起了小时候村子里那个叫文文的疯子。文文是一个男孩子,可是长得白净秀气,他性格内向、学习刻苦,从小到大都是学习尖子,所有的人都说他一定能考上大学跳出农门,将来会在某个大城市里的某个好单位上班。结果高考的时候不知道怎么回事,他发挥失常导致名落孙山,在知道自己落榜后就开始有些不正常了。起初文文只是会对着空气喃喃自语,或者用粉笔在水泥地板上写字做题,所以他的家人并没有将他囚禁起来,而是任他在村子里游游荡荡、喃喃自语。当他在村子里游游荡荡、嘟嘟囔囔的时候,总会有几个小孩不时跟在后面朝他大喊:文文疯子!有时候那些胆大的孩子会故意用糖纸包着一块小石头给文文吃,看到文文上当后的样子而得意地大笑。慢慢地,文文渐渐变得暴躁,变得行为失控,有一次当一个小孩朝他身上扔了一块小石头后,他发狂地追上了孩子,并用一块更大的石头狠狠地进行了报复。在那之后,文文的家人便将他永远地锁了起来,关在了杂屋里一个大大的铁笼子里。

  小时候我曾经和其他几个小朋友结伴而行,去那间监狱般的杂屋里好奇地看他,那时的我虽然孤僻,几乎从不与人交往,但是我知道孤身一人去看一个疯子是一件非常恐怖的事情。我们看见已经彻底疯了的文文在狂躁而徒劳地试图晃动那些铁栏杆，他的头发结成一坨一坨的，满身满脸的污渍，他不停歇地号叫着，表情像野兽般狰狞，那笼子里有一床已看不出颜色的被子，被子旁边是打翻了的饭菜盆和马桶，杂屋里臭气熏天……记得当时我被吓得瑟瑟发抖，觉得既恶心又恐惧，但是文文那股歇斯底里发作的样子又让我觉得有种莫名的熟悉，让我不由得想起某位最亲近的人。

那么，此刻，在这些窗户里的人又有着怎样的人生故事呢？是怎样的经历导致了他们的失控呢？他们是安静的还是歇斯底里的？他们有着怎样的疯狂？可是为什么没有听到传闻中的狂叫声呢？还有，嗯，到底什么是正常、什么是不正常？我们把窗户里的人定义为不正常的，那么，窗户外的人就全都是所谓正常的吗？

我被自己最后的这个念头吓了一大跳，仿佛精心掩藏在内心最深处的某种恐惧被激活了，我几乎是打了个寒战，然后仿佛如梦初醒般回过神来，继续迈步往前走，穿过栽满花草的院子，进入大楼，钻进电梯，最后到达了一个巨大的会议室——那是临时用来上课的地方。

实话说来，课程是真的很好，先别说外国老师们温和又认真的表情、翻译们清晰流畅的翻译、中文讲义上呈现的文字内容……光是坐在我旁边的童同学在笔记本上做记录时发出的沙沙声，以及我频频点头的样子，便足以证明了课程内容的精彩。

我时不时用羡慕的眼神望一望她。我也想如童同学这般认真，甚至痴迷地听课，就像饥饿的人扑在面包上那样投入地学习想要了解的知识。

但是我做不到。

我想要做到，但是我做不到。

通常上一秒我咬牙切齿地想着自己一定要认真再认真、专注再专注，下一秒便陷入了一种如梦如幻的状态中。

是的，如梦如幻。

天花板上的那些白炽灯总是明晃晃地照耀着，让我感觉整个空间都笼罩在一种白色的迷雾中。台上讲课的声音在这个空间里回荡，嗡嗡作响，时而清晰、时而朦胧。我的四周似乎坐了许多人，许多许多的人，明明近在咫尺，甚至触手可及，却又一个个面目模糊，仿若远在天边……眼前的一切一切都是那样的不真实，就像一个虚假的幻象。

在这个幻象里，我的大脑思维亦不知又弥散去了何处，就像有什么从我的身体里游离出去了一般，是一种不是空白，但又接近空白的恍惚感。恍惚间，我不知道自己是谁，此刻在哪里，正在干什么，眼前的一切是否真实。而事实上，陷入在恍惚中时，我根本没有办法进行这些思考，而只是一味地呆坐着，整个人像随时会被风吹乱的一盘散沙。

但是，过了一阵后我又能意识到自己的这种游离，于是会用力地摇摇脑袋，试图让那些思维注意力回来，回到自己的身体，回到自己的大脑中来……这种感觉，有点像气功大师试图用意念凝聚起一盘散沙，我必须很用力很用力才能聚拢回来一点点。

但是专注没多久又会再次陷入游离。

周而复始。

等到某一次注意力不定期回来的时候，我听清了嗡嗡的声音大约在说着关于实在界、想象界、象征界……是中文和外语轮番交替的声音。我往前方望了望，看见讲台上是一位头发花白的外国女性——现场讲课的老师，女老师的表情既亲切又认真，有点像某张油画中的圣徒，女老师的旁边是同样满脸认真的翻译。

圣状是可以用来绑定实在界、想象界、象征界的东西。我用力地听着并赶紧把这些话记在了笔记本里，这个记笔记的动作让我感觉很是良好，这让我觉得自己和其他同学成了同类，而不是一个人孤独存在、排斥在外的。我一边记着笔记，一边在心里感叹精神分析的博大精深，实话说来，我是有些懵懵懂懂、一知半解的，并未彻底明白，虽说并未彻底明白，却莫名让我想到了佛教中的一些经句：色即是空，空即是色。法尔如是，一切有为法如梦幻泡影……我心想：不论是精神分析的各个流派，还是各种宗教，抑或是那些哲学家、物理学家，似乎都在用各自的方法探索和认知这个世界。这个宇宙的真相是什么？我忍不住胡思乱想了起来，这个宇宙是意识的还是物质的？是的，我总是喜欢胡思乱想，想那些与现实生活无关的、宏大的议题，我思忖着这个宇宙应该既是物质的又是意识的，二者本无差别。但若真如华严经所云：应观法界性，一切唯心造。一切外在事物都是我们内心的投射，是我们的心创造了这个世界，那么，我们为什么要创造出这样一个纷繁复杂、苦痛不堪的世界来呢？意义何在？

存在的意义何在？我的脑袋瓜子里再一次升起这个思索了无数遍，却没有找到过答案的终极问题。

然而，这样认真听讲和清醒思考的时刻总是转瞬即逝，像北方春风中的樱花般娇嫩易坠。这样的清醒状态往往持续不了十几分钟，我的思维就又会如云似雾，如烟如尘，如那四处扩散的流水一般，慢慢从我的身体里不受控制地弥漫出去，然后，要再一轮的凝聚才能够回来……一节课下来必须如此这般地反复许多次，让自己挣扎在这种虚幻和不那么虚幻的状态之中。

　　我不知道自己为什么会这样，也已经忘了是从什么时候开始的。不仅是在课堂上，其实生活中我也时不时地犯这样的毛病，只要面对的人一多，脑子里就嗡嗡地有些不受控制，有点像小时候家里那台信号不好的老式电视机，声音时断时续。甚至有时候正听着别人说着话呢，突然之间我的灵魂就像被一道闪电劈断并覆盖，彻底消失了一样，整个大脑一片空白。好在生活中的这种状态通常比较短暂，往往只是片刻的刹那，所以大多数时候并不会露馅，对方察觉不到什么异样。我不知道这个世界上是不是也有某些人跟我有一样的毛病，我从来没有跟别人交流和探讨过，也不想让其他人知道我有这个毛病，因为，这并不是一件多么光荣的事情。当然，我在某些特定的时刻也是能够很专注的，但是，一定要在某些特定的时刻，那是另一个我。

第二节
玻璃罩

每当课间十分钟的时候,我喜欢去走廊尽头的大露台抽烟。

露台非常大,站在露台上可以望见这个城市一大片的天空,以及远处近处、高高低低的楼房建筑。这种俯瞰的感觉总会让我觉得有一种无法形容的意境,由于距离被无限拉大,虽然感到孤寂,但同时又感觉很安宁。

有时候童同学也会和我一起出来。我们靠在露台的围栏边,各自掏出香烟放进唇齿间,因为童同学年龄要比我大一些,所以通常是我主动用自己的打火机先把童同学的香烟点燃。

有一次一起抽烟的时候,童同学微微噘着嘴缓缓地把一团青烟吹出来之后,笑了。或许是我有些过于敏感了,我总觉得童同学的笑容里带有一丝无法言说的苍凉。这让我对她产生了一丝好奇,注意力从宏大无边的宇宙太空回到了某个具体的人身上。事实上,我的第六感总是很准确的,在后来我慢慢了解了她的故事之后,才明白了她笑容里的苍凉是什么。

童同学带着那种苍凉感笑了笑,然后说:"抽烟一般来说是口欲期固着。"

"嗯。"我点点头,然后也深吸了一口。

众所周知,精神分析的祖师爷爷弗洛伊德认为性心理的个体发展可以分为口欲期(0~1岁)、肛欲期(1~3岁)、生殖器期

（3~5岁）、潜伏期（5~12岁）、生殖期（12岁以后）。而口欲期的快乐来源为唇、口等，所以学习精神分析的人往往喜欢从"口欲期固着"的角度来解释吸烟行为。不仅仅是吸烟行为，有的人喜欢咬手指、吃零食，或者言语很有攻击性等等，都可能和"口欲期固着"有关系。

也就是说，如果一个人在吃奶的阶段没有被恰当地对待，可能会形成固着，进而他在成长过程中可能依然会用嘴巴去获得一些快乐和满足。以上这些，算是对吸烟行为最简单粗暴的一个解释了。

"其实我并没有烟瘾，可抽可不抽，平时很少抽，毕竟对身体不好，我并不建议抽烟这种不健康的行为。我第一次抽烟是为了叛逆和耍酷，现在可能……是为了释放一些情绪吧，又或者是，抽烟时能让自己在某种氛围中。"我喃喃地说道。随着言语化的表达，我心里突然想到，烟雾在空气中无声地消散，从有形渐渐地化成虚无，这种状态正是像极了自己思维弥散的过程。我顿时知道自己想要的是一种什么氛围了，或者说，知道自己想要借香烟表达一些什么情绪了。

我这样想，但是没有说出来，我不是很善于表达自己的感受，尤其是在还没有完全熟悉起来的人面前。

"可以有很多种解释的。"童同学也点点头。

还有一次，童同学问我："精神分析理论中很多时候会提到性，尤其是经典精神分析，你还习惯吗？"

我摇摇头，老老实实地回答："目前还不习惯。"

"没关系，慢慢就习惯了。"童同学善意地安慰道。

我喜欢和童同学这样进行简短句子的对话，这让我完全没有心理压力，也不用担心会出现大脑短路的窘境。

当然大部分的时间里，是我一个人站在露台的围栏边，看着目力所及的陌生城市，默默地。

我能想象大教室里的场景，课间的时候，大教室里就变成了一锅沸腾的开水，咕嘟咕嘟地到处都在冒泡。有的同学忙着打开水或者上厕所，有的同学热烈地和身旁的人探讨着课堂上的内容，有的同学跑上讲台去和老师套近乎，有的同学进行着结识新朋友的社交活动……

而我，却没有办法融入这份热闹中。

其实我有时候也很想参与进去，我也想当一个舌吐莲花、优雅风趣、左右逢源的人。可与此同时，我又有着深深的自知之明，知道自己驾驭不了这些人际间的互动：该如何说让别人觉得好听的话，该如何得体地回应对方抛过来的话题……我通通不知道，从来都没有人教过我这些知识，没有人教过我这些人类社会里的没有公开说明，但大家又都在运用的规则。所以我想应该是没有人会喜欢我的吧，更何况自己还有大脑随时空白的怪毛病，更加会显得与人群格格不入。我害怕出丑，害怕丢脸，害怕被人取笑，于是每次都只能默默走开，用一副伪装出来的高傲冷艳的样子。

我就做一个旁观者好了。生活中的这些场合就像电影里的镜头，电影无论多么热闹，都与我无关，因为我只是影院里孤独一人看着电影的观众。有时候我也很想很想走进那些虚虚实实的光影里，走进银幕里，却茫茫然不知该如何进入。

有时候我走在大街上,看见热闹的街景和人群,我也会觉得整个景象都像被罩在一个巨大的透明玻璃罩里,像某种见过的玻璃球玩具,玻璃里面装有各种景致,而我自己,只能观看,却无法砸破这个无形的罩子走进里面去。

　　我像被隔离在整个世界之外。

　　我像一个人被隔离在整个世界之外。

　　我觉得还是去大露台看天空、看城市、看袅袅的青烟化作虚无更适合自己。

第三节
"他"

我第二个学期去申城的第一个晚上下了雨。

晚间的讲座结束后,我一个人踩着雨后湿漉漉的地面走向临时住处。道路两旁,昏黄的路灯站在黑的夜里默默无言,显得分外凄清与孤独。其他同学大都三五成群的,他们的影子被路灯拉得很长,他们的说笑声深深浅浅的,粉碎了不少初秋夜晚的寒意。听着他们的笑声,我不由得放慢了脚步,羡慕地看着地面上那些长长的影子。"热闹是他们的,我却什么也没有。"《荷塘月色》中的这句话浮现在我的大脑中,我的脚步越发缓慢了。

走回到酒店房间,开门后我的第一个动作就是把所有的灯都打开,大灯、小灯、所有的台灯,包括洗手间里的灯,一盏都不落下。

与我料想的一样,合住的同学室友果然还没回来,室友是一位留着短发性格开朗的南方女子,很喜欢笑,又很会说话,是那种很招人喜欢的人。我觉得室友是我的相反面。

经过上一期的学习,虽然我只会跟童同学偶尔聊几句天,跟其他人没有任何的社交活动,但我已经知道下课后会有彼此聊得来的同学相约着一起去吃饭聊天,或者晚上去吃消夜,所以我猜室友一定是跟其他同学出去消夜聊天去了吧,也不知道什么时候才能回来。

我在自己的床边坐了一会儿。即使把所有的灯都打开了，但由于灯光是橘黄色的，所以光线依旧不够明亮，整个房间充斥着某种暧昧的诡异。一面立式的大镜子在我的侧前方深渊一般地凝视着我，我低着头，不敢抬起头来直视这面镜子。

渐渐地，我的心里开始有了感应，知道"他"就快要来了。"他"就快要来了，如往常一般。我不由得开始控制自己的呼吸，像是怕惊动"他"似的，我让自己的气息变得细微再细微。

调整好自己的状态后，我动作轻缓地站起来，拿着换洗的衣物进了洗手间，然后再把浴室门反锁好，打开了水龙头，拉上了浴帘。

在这个还很陌生的空间里，我小心翼翼地，带着一份强烈又难以启齿的惊惧，带着一份几乎是本能的、下意识的警觉，洗了澡、洗了头、手洗了内衣裤并晾好，再往脸上敷衍地抹了点护肤霜。

然后我动作轻缓得像慢镜头似的躺到了床上。

我准备要酝酿睡意了，我有长年累月失眠的毛病，每次都需要很长很长时间的酝酿和自我催眠，才能换来可怜的一点点真正能睡着的时间。我躺下之前下意识地环顾了一下四周，看门有没有关好，看窗帘有没有拉得严丝合缝。

我转头看了一眼旁边空荡荡的床铺，心里对室友充满了简直如同对菩萨一般的感激涕零。

这一次来学习能够在酒店的前台约到一起合住的室友，对我来说真的太幸运了！有没有人合住，这件事情对我的重要性常人难以想象。上次的第一期来这里学习时，很不幸没有约到人合住,也不懂得如何约,又没有足够的预算去住价格昂贵的酒店,于是不得不一个人住在了一个破旧的小旅店里,那种夜夜惊魂且糟糕至极的体验至今仍心有余悸。

我躺下来,轻轻地闭上眼睛。

我闭着眼睛,却依然能感受到眼帘外那橘黄色的光芒,这让我多多少少能增加一些安全感。我闭上了眼睛,关闭了视觉,但随着视觉的关闭,听觉瞬间变得敏锐起来,要比白天敏锐无数倍,甚至身体的每一个细胞,似乎都变成了听觉的一部分。我敏感得就像是不小心落在桌面的一片白色鹅绒。

没有办法彻底放松。

这是一间中档的酒店,隔音不是特别好,当然也不是特别差,我能偶尔听到,从门外的走廊上,传来几声不那么清晰的说话声,或者是啪哒啪哒的脚步声。除此之外,四下里一片安静。

我闭着眼睛,听着这一切,其实我心里知道,自己是在感受"他"的到来,既怀着深深的恐惧,又带着一丝丝"知道你会来"的期待。

在洗手间忙着洗漱的时候,我并没有感受到"他"在自己的身后。但我知道"他"只是在稍远一些的某处而已,我心里清清楚楚地知道,等到了这样的一个时刻,当自己躺下来,闭上眼,准备进入黑暗世界的时候,"他"便一定会出现。

我闭着眼,一动不动。现在大约十一点?我知道"他"一定会来的。

过了一会儿,终于,慢慢地,慢慢地,或者说其实也没有那么慢,但是我总是能感受到"他"来临时的那种逼近感,以及逼近时的气场和压迫感。"他"从房间里附近的某处慢慢地走了过来，无声无息地。他走到紧贴在床边的位置停下来，然后就站在那里，一如往常般地、默默地看着我。

"他"只是看着我，只是看着。

我明知道如果自己睁开眼睛，此时此刻睁开眼睛，是什么也看不到的，这是一种理性层面的知道。但是"他"如此强烈地存在着，我知道"他"在，"他"就在这里，"他"就在自己的身边，"他"就在此时此刻默默无言地、目不转睛地、专注地凝视着自己。这种真实存在的感觉如此强烈！让我完全无法自然地、毫无顾忌地睁开眼睛，因为我是如此害怕，如果睁开眼睛太快，"他"便会来不及回避，我就会真的看见"他"，那将是一件多么恐怖的事情！也因此，每次我想要睁开眼睛的时候，都会先动一动身子，动一动身子让"他"知道我就要睁开眼睛了，有点儿让"他"也提前做好准备的意思。

事后我会知道这似乎是一个多么可笑的想法，但是，当"他"在的时候，我的内心就像一根绷紧的琴弦，这种巨大的压力让我不得不小心翼翼，连呼吸都特别谨慎。我非常害怕哪一天突然一睁眼就真的能看见"他"，那该是一件多么难以承受的事情！那大约应该可以用魂飞魄散、肝胆俱裂这样的词来形容吧。但是这么多年过去，这许多年都过去了，我从来没有一次看到过"他"。我只能感受到那种真切感，只是感受到"他"，感受到"他"的存在，"他"站立的具体位置，感受到"他"的眼神，甚至有时候，仿佛都能感受到"他"的呼吸……

我就这样保持着一个固定的姿势，一动不动、连呼吸都小心翼翼地躺在床上。我努力地酝酿睡意，告诉自己要尽快睡着，明天还得早起去学习。可是在这样一种高度绷紧的状况下，我很清楚地知道，自己根本不可能用放松的状态安然睡去。

就这样不知道过了多久，如往常般每一分每一秒都是煎熬，我终于听见房门吱嘎一声被打开了，室友回来了。我顿时长长松了一口气，感觉到那个"他"，一下子就离开了我的床边，迅速地退后到了房间远处的某个角落。"他"没有消失，但我不再那么有压迫感了。

我睁开眼睛，短发的室友正看着我。室友笑眯眯地问道："哎呀，你还没有睡着吗？"

"还没呢。"我回答。

"你们干什么去了？"我忍不住明知故问，其实只是为了想跟人说说话。

"几个同学一起吃夜宵聊天来着呢。"室友走到自己的床铺旁，边脱外套边回答。

"嗯嗯。"我回应道。

室友脱掉外衣裤，拿着洗漱用品进了洗手间。我翻了个身，脸朝室友床铺的方向侧卧着，室友的出现让我一下子有了安全感，立刻放松了很多，因为这是一个活生生的人，热气腾腾活着的人。在夜晚，我是多么需要这样一个真真切切的大活人啊！

但是这么多年来，我从来都不敢把自己的这份经历告诉任何人。如果别人知道会如何看待我呢？会不会觉得我是一个怪物，会不会觉得跟我在一起是一件很恐怖的事情？我害怕被别人当成怪物，害怕别人怕自己，于是我从来都不曾与人言说过自己的这样一份经历和感受。所以此刻也只是闭上了眼睛,并不试图与室友谈些什么。我听到室友在洗手间洗漱的声音,我听到室友在洗手间洗完后躺在床上的声音,并按照我的要求留了一盏灯继续亮着,然后我听到室友很快睡着了,发出轻微而又均匀的呼吸声。室友的呼吸声让我很安心,但是我也知道那个"他"仍是在这里的,所以我依旧用了很长很长的时间,似乎天都快要亮了,才迷迷糊糊地睡着。

第四节
关系的开始

真实的相遇。

正巧处在清醒状态的我听到了翻译如此说道，我几乎一个激灵，突然就被这句话深深打动了。真实的相遇，我在心里默默地喃喃自语。我想：真实的相遇是可能的吗？就如同此刻这么多人一起坐在教室里，我们算是相遇吗？有多少是真实的呢？如何才能真实地相遇呢？为什么我好像连身体和灵魂都不能够相遇？为什么我会觉得这个世界是虚幻的呢？……我的念头又开始杂七杂八地冒出来。或许是因为我总觉得这个世界像电影一样虚假、身边的人和事物都如梦似幻，甚至有时觉得自己都是虚幻的……正是因为总能体验到这种虚幻感的原因吧，所以我对"真实"这个词格外地触动。

我只知道自己的虚幻感并不是因为已经站在了一个真实的角度，就像禅宗修行中说的那样，如果能真正安住在每个当下，不分别、不执着、不起妄念，当下就是真实境界，当下就是佛境界，不是的，我的虚幻感并不是因为已经体验到了真实。我觉得自己既无法融入这个虚幻的现象界里，又离那个真实的存在还有若干个又若干个黑洞的距离，遥远且暗黑。

我既不属于这儿，又不属于那儿。我既不在此岸，又不在彼岸。

我这样想着，无声地叹了一口气。

就在此时，桌上的手机屏幕无声地亮了起来，是一条手机短信息，而不是微信，这表明发短信的人并不是我的微信好友。是谁呢？生活中我几乎没有一个朋友，一年到头手机永远都是无声的，索性就调成了静音。那么此刻是谁呢？我拿起了手机，看到了这样的一条信息：我的办公室地点是面向一楼大厅，沿右侧走廊进来的第四道门。时间是每天下午的两点整。然后是落款：谭先生。

我惊喜地忍不住嚷出了声："哎呀约上了约上了，我今下午要去做分析了。"

坐在旁边的童同学看了看我，点点头："恭喜，做个人分析挺好的。"

我的注意力瞬间就高度聚集了起来，大脑里的神经元开始吱吱吱疯狂地串联，我甚至似乎听到了白炽灯发出的嘶嘶声响。我心想：真是很意外，我真是幸运，竟然要跟他单独见面了，我该跟他谈些什么呢？他私底下也像在大众场合一样幽默搞笑吗？我不禁激动得有些按捺不住。而童同学在旁边用一副过来人的眼神看着我。

好的，谢谢老师。把短信看了好几遍之后我回复道。路线写得很详细，他一定是一个非常细心的人儿吧，想到这儿，我对即将的见面产生了强烈的期待。我强烈期待有一个人来帮帮我，帮助我了解自己，帮助我了解自己为什么会这样为什么会那样、为什么会有那么多奇奇怪怪的感受和无法自控的疯狂行为，并帮助我摆脱这些痛苦……这种对某人某事有所期待的感觉，竟已是我许多年未曾体验过的了。

　　然而此时的我却并不知道，我怎么也不会想到，这竟是刻骨铭心刺入生命的一段关系的开始，而结局的意外却是任谁也无法预料得到的。

第五节
初次咨询

那当然是一个普通的下午,无风、无雨,亦无晴,只有院子里的两树绣球花树默默地倚靠在大楼一层的窗下。按照信息里的指示,我顺利找到了那条走廊。走廊里有些幽暗,静静的,没有人,我听见自己的脚步虽轻,却也在四周荡起了回音,有一种说不出的寂寥感。我一道门一道门地数过去,停在了第四道门前。

我敲了敲门,马上就听见里面喊了声:请进。

我一拧把手,推开了虚掩的门。

谭先生正站在一张桌子前,手里不知在忙活着什么。他回过头来冲着我微笑:"你好。来了呀,请那边坐。"与此同时他停下了手里的动作,转过身来用手示意着指向了一张黑色长沙发。

"你好。"我回应道。但我没有立即进去,而是站在原地停留了两秒,先是下意识地看了看这整个的环境,然后才有些局促地点点头,反手关上房门,走向那张黑色长沙发。

他用一次性杯子在饮水机前接了一杯水走过来,放在我的面前,随后,他坐在了我旁边与我的位置成九十度角的黑色短沙发上。他温和地对我笑了笑,说:"我们可以开始了。"然后他就沉默了。

我明白谭先生是在等我自己主动先开口说些什么,我略有些紧张地挠了挠自己的大腿膝盖,不知道应该说些什么好。为了掩饰自己内心的无所适从,我只好抬起头来仔细观察他的办公室。

这个不大不小的空间分成内外两厅,从门口进来的外厅靠着墙壁站立着一组比人还要高出许多的黄色木头柜子,另一面墙的墙边则放着一张灰白色小桌子,桌子旁边是一台饮水机。进来的内厅就是两人此刻坐着的这一短一长的两张黑色沙发,沙发面前是一张小茶几,上面摆着他刚才倒的饮用水。长沙发的左边是一张放着电脑的办公桌,长沙发的正对面是一只铁皮的文件柜,柜子上方悬挂着一个石英钟。柜子旁边的两棵爬藤植物生长得非常茂盛,已经沿着墙壁几乎快要爬到了石英钟的位置。

窗帘也被拉上了,整个空间显得异常幽深静谧。

在我四下里打量的时候,谭先生一直沉默着。他坐在沙发上,肩膀有些单薄,微微弓着背,眼睛望向茶几。他的眼睛望着茶几默默地等待着,石英钟的指针咔哒咔哒一声接一声地响着。这种被等待的感觉让我有些焦虑,有些心慌。

我心想:我应该说点什么,我的确应该先说点什么,我好不容易来到这里不就是为了来言说自己的吗?在我来之前的想象中,自己有可能会是一副黄河决堤的模式,将多年的压抑、委屈、痛苦以及种种莫名其妙的症状哗啦啦向他倾泻而出,甚至可能会痛哭流涕,声泪俱下,然后他认真地听着、用专业理论解释着……他如此专业和权威,一定能帮到自己的。可前提是,自己必须要言说啊,你不说话,别人咋知道你在想什么呢?

可是,此刻,终于可以面对他的时候,怎么却一句话也说不出来了呢?我内心焦灼地懊恼着:我想说,非常想说,可为什么却又说不出来呢?我觉得像有一双无形的大手扼住了自己的脖子,又像是脖子里梗住了一大坨铁块,从胸口升腾起的千言万语一时淤堵在了喉咙这里,把喉咙逼压得竟有些生疼了起来。尽管我是一个内向的人,但语言表达能力还是很不错的,怎么今天连说话都这么困难了呢?我对自己有些生气,看着谭先生默然等候的样子,又觉得连带着对他也隐约有些生气了。

在这样的急切与窘迫中,我努力憋出来的第一句话,竟然是:"虽然我非常喜欢,甚至是热爱精神分析,可我有时候还是忍不住会质疑——它到底能不能疗愈我们内心的创伤啊?"

话音未落,我自己先被吓了一跳:这话怎么听都有点挑衅的意味了,我怎么能这么直接说出这么不礼貌的话来呢,我平时并不是一个这么尖锐的人,而且,这也完全不符合我来之前的预设啊,这太奇怪了!

我略有些紧张地看着谭先生,看他会如何回应。

唔……他沉吟了几秒,然后回答道:"不一定能,但它会让我们觉得我们在为此而努力。"

我一下子瞪大了眼睛,这是一个完全超出我意料的回答,我怎么也不会想到他会如此回答,我以为他会搬出一套关于精神分析的大道理来试图说服我,用高深而专业的理论知识来令我敬畏和臣服。可他却完全没有想要说服我的意思,一丁点儿也没有。

像一记拳头打在了棉花上,我的心瞬间也变得柔软,我被他打动了。我看着他的侧脸,看着他略显苍白的脸色和单薄的肩膀,对他的敬意和信赖从我的心底里油然而生。

正是基于这种信任,我觉得自己应该向他做一下解释,让他不至于觉得自己是一个太粗鲁和尖酸的人,自己也应该像他表现出的真诚那样来表露自己的真诚。我按了按胸口,有些费劲、语速有些缓慢地陈述道:"当年我的母亲在怀着我大约五个月的时候,本来已经开始有胎动了,但是有一天,村里有一个妇女因为一点什么事情,与我母亲吵了起来。母亲脾气也很暴躁,不能忍。刚开始是吵架,后来就打起来了,她们一起在水稻田里滚来滚去,那时候是初春,天气还很冷,稻田里有冰冷的积水,她们就在水里滚来滚去的。在打架的过程中,一会儿是那个妇女骑在我母亲的肚子上狠狠地打她,一会儿是母亲骑在那个妇女的肚子上打……过程很激烈,并且持续了好一阵。打架结束后,她们就各自回家了,但是在那之后,一直到我出生,再也没有胎动过,在肚子里再也没有动过一次。那时候家里很穷,母亲虽然很担心,担心我是不是已经被打坏或压死了,毕竟一个大人的体重全部压在肚子上还是很危险的,何况动作又是那么激烈,所以很担心……但从来没有去做过检查,那时候的农村没有做产检的习惯和条件。到了夏天,到我生下来的时候,母亲先看我是不是活的,当发现我是活着的而不是一个死孩子时,她才放心地松了一口气。"

我停下来,说起这些让我感觉很累,于是我端起杯子抿了一小口水,听见自己咽水的声音在耳膜里发出轰隆一声巨响。

"去年我参加了一个学习班,在学习中我才知道这也属于创伤,出生前发生的一些事情也属于创伤。于是我特意问了一个老师,资历很深的老师。我没说是我,我说是我的一个朋友,我是帮别人问问,问一下,这种情况下,这个孩子会出现什么问题吗?如果会有问题,怎样才能好起来呢?你知道吗,当时那个老师语气非常肯定地回答说：不能好！因为胎儿五个月的时候正是大脑海马体形成的时候，这种情况下海马体一定是受损的，海马体受损会影响记忆和情感控制，是好不了的！我……我听了她的回答之后特别绝望，真的特别绝望，我知道那个老师是一个专业人士，她说得不会错。所以我才会想再问问你，想知道精神分析到底有没有用。"

谭先生对我表示理解地点了点头，他说："你妈妈以为你被打坏了，你已经被打坏了，可是呢，生下来却意外发现你很好。这就是一个生命的奇迹，你创造的奇迹。也许有时候命运就是这样，刚开始时看起来很糟糕，但是结局可能有意外的惊喜、意外的好。"

我在心里无声地惊呼了一声。他的这番话，不仅令我又一次瞪大了眼——原来同一个事件竟可以有如此截然不同的解读，同时亦被深深地触动，瞬间觉得有了一种可以好起来的信心和力量，然后，我的心里涌起一股巨大的……感激，是的，感激，对他的感激。

这是我第一次这么坦诚地跟另一个人谈论自己的隐私，这样的过往似乎多少有些不堪，曾经我以为永远都不会向他人提及，因为我害怕被评判、被嘲笑、被伤害。可是当说出来并被真诚对待之后，我感受到了一丝前所未有的放松，就像一个头顶烈日、肩挑千斤、在布满碎石和荆棘的山路上孤独行走了十万千米的人，突然遇到了另一个好心的路人，上前帮忙扶了扶担子。

我在这种难得体验到的放松的感觉中停留了一小会儿，于是有意地沉默了，有点想一直停留在这种感觉中。

大约是我沉默得有点儿久，他转过头来向我投来关切的一瞥，并开始主动提问一些关于我目前的个人信息。

我发现当自己谈论现在这些似乎无关紧要的信息时，被扼住喉咙说不出话的感觉便不会出现。我还惊讶地发现，在与他一起的这五十分钟里，我没有出现过一次走神或者大脑空白的状况。我是如此专注、敏感甚至敏锐，能清醒地停留住每一个现实的当下，捕获到对方的每一个细微的信息，言语的以及非言语的。仿佛另一个我出现了。

五十分钟过得很快，当他说："今天我们就到这儿吧，我们下次见。"我赶紧站起来，向他道了一声感谢和再见，他点头微微一笑，笑的时候不自觉地眨巴了一下他的小眼睛。

我走到院子里，天空依旧灰蓝，绣球花树依旧静默，我却第一次闻到湿润空气中隐约有一丝淡淡的甜香。

第六节
原生家庭

"今天上午课间的时候,有一位外国老师在给大家签名,很多同学买了他的新书在排队等签名,队伍排得老长,我在旁边看着,却觉得怪怪的,同时又觉得很可笑。"

"你觉得很可笑。"

"是的。其实书写得真的很好,老师在这个领域很权威,我也买了书,可是我绝对不会去排队等签名。我不理解拿个签名有什么用呢?这个人还不是照样跟我没半毛钱关系啊。"

"嗯。"

"我从来都不会去讨好权威,无论多有钱、多有权、多有名的权威人物,他跟我又没有任何关系,又不会帮我,一个完全跟我没有关系的人我为啥要去讨好呢?而且我自尊心很强……"

"你跟你父亲的关系怎么样?"

"这……怎么突然问这个?这两者有关联吗?我……我跟我的父亲没有联系了,很多年都不来往了,是连电话都不会打一个的那种。"

"嗯,能多说说吗?"

"我父亲非常重男轻女,一直对我很冷漠,小时候我母亲总跟我说,如果没有她护着我的话,我的父亲就会不要我,会把我送给别人,因为父亲总跟我说女孩没有用,养大后都是要嫁出去给别人的……母亲每次这么说的时候我都特别焦虑，特别害怕自己会被送走……后来我母亲去世了，不到五十岁就因病去世了，然后我的父亲真的就一点儿也不理睬我了，彻底没有了联系。那时我才刚成年不久，我一个小姑娘无依无靠地在南方沿海城市流浪了多年，是真正的流浪，好几次差点活活饿死，还差点被人打死，可所谓的亲人却从来没有一个帮过我，没有一个……我还没有办法去具体讲述那段地狱一般的日子，不，是地狱还要往下面挖十八层地下室，我没办法讲，我……我也讲不出来，因为那段经历完全就像碎片似的，碎片……我没有办法分清楚哪些是先发生的、哪些是后发生的，还有一些成了空白，就像失忆一样，想不起来了，断片了……"

"你的父母没有照顾好你，没有保护好你，让你吃了很多苦。对于孩子来说，父母就是权威，可是他们作为权威却没有保护好你……除了这些感觉很不好的经历，你人生中有没有感觉到好的时候呢？"

"有的，当然有。我的人生中有两个感觉比较好的阶段，一个是在青春期，十六七岁，那时候我很活跃，我喜欢跳舞，也跳得很好，我喜欢出去和朋友玩，是一个文艺积极分子，现在想起来会觉得那简直不是我……另一个阶段就是前几年，我开始去了解佛法，嗯，让我先想想，就是我该如何解释，我为什么会这么努力地了解佛法？我想一下……是这样，在我母亲去世后的十几年里，每天晚上只要一睡着，我就会做非常可怕的噩梦。我不明白我明明是那样想念我的母亲，她是这个世上唯一对我好的人，也是我唯一有感情的亲人，可是一到晚上睡着后，我却梦见她很恐怖的样子。例如,她炖了一锅汤叫我喝,可我一打开锅盖,发现是人头汤,里面全是人头!又或者,我竟然会梦见是我自己亲手杀死了我母亲。当吓醒之后,要好一阵我才能慢慢反应过来那只是梦魇,而非事实。有时候这个时间会长达好几个小时,我处在以为是自己杀死了母亲的状态中,那种愧疚和恐惧,每次都会让我生不如死。于是我害怕夜晚,害怕睡着,所以在晚上我会故意抽很多香烟让自己不要睡着,其实我在不睡着时也很害怕,不过相比之下还是噩梦更可怕,所以我总是使劲强撑着,睁着眼睛熬到天亮才迷迷糊糊地睡上一觉。这样的日子一过就是十多年,终于,有一天我看到一个关于地藏经的介绍,说若是有人总梦见已经去世的亲人很恐怖的样子,就说明亲人是在恶道,沦落在不好的地方。我很担心我的母亲在不好的地方受苦,她活着的时候已经很苦了,我想帮助她,我想超度她,于是我咬着牙开始为她念地藏经。我念的时候好害怕,我以为会看见鬼……但是为了我母亲,再难我也要坚持,我念得磕磕巴巴的,念一遍要花三个多小时,我每天都念,神奇的是,我才念了三四遍吧,就在一天晚上我梦见了我的母亲向我告别。告别后,她慢慢上升到了天上,渐渐融入一团白色的光明中不见了……从那以后,我再也没有做过这一类的噩梦了……呃,我竟然一口气讲了这么多,讲这些让我感觉好累,我想停一下。"

"嗯,那就停一下。"

"好了,停了一下我感觉好多了,不知为什么说话会让我觉得累,你相信吗?平时我几乎不需要说话,而且我更喜欢使用文字交流……我接着往下说吧。因为帮我解决了多年做噩梦的困扰，我真的太惊喜了，也对佛法产生了强烈的好奇和信心，我是那么想要解脱我的痛苦，于是马上就开始看各种佛经，试图了解真正的佛法智慧。初学习时，只懂得善恶有报、六道轮回那些基础的理念，后来，我去了一个佛教圣地，无意间认识了我的禅宗师父，那时他刚从法国一位禅师那里回来，刚刚回国弘法。于是师父教我打坐，教我禅宗的智慧，那时候真是法喜充满啊！感觉真的特别美好！师父说我的悟性超级好，所以对我悉心教导，只可惜我不能一直待在寺院，住了一个多月就下山了。后来我被其他的师兄带去另外的学佛团体，我开始帮忙做些文字整理的工作，我的文笔很好，而且特别喜欢研读各类佛经，所以，我的文字工作做得非常不错，师兄们都对我特别好，也特别尊重我……那段时间真是美好，我的一些症状——包括抑郁，也很少发作，而且，我打坐打得很好，我的腿天生可以双盘，让师兄们很羡慕。可是，美好的状态没有持续太久，我又开始变得涣散，不仅之前的症状又都回来了，而且还变得特别愤怒，难以控制的愤怒。我也不知道我怎么会那么愤怒，那种愤怒是毁灭性的，简直可以杀人的那种……我从来不敢跟师父或者师兄们谈论我的愤怒，因为我非常清楚地知道她们会怎么回答。无外乎会说，这是业障当前，要多忏悔，不要执着，直接空掉它就是了……可是我空不掉，我也不想假装自己能空掉，我看到过很多陷入自我欺骗的幻觉中的所谓修行人，我不想像她们那样。虽然我很痛苦，但是我宁愿真实地面对痛苦，我一直觉得了解真相比解决痛苦更重要，虽然解决痛苦也很重要，当然重要，否则太难受了……当然我也想过，如果咬牙坚持下去，我也能挺过去，这可能就像中医说的排病反应吧，是修行中会出现的某个境界，如果能熬过去，就熬过去了……但是，我真的很想弄明白自己为什么会这样、为什么会那样？为什么会出现各种各样莫名其妙的状态？我想把自己搞清楚，我想把自己弄明白，所以，我转过头来学习精神分析。"

"嗯，我理解你为什么会对佛教感兴趣了，这里面有你对母亲深厚的情感。说实话，宗教这一块我不是很擅长，关于宗教是怎样作用于我们心理的，我们以后可以慢慢来探讨。但是在心理治疗中，更注重的是去探讨我们与他人的关系，我想，你在整理文字那个时候感觉特别好，跟你的师兄们对你非常好有很大的关系，因为你感受到了他人的善意和尊重，你们有很美好的互动。我对禅宗不是很了解，但我觉得它的修行方法更像是自己一个人面对和承担起一切。而心理治疗，是两个人的合作，两个人之间有各种互动。虽然我们有时候适合一个人待着，但有时候，我们也需要别人的帮助和陪伴。你不想通过一个人修行空掉你的症状，而是来寻求帮助，我想，这可能体现了你对人际关系和情感交流的需要。"

"哦。"

第七节
不按常理出牌

　　我一个人在外面的小饭店随便吃了几口快餐，便慢慢地往医院的方向走。路上有行人，有车辆，从我身边来来去去，去去来来，就像无目的亦无意义的流水般随意流淌，它们统统与我没有任何关联。满大街的各种声音喧闹而空洞，亦自与我无干。我慢慢地走着，走得有些飘飘然，脚下的路面也略有些不真实，我感觉自己的身体比香烟燃烧时的烟雾还要轻盈、还要缥缈，仿佛只要一阵风吹过，立即就会烟消云散。当然我知道这是自己连续好几日严重缺少睡眠导致的。

　　虽然早已经习惯了睡眠的严重不足，就像难民营的孩子更能忍受饥饿一样，但在这每日的高强度学习和个人分析之下，我的身体也开始毫不意外地疲惫，上课时更难聚焦起自己的注意力，经常眼前一片茫茫，耳朵嗡嗡，只能偶尔听到一两句比较清楚的声音，就像金属划过玻璃那般尖厉，刺进我的耳膜，让我内脏也为之惊惧地颤抖。不过好在课程内容可以用手机录音，录下课程内容待以后慢慢再听。

　　我想起晚上睡觉时，室友那均匀的呼吸声，那倒在床上就能睡着的本领，令我羡慕不已。室友永远也不会知道，在自己香甜入梦的时候，睡在旁边的某个人却是每分每秒都在煎熬，并且是那般至深至切地羡慕着她。

有人说，人类的悲欢并不相通。

我想加上一句，人类的悲欢并不相通，哪怕近在咫尺之间。

人与人之间有真正的感同身受吗？哪怕是有着最亲近血缘的亲人之间，哪怕是深深相爱的恋人之间，哪怕是……

我正在漫无边际地胡思乱想着，突然在满大街模糊虚化的人影中瞥见一个于我而言最特别的存在，就像开启了雷达般，我立即聚焦起所有的注意力定睛一看，果真是谭先生。他依旧微弓着背，却步履匆匆走得飞快，一个人很快就拐进了医院的大门里消失不见了。

哪怕只是远远看见他的身影，我也觉得仿佛七魂六魄瞬间又回到了自己的体内。

在分析室外看见自己的分析师是一种很难用言语表达的奇异感受，仿佛将见不得光的秘密摊开晒在阳光下，有隐隐约约的刺激和躁动。

我突然对于这天下午的见面有了一个大胆的想法，我想看看，如果并不是老老实实按部就班地坐在那里讲啊讲，如果自己不按照常理出牌，他又会怎样应对呢？可是如果自己真的那样做了，他会不会觉得我是一个怪咖？于是不再接待我了？我觉得，风险还是有的，可是自己在这里跟他面对面的时间并不多，那是不是应该想到什么就必须赶紧去做呢？如果他真的觉得我是一个怪咖、如果他并不接纳我不愿意接待我、如果他没有能力应对我的症状和试探，这样的专家也就不必浪费时间去期待了。

不知道看了多少遍手机，数着时间一分钟又一分钟地过去，终于等到了见面的那一刻，我穿过走廊，敲门，走进去，并反手关上门,然后进去坐在那张黑色长沙发上。

为了酝酿情绪,同时也是为了能鼓起足够的勇气,我好一阵子没说话也说不出话来,喉咙又有些发紧,只有真正接受过精神分析或者心理咨询的人,才会知道要言说自己最隐私的秘密需要克服多么强烈的羞耻感、需要克服怎样的害怕被嘲笑被伤害的恐惧感。

"今天感觉怎么样?"谭先生问道。见我许久未发一言,他于是主动试图挑起话题。

我没有回答。于是他也就默契地沉默了,默默地等待着我的言说。

不知过了多久,内心翻腾的波澜让我完全忘记了抬头看墙上的那个石英钟,终于,我一咬牙——其实可能只是想象中的咬了牙,我豁出去了,把左手的袖子卷了起来,露出了手臂内侧那一道道颜色深深浅浅的陈旧划痕。"以前我自己划的,不过现在已经好多了。"我说。

他侧过头来看了一眼,尽管也许只有十分之一秒,我却依然捕捉到了他眼神中闪过的一丝惊讶。

你真是一个见多识广经验丰富的行业专家吗?你真的处理过很多的心理创伤病人吗?你又会如何应对我?你会对我是什么态度?……我心想,让我看看你是一个什么样的人吧,看看到底值不值得我信任和托付。

"我想把我经受过的一些创伤事件先概括扼要地告诉你,具体的经过和感受什么的,我还没办法去回忆和讲述,但是我今天很想把提纲给你说一下。"我把左手的袖子放下来,继续说道:

"我的母亲很伟大,她为家庭和孩子付出了她的一切,包括生命。可是她受过太多太多的苦,她在那个特殊的年代成了孤儿,受了很多的磨难,所以,她经常会控制不住自己……她会打我,刚开始还算好些吧,后来有几年,哥哥在外地读书,父亲在外地工作,家里只有我和母亲。于是,她几乎每天都会打我,往死里打,手边有什么就拿什么打,包括铁钳,而且不许哭出声音,否则就会撕嘴巴,真的会把嘴角撕裂……因为母亲从小就是孤儿,所以我没有外公外婆,我也没有见过爷爷,爷爷的身份也有点特殊,在那个特殊的年代里去世了。我只有一个奶奶,但她并不喜欢我父亲这一家子,她曾经让我一年多的时间里只吃一盘发霉发臭的菜……我的父母亲只要在一起,就经常吵架打架,后来我的母亲去世,我亲眼看着她咽气的……然后我就开始一个人流浪,我开始出现各种各样很痛苦、很难受的症状,包括控制不住的自残,上次说到的噩梦只是其中一项。这段经历真的很难言说,还有其他一些我现在连作为提纲都没法说的创伤……嗯,我交过一个男朋友,性格不合,我提分手他不肯,就把我反锁起来,天天打我。我逃跑了两次,第二次成功了,真的像电影里那样惊险……"

谭先生微微转过身来,用逐渐变得凝重的眼神望着我。

我顿了顿,一不做二不休地接着说道:"不怕你笑话,告诉你,我到了晚上,还会觉得……有个鬼一直在我旁边,所以我睡眠不太好。我来这里已经好几天没有睡好了,我好困,真的好困,今天下午我……我想在你这儿睡一觉,睡一会儿哈,到时间了你喊我起来啊。"

说完，我就顺着沙发的靠背不紧不慢地倒了下去，侧身倒在了沙发上，并顺势把放下的单肩包垫在了脑袋下。

我一直在用眼角的余光观察他，观察他的反应。他没说话，我看不太清他脸上的表情，只看见他深色的外套和白色的衬衣一动不动，他是如此静默。我不知道他此刻在想什么，但我很想知道他此刻在想些什么：他会觉得我怪异？还是病得不轻？还是无聊——花几百块钱来这里的沙发睡觉……然后，他会怎么做？不允许我睡？还是随便我？还是会说些什么？他到底会怎样？

我承认自己带着试探、考验以及一丝捉弄谭先生的意味，想看看他到底会怎样反应，想知道他是怎样的一个人。可是万万没想到还没有等到他的回应，不知道是沙发太过柔软舒适，还是因为有他在身边很放松，还是说我实在是太困了？我倒下去才大约两分钟，睡意就铺天盖地涌上来，眼皮沉重得抬不起来……我睡着了。

我竟然睡着了。我本只是想假装要睡一会儿并顺带躺沙发上休息一下，可没想到自己却真的睡着了。我清清爽爽地睡着了，连梦也没有做一个。

不知过了多久，我听到他的声音："你可以起来了，时间到了。"我迅速睁开眼，坐起来，看见墙上石英钟的指针正好指在了应该结束的那个时间。

我站起来，把包包重新挎在肩膀上，与此同时谭先生也站了起来。他没有如往常般微笑，而是若有所思地望着我，眼神略有些复杂。我们站立着默默对视了好几秒，就像有些什么东西在两人之间凝固了一样。最后，是他先开口说："明天见。"我点点头，然后离开了他的办公室。

我相信，在我睡着的时候，他并没有离开或站起来走动，或者抽空去电脑前做些别的工作，因为只要他有一点动静，极度敏感的我就一定会被惊醒。他一直坐在那，即使在我睡着的时候。

他一直在那儿，这让我感觉很好。

第八节
电影

电影赏析的夜晚，同学们在关了灯的大教室里看电影。

这是一部获得奥斯卡奖的优秀电影，讲述了女主人公的人生故事以及内心世界。电影拍得极好，感染力非常强，当屏幕上出现女主人公的母亲那苛刻而扭曲的管教时，我听到了教室里此起彼伏地发出了一声声抑制不住的叹息声，那叹息里包含着对女主人公的同情、对女主人公母亲的愤怒等各种情绪，在故事的后面，当影片呈现女主人公的内心痛苦时，我甚至听到了一些轻微的啜泣声。我忍不住往我座位的左边看了看，又往我座位的右边看了看，发现有一些女同学在暗暗地擦拭着眼泪，我身边的童同学也在用纸巾交替地擦着眼泪和鼻涕。男同学们虽然没有掉眼泪，但是大多都表情凝重，同样沉浸在了痛苦的剧情之中。

我看见大家就这样坐在这明明灭灭、闪闪烁烁的光影里，看着镜头下呈现各种虚虚实实、起起伏伏的故事，对着屏幕投射和体验各自纷纷乱乱的感受和情绪。

他们在看电影，只有我觉得自己只是在看着他们在看电影。

因为我是如此无动于衷，就像一个铁石心肠的刽子手。

尽管我平日敏感得看见一朵花落下都会伤感半天；看见朋友圈里重病筹的信息会感同身受般同情，并尽力表示一点自己的力量；在曾经住在越城城中村里那栋没有电梯的破旧大楼时，每次遇到十楼的那个老太太拎着沉重的米和菜往上爬时，我都会主动帮她拎着东西送她到十楼，哪怕那么多次她连一声谢谢都没有对我说过……

反而在这样的场景下，我却如此无动于衷。我看着屏幕麻木不仁地想：女主人公有着体面的工作，衣食无忧，她这样的痛苦算什么呀？既要承受精神上的剧烈痛苦，又要承受生活上的极度困顿，那才是真正的绝望啊！如果一个人连吃饭和住宿这样最基本的需求都没有得到解决，那才是真的恐慌，每天都很恐慌，没有安全感。还有，她的母亲对她的控制固然可怕，但这并不是世间最可怕的事，最可怕的事是什么？是压根就没有任何一个人来试图控制你，没有任何一个人在乎你，甚至没有任何一个人看到你、知道你……

嗯，我比她惨多了……可是人们只会同情电影里的人，或者离自己遥远的人……不不，谭先生也许会跟大家不一样，他会帮我的……这些念头纷纷扰扰地浮现在我的脑海中，让我觉得疲累而又沮丧，我沮丧地发现我与身边的同学们是那样的格格不入，尽管像模像样地坐在一起学习，可我依然没有办法融入这个群体，也包括其他的任何一个群体，我与其他人之间，隔着那层看不见的玻璃罩。热闹是他们的，我却什么也没有。

后来我悄悄走了出去，站在被黑暗笼罩的露台上，看着眼前那片密密麻麻如繁星般的城市灯火，忍不住泪流满面。我以为会在分析时流的泪，终究只能是在自己一个人时才能无须克制地流淌。

第九节
半年后的约定

"你长程收费是多少?"我问。

谭先生看了我一眼,缓缓竖起几根指头来,这几根手指代表着他的收费标准,与此同时他的眼神带着几分警觉,明知故问道:"你问这话是什么意思呢?"大约是上次我在他沙发上睡觉的事情让他增强了警惕。

他的这个动作让我莫名觉得有点搞笑,但是又笑不出来,我的嘴角和我的心一齐沉甸甸地下坠,与他分离在即,我开始感觉到有些说不出的难受与心慌。我很惊讶我对他如此迅速地依恋。

"这几次与你见面我感觉很好,我不是那种轻易可以跟别人讲述自己的人,或者说我从来都不跟别人讲述自己,但是很奇怪的是,我发现我特别信任你,我想跟你讲我所有的故事,我也相信你并不会伤害我。而且不知道为什么,我就是相信你会对我很好……我也找过别的分析师,但是没有感觉,我完全不想说话。我现在急需要有人来帮助我,我想要好起来,也想更深地了解我自己,我希望你能帮我。"我用殷切又带有一丝羞怯的眼神望着他。

"嗯……"他搓了搓支在下巴下面的两只手掌,沉吟了一小会儿,然后对我说道:"可以的,我愿意接待你,我们可以一起工作。但是要半年后才开始,我最近没有那么多时间了。"

什么?我完全没有想到得到的竟是这样的回复,自己对他是那么信任和期待，所以对他说了那么多关于自己的故事，这也是我第一次如此毫无保留地讲述自己的隐私和痛苦，难道这一切就像什么都没发生过一样吗？不，不，做不到。急切中我嚷了起来："为什么要半年后？！太难等了！我现在就需要，我很痛苦！"

"我没那么多时间了。"谭先生悠悠地答道。

"我不相信一个星期都抽不出一个小时吗？"我像一个怨妇一样恨恨地说道："再忙一个星期也应该能抽出一个小时吧。"

他的语气坚定："很抱歉，只能如此。"

我忍不住焦躁地跺起了脚："你是不是不想接我，就故意要等到半年后，其实这是一句拒绝的话，对不对？"

"你其实是拒绝我，对不对？你如果说得太含蓄了我会不明白的，我需要你直接告诉我。"我着急地都想哭了。

谭先生却笑了起来："这不是拒绝的话，是真的愿意接你，但是也真的必须要半年后才可以。"

"那你会不会变卦或者忘记我了？要不我先把钱给你？我可以先付十次或者二十次的费用作为定金给你。"

他马上收起笑容，一脸的严肃认真："这是不可以的，这是违反设置的，我绝对不可以在没有工作之前就收你这么多钱。费用是一次一次地给。"

我当然知道什么是设置，设置是从事心理咨询和心理治疗这个工作的行业规范，有地点设置、时间设置、收费的设置、关系的设置——来访者和咨询师治疗师在工作外不能有其他的接触，更不能谈恋爱或发生性关系……诸如此类，一定要遵守的相关伦理和约束。在我个人看来，设置跟佛教中的结界有点相似，都是在尽力创造出一个安全可靠的空间出来。

设置这个词一提，我当然是无言以对。

"你半年后再来这里学习的时候联系我，如果你愿意的话，到那时我们再开始一起工作。"他说。

我皱起眉头，感觉有一种似曾相识的难受涌上心头，但一时又想不清楚这情绪的背后是什么。

谭先生将身子斜了斜，转过头来看着我的眼睛严肃认真地说道："在这几天的工作里我感受到了你对我的信任，以及你对我的期待。虽然你还不能完整地述说你的经历，但已经让我了解到你经历过很多的创伤，你的创伤的确很严重。现在你有很多症状，但还是需要慢慢来，即使做分析、做心理治疗也不是短期内就会有什么神奇的效果，一定是需要一段时间才可以的。我相信你是知道这一点的，所以不要着急，我们半年后再来看，如果你半年后依然想要与我一起工作，我们就可以开始长程的工作。"

半年后我当然还是会想要和你一起工作啊，你以为我是那么容易敞开心扉的人吗？我好不容易才找到一个让我信任和期待的人……我心里这么想着，但又什么也说不出来，心中交织着许多无奈以及一丝感动，我点了点头。

他重新坐正身子，眼睛望向前方的茶几，我疑心那茶几迟早会被他的眼神灼出一个洞来。

想到分离在即，回去之后仍然是自己一个人面对自己的各种症状，我内心涌起一阵阵的失落和伤感，一想到要半年后才能再见面，又觉得莫名焦虑和恐慌，啊，该如何挨过这段漫长的时光？

想到分离在即，我终于还是忍不住问了他一个看似可笑却一直担心的困惑："你说……我这些症状是不是精神病，我会不会发疯，彻头彻尾变成一个精神病人？"

"不怕你笑话，我其实特别害怕自己会变成一个疯子，就是那种蓬头垢面不穿衣服在大街上痴痴地笑、在垃圾箱里捡垃圾吃的疯子……"我又说。

"你为什么会担心这个问题呢……你觉得如果你疯了会发生什么？"

我的眼前立即浮现出文文疯子在铁笼子里歇斯底里试图晃动铁栏杆的样子，不禁打了个寒战："如果我发疯了，我的老公肯定会抛弃我，我没有医保，他是不会花那么多钱送我去精神病院治病的，我成了一个大累赘，谁也不会那么好来管我的，我就只能在大街上捡垃圾吃了。"

"我想他是不会那么做的。"

"不，不，这个很难说。"我摇摇头，沮丧地说道："你不了解，也许他不会嫌弃我抛弃我，他这人不坏，但如果时间久了就难说了，久病床前还无孝子呢，也许他的家人也会劝说他抛弃我的……反正我就是特别害怕变成精神病然后被抛弃。"

谭先生看着我，眼睛里是认真的神情："你当然不是精神病，你并没有丧失现实检验能力，而且我们可以很正常地交流。你虽然有各种各样的症状，但不是精神病，而且你一定会慢慢好起来的，你不与人来往，这对你的心理健康很不利，平时你可以试着多走出去，找一些谈得来的人多交流。"

我嗯了一声，这一次我也不知道自己到底有没有被抚慰到。

我又问："我会觉得有两个截然不同的我，有一个我的状态特别糟糕，但偶尔会有一个特别好的我出现，请问我这是多重人格吗？"

他回答："不是。这只是说明你有很多面不同的性格特质，无论在哪种状态你都知道是你，你知道你有不同的状态。而多重人格的话，这个人格出现的时候它就不能感受到另外的人格存在，它们之间是完全断裂的。"

我接着又问："不谈宗教和民间信仰，只是从精神分析角度来讨论的话，鬼是什么？"

他回答："一切外部现实都是内心活动的显现，鬼是潜意识里某种压抑的情绪或者欲望的投射，每个人的情况不同，要具体分析，不能一概而论。"

我又接着问："为什么我以前会控制不住地要自虐？每次自虐后我都觉得自己很蠢，可是下一次冲动的时候又控制不住，而且伤害自己的时候好像还很快感，你说我是不是变态？"

他回答说："我知道你有很多的困惑，你想了解你自己，但是分析不是简单地回答问题而已。你想知道的答案其实都在你自己的心里，要等以后在我们的工作中慢慢呈现和领悟。"

我点了点头，说："好的，就像古希腊德尔菲神庙上刻着的那句认识你自己的箴言，我也想要认识我自己……我会等你。"

第十节
死亡那么近

阳光据说产生于十万年前——太阳光产生于太阳中心地带的核聚变，太阳主要由氢和氦等元素构成，物质都是处于等离子状态，当光子穿过这些等离子体时，会与质子、电子等发生碰撞，不断经历吸收再发射的过程，并且整个过程中的运动方向是随机的，这些光要想到达太阳表面，就必须穿越这些等离子的重重纠缠，不停地分散与聚合、吸收与发射，经历千难万阻最终才到达太阳表面。也就是说，太阳核反应区诞生的光并不能直接到达太阳表面，需要经历无数次死亡及重生，到达太阳表面的光早已不是最初的那个光。经过科学家复杂的计算，发现光诞生后到达太阳表面的这个时间，至少要经历上万年，有的甚至要几十上百万年。

然后光才能从太阳的表面到达地球，这个时间大约是八分多钟，这个计算过程很简单：地球绕太阳公转轨道是椭圆形，近日点距离太阳 1.471 亿千米，远日点距离太阳 1.52 亿千米。平均距离是 1.5 亿千米，真空中光速取 30 万千米每秒，简单除法结果就是 8 分钟 20 秒。

我坐在落地窗前的小板凳上，这些产生于十万年前并且需要八分多钟才能到达地球的阳光倾泻进来，将我团团地裹住。我喜欢阳光，当我沐浴在阳光中的时候，便会感觉到自己也可以成为阳光中的一部分,发光发热,让阴暗的鬼神休想靠近。我眯缝着眼望了望天空,不知道自己是在望向宇宙的过去还是现在,对于时间我本就有一种非正常人类的凌乱感,那段孤苦无依、流浪的时光把我的感觉和回忆割裂成了无数的碎片,并且有一些碎片似乎永远失去了,就像云消散在虚空,水消散在水里。

孤寂感一如往常地向我袭来,像是为了抵御这种孤寂,我的脑海开始浮现出谭先生的影子,我心里把他想了又想,想他的小眼睛,想他那单薄的肩膀,想他的那个茶几,想他说过的每一句话……当我想起他时,我便感觉自己不再那么孤寂,也不再那么虚无。与此同时,我再次惊讶自己对他的这份感觉,自己怎么就对他如此快速地产生信任和依赖了呢?难道这就是传说中的缘分吗?我只能如此这般地向自己进行解释。

阳光炽热了起来,我把目光从天空中收回。

从我的窗外往前望,对面是一栋栋八至十层的居民楼房,白天皆是静默的,只有到了晚上,才会看到无数窗口里透出的灯光和晃动的人影,就像很多部无声的电影在同一个片场同时上演。若从窗外往下望,会见到楼下被围墙圈起来的一小片空地,沿着围墙站立有一排形态各异的健身器材,每日都有几个中老年人去锻炼身体,做出各种奇奇怪怪甚至有些魔性的动作。

坐在窗边看看天空,看看那些陌生人的窗口,看看楼下总觉有些怪诞的健身场景,这便是我唯一与外界有联系的时刻了。日复一日。

昔日的那些佛学同修,在我退出文字工作后,由于少了很多的交集,自然而然也就极少再有联络了,他们有的人甚至以为我要去研究精神病。我不知该如何回答，精神分析不是精神病分析，一字之差，谬之万里，精神分析以潜意识的理论作为基点，想要研究的是："一个人为什么是他这样子"的真正原因。当然这些话似乎也没有人真正想要试图了解，只有一个小师父例外。

那是在某个禅修道场里，那天我和一个很年轻的小师父偶然坐在了同一张大桌子旁，于是小师父亲切地问我："你从哪里来的？"我刚读完一本佛经，思维还没从经书里出来，于是下意识地答道："娑婆世界。"

小师父哈哈哈地大笑起来："你还不如说是南瞻部洲。"

小师父又问："你是做什么工作的？"

我老老实实地回答："目前没有工作，主要在学习。"

小师父问："在学什么？"

我有点犹豫地回答："精神分析。"

不曾想他脸上竟立即流露出很感兴趣的表情，完全没有任何的轻视和排斥，反而谦和地问："精神分析是讲什么？它和我们这里正在练习的禅宗有什么关联吗？"

我垂手低眉，恭敬地回答道："精神分析流派众多、博大精深，不过主要还是讲如何觉察我们的潜意识，了解我们自己为什么会这样为什么会那样？"我顿了顿，接着说道："如果……要把它和禅宗拉上关系的话，我会觉得它很像禅宗中的观，禅宗讲究止观双运，观的时候不会去管行为语言想法背后的原因，只是观……直接观就可以，看见当下的自己在做什么即可。"我不知道该不该再多说下去，但抬头瞥见小师父认真和鼓励的眼神，于是又大胆继续说了下去："但可能我是一个太好奇的人吧，我想要知道那些原因，为什么会发生，心理动力是什么……总之是更细节的东西。通过禅宗了解过那些宏大的智慧后，我就想了解更细节、更俗世的东西。"

小师父听了之后微笑着点头："你这想法有意思，我认为挺好的！"

在他的鼓励下我更大胆了："都说不要执着于'我'，可是连'我'是什么都没搞明白，岂不是就像乞丐说他已经舍弃了荣华富贵？自我都没找到，怎么做到无我呢？"

嗯！小师父更用力地一点头，那张胖胖的脸像极了弥勒佛："是的，我们不能舍弃我们没有的东西。"

"说来说去还是……可能我业障重吧，按佛法来说应该不要执着，直接空掉，但是我空不掉啊！所以我决定暂时停下来，拿自己当标本，先好好研究和探索一下。我是一个好奇的人，总想去了解更多，更何况是关于自身的问题，我觉得更应该要去好好地了解。"

小师父专注地听着，他脸上温和的表情，就像是那句"一切法都是佛法"的注释，让人相信他会完全接纳他面前的所有一切。

于是我继续说道："然后我应该会再回到禅宗来……虽然我现在还没有把精神分析研究得特别深，但我觉得它可能并不是我们人类的那个终极目的，它可能更像是一个过程，很重要的一个过程，很入世的一个过程，而不是终点。"

小师父若有所思了片刻，说道："我们探索宇宙的目的，其实也是探索我们自己。"

然后轮到我点头:"是的,我不停地学这个学那个,纯粹就是为了探索我自己,没有别的功利的想法。"

之后小师父和我加了微信好友,毕竟身份有些不同,我们从来都没有私聊过,但是我们会给对方的朋友圈偶尔点赞与评论,主要是关于禅宗和量子物理学的一些内容,算是唯一一位互动得比较多的微信好友了。

此刻阳光更加炽热地照进窗台。

我想到了申城告别时谭先生说的那句:要多找人交流。于是突然间就很想问候一下小师父,而且,似乎也很久没有见到小师父的朋友圈更新了,于是我拿出手机发出了这样一条短信:师父最近可好?

谭先生说过要我多与人交流,那么,我就想要听从他,甚至我自己都搞不清楚自己是否只是为了听从他而听从他,所以我破天荒地主动发出了这条短信,试图与一位有趣的灵魂简单交流一下某个形而上的话题。例如,此时此刻,我就特别想跟小师父探讨一下关于时间的存在与虚无,因为某些理论中,时间并非线性的,而是我们心念的连续性创造出来的……我想问问小师父的理解。

不管怎样,我在开始试着主动与他人连接。

没过多久,我发现自己的手机收到了一条无声的回信:你好,我是小师父的妹妹,我的哥哥半个月前已经往生了。

我惊讶得张大了嘴。在佛教的语言中,往生的意思是死亡,小师父死亡了?难道这是他在开玩笑?可是他并不像是一个喜欢乱开玩笑的人,我和他也还没有熟到彼此间可以乱开玩笑的程度，而且，没有谁喜欢动不动就说自己死了吧……那难道是真的？不，不，他还那么年轻，才三十出头，而且，他看上去也不像是身患重疾的样子，脸胖乎乎的有点婴儿肥，皮肤白白嫩嫩的，说话和不说话的时候都爱笑……他怎么可能会死？

我的脑子里像被塞进了一团扯不清的毛线，我急急地打开QQ，找出已经很久没来看过的QQ群——我是后来才知道，原来我们早就在同一个群里，只不过彼此都很少发言所以不认识。果然，我看到了群里有许多关于小师父的信息，我看到说他的骨灰已经放入某寺院，往前翻，看到了他的死亡时间与地点——是在某医院，再往前翻，说他病危，大家都在为他捐款凑高昂的治疗费，再往前翻，说他慢性白血病突转急性而入院……

这一切竟都是真的。

我愣怔了许久许久。一个如此年轻鲜活的生命就这样在这个世界上消失得无影无踪了吗？就这样消失不见了吗？就这样无声无息地消失了吗？

在死亡之前他会恐惧吗？会不甘心吗？会不舍得离去吗？会不放心家人吗？他的家人一定很悲伤很悲伤吧？他的身体会不会很痛？他生前的宗教信仰和修行有没有帮助他更放松些？他那么爱笑那么豁达的样子是已经看淡疾病和生死了吗？他死亡之后又去了哪里……无数个没有答案的问题在我的大脑中盘旋，在我那脑袋瓜狭小的空间里撞来撞去的。

我唏嘘感慨着，心里沉甸甸的，我心想：我能为他做些什么呢？我还能为他做些什么呢？我能为一个已经死亡的人做些什么呢？没有赶上捐款，我已经不能再为他做点什么了。我抬头重新望向那永恒变幻的天空，望向那无始无终的广袤，在心里默默地道了声：阿弥陀佛。

这是在我的母亲去世十多年后，我再一次看见死亡离自己那么近，虽然它像一道无声的闪电在头顶闪过即逝，仿佛并不会在心里刻下什么伤痕，毕竟没有跟小师父产生太深的情感，这就有点像看见一把利刃割在别人的身体上，大家都知道那一定会很痛，却并非痛在自己的身上，这大约就是人性中冷漠凉薄最原始的原因吧。

但此时此刻的我无论如何也想不到，于我而言，这似乎是接下来一系列悲剧与痛苦的序幕开启。在几年后每当我想起这件事的时候，总觉得有种说不出来的诡异：莫名地认识这个小师父，莫名地他就因病早逝了，仿佛认识他就是为了知道他的死亡信息。我后知后觉地想，当时一定有一个叫命运的东西，它在用这件事情来提醒自己，就像它在无声地大喊着：做好心理准备吧！你的痛苦马上就要接二连三地到来了！

可是，有谁能够听到命运的提示音呢？一切都是那么毫无预兆地发生。

第十一节
意外身亡的父亲

那天是大年初一，本是一个喜庆的日子。

虽然北方寒冷，没有南方那种满眼的翠绿，以及在冬天也盛放的美丽鲜花，但大街上亦人头攒动，到处悬挂着红色的灯笼，喜气洋洋贺新年的歌曲从每家店铺内放肆地倾泻出来，不由分说地紧紧缠绕在每个路人身上，扯也扯不开。于是大家都自觉或不自觉地被卷入到这一团欢乐的氛围当中，笑眯眯的，满脸都是歌曲中所唱的那种幸福——与亲人团聚的喜悦和对新一年到来的期待，他们大多三五成群的，在并不宽敞的步行街上停停走走，说说笑笑，有极少数人可能是笑得太激动了，大冬天的，连羽绒服的拉链也忘了拉上，就那样敞开着在大街上走。路的两边有各式各样的烧烤摊和小吃摊，烧烤摊前总是人最多，隔着老远就看到上空冒着一股股青烟，浓烈的香味扑鼻而来，很多小孩手里高高地举着鱿鱼串或羊肉串，在拥挤的人群中开心地钻来钻去。

热闹是他们的，我却什么也没有。我再次想到这句话，我羡慕地望着那些笑容。自从母亲去世之后，我好像就再也没有过那样的笑容了。过年带给我最深的感受与回忆，更多的是南方越城城中村破旧出租屋里的孤寂、失落与抑郁，是被整个世界抛弃的痛苦。

如今因为婚姻关系，我过年不再无处可去，而是必须回公婆的家陪伴他们，但是，婚姻并不是如我之前所想的那样，是对我以往痛苦生活的一种拯救，事实上，婚姻并不能拯救痛苦，如果你没有解决你的痛苦，最好不要踏入婚姻，婚姻意味着要面对生活中更多的状况，它不是天使，而是鸡零狗碎的生活。

丈夫的原生家庭跟我的原生家庭不同的是，他们的生活是如此顺遂安稳，他们彼此间的连接是如此紧密，几乎每时每刻都能掌握其他人的行踪去向，他们抱成一团的亲情就像一个堡垒，固若金汤，外人一时半会儿挤不进去……

我感觉到自己依然像被隔离在整个世界之外，依然像一个人被隔离在整个世界之外。

尽管如此，我还是很期待这里的晚上，也只有在这样的日子里我是期待夜晚而不是惧怕夜晚的。因为我喜欢看烟花，这里的春节期间，几乎每晚都有人放烟花。

每当晚上听见窗外烟花燃放的呼啸声和爆破声，我就会一个人颠颠地赶紧跑去厨房的窗前往外看。看烟花在黑暗的天空中瞬间炸裂，发出耀眼的光芒，化作一团团璀璨而迷离的花朵，是那般惊心动魄的美！然而瞬间的美丽之后，便消失得无声无息，让观看的人连叹息都来不及……

大年初一，正是在这一天，正是在这一晚，正是在这个时候，正是在漫天的烟花中，有人从遥远的南方打来了一个电话。

我接了电话，是已经陌生的、久违了的声音——我的大哥，他劈头就说："你今晚赶紧买票，明天回C城！这个事没得商量，必须回！"

这句突如其来又莫名其妙的话让我丈二和尚摸不着头脑，这是怎么回事呢？还是自己听错了？如果没有记错的话，我已经与这些有血缘的亲人很久没有联系了。虽然这听上去有点奇怪，可这就是事实。

虽然有些诧异，但愣怔完两秒过后，我生硬地答道："不回。"

"必须回！实话告诉你，父亲已经不在了，你必须回来。我也通知了老二，他在回C城的火车上了，我怕他路上出事，没有告诉他父亲已经不在了。反正你明天必须得回来！"大哥语气强硬地说道。

"不可能！"我下意识地脱口而出。这怎么可能，虽然跟父亲平日里没有联系，但还是知道他一直以来身体素质都特别好，异于常人的好，一个身体素质那么好的人怎么可能无缘无故地……不在了呢？

"这种事没必要骗你，反正你明天必须得回来，这个没得商量。"大哥说完后啪地挂了电话。

刹那间，窗外的烟花每一声都像是炸裂在我的脑袋里，震得我的耳朵嗡嗡响。

我挂完电话后像一只呆鹅般站了好一阵，然后才游魂似地回到客厅。

"我……我明天必须回老家去。"我抖着嘴唇小声说道。

紧接着屋里的每一个人都知道了这个突如其来的消息，"不可能吧！"大家的反应非常一致：先是仿佛被吓了一跳，然后疑惑地说不可能吧不可能吧。

我呆愣地坐在沙发上，我的脑袋又开始散乱，注意力又开始涣散。天花板上的白炽灯明晃晃地照耀着，让我感觉整个空间都笼罩在一片白色的迷雾之中，有声音在这个空间里嗡嗡作响。我的身旁有几个身影，近在咫尺，触手可及，却又面目模糊，仿若远在天边……眼前的一切变得不真实起来，像是一个虚假的幻象。

我又陷入了那种如梦如幻的状态中。在这种状态中我没有悲伤、没有痛苦，因为我也不知道该不该悲伤、该不该痛苦。我陷入在那种不是空白，但又接近空白的恍惚之中，一味地呆坐着，整个人像随时会被风吹乱的一盘散沙。

我呆坐着，不知过了多久，或许也只是几分钟而已，恍惚间我感受到自己的丈夫正坐在身旁帮忙抢票，好像是在一遍遍地刷新购票的页面：大年初一的晚上，要想买到第二天早上出发的高铁票，希望是十分渺茫的。

突然间，一个熟悉的声音穿透那层层白色迷雾刺入我的耳膜："不要坐早上的车回去，要走明天中午跟大家聚完餐再走！"

我几乎是浑身一激灵，注意力瞬间就回到了身体。说话的是我的婆婆，此刻正皱着眉头满脸不高兴地看着那部正在刷票的手机。

我像不认识似地盯着婆婆看了几秒，有点几乎不敢相信自己的耳朵，然后下意识地回应道："不，我明早必须得回去！"

这应该是这些年来第一次这么直接地在婆婆面前表达自己，之前如果偶尔有什么冲突，我习惯于忍耐或者用回避来应对。但是我心里也清楚地知道，每年大年初二这天跟亲戚们进行大聚餐是婆婆一年中最盛大的节日，此刻我在破坏她这最重要的一天。

每年的大年初二，是婆婆最为看重的一天，在这一天，所有人——她和她的老伴、她的儿子儿媳、她的女儿女婿、她的外孙女，都必须穿戴整齐，和另外的几个亲戚约在某个饭店的包间聚餐团圆，席间这些晚辈们一个个要尽力表现得良好，不能给长辈丢脸。吃完饭后，另一个重要环节是拍大合照，可以想象的是，镜头里的所有人都必须绽放出美好的笑脸，显得特别开心幸福的样子。再然后，照片会挑出几张来发送给她在乡下老家的亲戚们，收获一大波赞美与羡慕。

我当然每次都全力以赴地配合，我是一个内心并不快乐，而且也不太懂得应酬饭局的人，所以每次吃完饭后都会把腮帮子笑得生疼，每次结束后我都会很有自知之明地想到，婆婆对我蹩脚的表现一定是不太满意的。

可是今天，我的亲生父亲去世了，竟然还要我去聚餐、去满脸笑容地各种举杯祝福，并且满脸笑容地拍大合照吗？虽然我和我的父亲关系并不亲近，可那毕竟是我的父亲，这种情况下我怎么可能吃得下饭、笑得出来？更何况，吃完饭拍完照后通常会到下午的两点左右，以最快的速度到达高铁站怎么也得是四点了，那时还能有高铁吗？就算还有车次，单程需要 8 个半小时，我到站就得是半夜了吧……我这么想着，开始有愤怒在胸口翻滚，身子有些轻微地发抖。可是除了那句"我明早必须得回去"，我却什么都说不出来了，嗓子眼像被石头堵住了似的。

窗外又是砰的一声炸响，窗玻璃随之闪亮了两秒。

就在这时，在我身旁的丈夫情不自禁发出了一声小小的欢呼："我买到票了！刷了好多遍才终于看到了一张，估计是有人退的票！明早十点出发。"

我感激地望了他一眼。

他望见他的母亲，这才如梦初醒般，像一个犯错的孩子般低下头，嘴里小声地解释道："路过南方 C 城的高铁每天只有这一趟，朝发夕至……"

我沉默着站起来，回到客房，试图收拾一下出发的行李，可是床边那只干瘪单薄的尼龙购物袋冷冷地提醒着我：没有什么好收拾的！由于我们是开车来的，所以我没带其他包包，只用这只尼龙袋装了点洗漱用品和一套内衣裤过来而已。

我默默地躺在床上，眼睛盯着天花板。明天一定一定要早点出发，我紧张地思忖着。明天要早点起床出发，才不会赶不上高铁，情况如此紧急且春运期间一票难求，所以绝对不能失误。这是一个四五线小城市，城里只有一个小而破旧的火车站，每天只有几趟慢得可怜的火车停靠，如果坐慢车去最近的有高铁站的城市，最少需要三个小时，然后还需要从火车站乘车去高铁站。坐长途汽车也需花费差不多的时间，但据往年的惯例，汽车站大年初一初二这两天几乎没有去附近城市的车次，更多的是跑周边的短途车。幸好这次他们是自己开车回来的，自己开车的话，如果不塞车一个半小时就可以到达高铁站，不知道明天路上塞不塞车呢，一定要早点出发……我颠三倒四地想来想去。

烟花的爆炸声不知在何时已经停止，我突然间才觉察到四下里变得安静极了。

吱呀吱呀的两声响，丈夫推门进来又反身关上了门，坐在床沿开始脱衣脱鞋准备睡觉。就在这时，敲门声响起，伴随着婆婆喊他名字的声音。丈夫答应着，站起来重新又打开了房门，"什么事？"他问。

"记住我刚才说的，明天你一定不要开车去送她！她要是走了，你就更得要留下来去聚餐，要不然人太少了，聚餐就不热闹了。你不要开车去送她！"婆婆再次强调完之后，拖着啪啦啪啦的脚步声离开了。

从床到房门只有不足两米的距离，她说的每一句每一字都清清楚楚钻进我的耳朵。我的两只手像得了帕金森综合征似地抖了起来，然而我只是颤抖着，却没有办法发出任何声音，也没有办法做出任何反应，任由海潮般的绝望将我淹没。丈夫不置可否地关了灯，躺下身并在两秒内发出了响亮的鼾声。黑暗中的我睁大眼睛盯着黑暗中的天花板，我不知道明天早上丈夫会不会送自己，平日里他很敬畏他的妈妈，所以极有可能是不会送的，如果他不送自己，就得我自己想办法去火车站，天不亮就要起来……可是，可是，那个时间点路上会有的士吗？要知道现在可是春节期间啊！总不能走路去火车站吧，走到火车站那得多久？就算走上一个多小时到达火车站，然后再坐慢车去最近的大城市，再转去高铁站，还能赶得上高铁吗？但是明天必须要回去，明天必须要回去……我转念又痛苦地想道：我的父亲，他是真的去世了吗？他们是不是在骗我，骗我回老家？因为我已经很多年不回老家了，是为了骗我回老家吗？可是在我的老家乡下，过年非常讲究吉利，如果说了不吉利的话或者做了不吉利的事，就会认为这一年都将过得不太顺，这大过年的，怎么可能会胡乱诅咒自己的父亲死了呢！所以这很大可能性是真实的，父亲是真的去世了。可是他的身体那么好，从我小时候记事起，他的身体素质就是大家公认的超级好,没听说过他患有什么疾病,怎么可能会突然就死了!大哥也没说父亲到底是因什么病而去世的,什么病这么突然?啊!这到底是怎么回事啊,明天我必须得回去看看!如果丈夫不送我,我自己想办法走也要走去火车站,如果他真的不愿送我,那我就……

黑暗中我咬了咬牙:如果明天他真的不愿送我,这日子就真的过不下去了。

就在这样七上八下又翻来覆去的急切、焦灼、心慌意乱中,我看到了天花板在黑暗中隐隐现出了灰白色的轮廓——我竟一夜未曾合眼!

我迅速地爬起来,穿衣服、穿鞋袜、戴帽子,动作快得像当年军训时的紧急集合。

丈夫被惊醒,他瞪大眼:"你这么早就起来了?"然后也迅速地爬起来,飞快地穿衣服、穿鞋袜、戴帽子。"我开车送你。"他说。

我感激地简直想向他鞠躬了。

上洗手间和开门的声音惊动了婆婆,她穿着睡衣从房间里出来,皱着眉头看着已经穿戴整齐的我们。但是我们飞快地走出了大门,直奔楼下的停车点而去。

第十二节
奔丧

　　我和丈夫的车在省际高速公路上畅通无阻地奔驰，路上没有遇到一辆车，天才刚蒙蒙亮，一切都笼罩在幽秘的寂静里，在我眼角的余光中，所有的景致裹成混沌的一团，飞速地后退。

　　世界还没有醒来，我却要去奔赴一场关于死亡的未知。

　　到达高铁站的时候，还不到八点整。在进站口，我与丈夫告别："现在还差几分钟才到八点，你还可以再赶回去聚餐，你快回去吧。"

　　"嗯，没想到这么快就到了，我也是这么想的，再开车回去聚餐，免得她不高兴。"丈夫说。然后他犹豫着向我张开了双臂，试图想要给我一个安慰的拥抱，他的眼神里有着对我的关切和怜悯。

　　然而我拒绝了，我不习惯这种突然到来的温情，我下意识地后退了一步，冲着丈夫点了点头，然后头也不回地进了车站。

　　尽管我很感激丈夫这次帮忙买票并且开车来送自己，对他来说，违反母亲的意志是一件并不容易的事情，但是我心里很清楚，或者说双方心里都很清楚，我们这些年彼此已经变得有些疏远了。初结婚时他对我的那些好，很快就被对他母亲的内疚冲淡了，他不敢再对我好，如果对我好，就会对母亲充满歉疚，于是他退回去，缩回到了他的母亲和原生家庭那个坚固的堡垒。我知道,他和他的原生家庭共生得厉害,我同时也知道,对此我无能为力。

  我在离检票口最近的地方坐下来等待,我好像还买过一份早餐,买的是什么后来记不清了,只记得吃了几口后便把早餐扔进了垃圾桶。两个小时的等待时间似乎过得飞快,我坐在候车椅上,好像丧失了所有的情绪反应,昨晚整个晚上的翻腾已经耗尽了所有的精力。但是我并不困,不想睡觉,也没有任何想玩手机的欲望,不同于之前的那种恍惚和游离,我清楚地知道我身边在发生什么,我只是丧失了情绪的反应,没有悲伤、没有痛苦,不悲不喜,我就那样不悲不喜地坐着。

  上了高铁,我依旧是那样的状态,坐在座位上,眼睛望着前排座位的椅背,没有玩手机,没有打瞌睡,什么也没干,什么也不想干,时间过得飞快——真的很奇怪,难道不应该是度日如年吗?仿佛只是二十多分钟的光景就到达了下一个高铁站,然后又是下一个高铁站,由北至南,掠过一个城市又一个城市。

  直到进入了省城的地界,这也意味着再过两小时我就能到达目的地C城了,我猛然间开始心慌起来,因为这就意味着很快就要面对那个真相了!是?还是不是?我害怕极了。容不得我多想,仿佛又是一眨眼的工夫,再过二十多分钟就要到达C城了。在我给大哥发了即将到站的短信后,就着急地站了起来,抓着手里那只尼龙购物袋,早早就走到了车门那里,等候到站下车。

  车门外的房屋、树木、河流……连成线条般地飞速移动,既像前进又像后退,快到了快到了,很快就要到了,我盯着那些飞速的线条慌乱地想着。就在那时，一股莫名其妙的能量向我的胸口袭来，从来没有得过心脏病的我突然产生了心脏病发作般的痛苦，胸腔里的那颗心脏不规律地猛烈悸动，好像下一秒要跳出来，我下意识地将一只手捂在胸口，却开始感到严重的胸闷，呼吸困难，喘不过气来，仿佛即将窒息死去。与此同时，浑身上下一丝力气都没有了，腿软得站不稳，身子直往下滑……由于一直倚靠着墙面，所以才不至于扑通一声直接倒地，而是软软地顺着墙面滑下来，蹲在了地上……没有人路过，没有人看到我的囧态，大约过了三五分钟之后，就如同潮水退去般，心脏又很快恢复了正常。我扶着车把手站起来后，才发觉自己的后背渗出了一层的细汗。

这是我第一次出现这样的症状，此刻我不知道的是，这竟不会是最后一次，而且在后来发生的事件中更为严重和持久。

列车到站了，恢复了正常的我——至少表面是正常的，第一个下了车。我随着人流出了站，在杂乱的环境中，一眼就发现了在一个被摇下来的车窗后大哥的脸，我和他长得实在太相像了，寻找大哥就像是寻找男版的我。

我拉开车门上了车，坐进了后座。大哥一句话也没有跟我说，连招呼都没打，就马上把车开动了起来。我心想：我该怎么问呢？问问这是怎么回事、真的还是假的？正在我思量着该怎么问的时候，大哥的手机响了，他接起来："喂，是的……嗯，明天后天要把寿衣和一些香蜡纸钱置齐，殡仪馆那边也要提前告知追悼会的日期……"

我立即意识到他在电话里说的一切竟都是真的！于是哇地一

声哭了出来。

　　大哥挂完电话，扭过头有些暴躁地喊道："哭！现在知道哭了！这么多年都不愿回来！"

　　我哭得停不下来。

第十三节
虚无是归宿

《红楼梦》里有著名的《恨无常》一曲："喜荣华正好，恨无常又到。"

我们能知道我们的未来会发生什么吗？我们能知道我们的明年会发生什么吗？我们能知道我们的明天会发生什么吗？我们能知道我们的下一秒会发生什么吗？

或者说，我们知道自己会在什么时候死去吗？我们知道自己会以什么样的方式死去吗？

我的脑袋里乱糟糟的，感觉自己就像一台网速极慢的老旧电脑，一下子处理不了这么多的信息量，以至于大脑系统几乎要崩溃。

大哥把我带去了一家餐馆，在那里我见到了许多年没见过的二哥，以及还是小时候见过的堂弟。

四个人坐下来一起吃饭，我却流着泪吃不下，大哥扒拉了几口就出去接打各种电话去了，二哥叹着气也跟着走了出去，只剩下堂弟在旁边跟我说话："姐姐你尽量吃点东西吧。"

我说不出话来，只用手胡乱地划拉了一个手势，但是堂弟竟然懂了，他说："事情是这样的……"于是他简单地把事情的经过讲述了一遍。

我以前在寺院最常听到的一句话就是：但念无常，慎勿放逸。无常无常，但念无常。我却万万没有想到，父亲竟以如此无常甚至是惨烈的方式离开。

这个春节，我的父亲如往年般与他的后妻一起回到后妻在山区的老家过年，大年初一的黄昏时分，他们俩吃完了晚饭后走到村子前面的公路上去散步消食——春节期间基本上没有车辆经过。可是那天，却偏偏有一个急着回家吃饭的货车司机，开着他的大货车飞驰而过，在一个猛拐弯之后，把走在公路边的我父亲直接撞飞了起来，落在了十几米外！上一秒还在悠闲散步的父亲，下一秒就被大货车撞飞了！

司机和后妈赶紧把父亲送到医院，然而医生说，人已经死亡。

一切发生得如此之快，让所有人都措手不及，电光火石之间，一切便都已经结束。刹那间，一个原本散着步说着话、活生生的人便永远闭上了眼，永远不会再有任何的反应了……我凄然地听着这一切，心想着，人们活着是那样的艰难，死亡却如此容易吗？刹那间肉体里那个有意识的东西又去了哪里呢？

堂弟接着说到了那个货车司机："那个司机到了医院后发现大伯已经不行了就害怕了，他竟然马上逃跑了，吓得躲起来了，后来是被大家找出来的……出了这个事之后，他也就完了，初步看他就是全责。"

我吃惊地发现了自己又一个与众人格格不入的地方，我发现我竟然没法憎恨这个司机，而是有些怜悯他，一个在山区开大货车的司机能有什么深厚的家底呢，出了这样人命关天的事故，如果是全责，就要赔不少钱，他的生活也会因此发生翻天覆地的变化。此时的他应该正处在强烈的恐惧和后悔当中吧。

相对于因为某些疾病的离开,这种没有任何预兆和心理准备的意外事故,就像命运突如其来挥过来的一记重锤,让人毫无防备地被击倒在地,身心俱痛,却无法挣扎、无力反抗,生命的脆弱和无力感让我充满了深深的恐惧。我进入到安排好的酒店房间里还在魂不守舍地想:父亲在被撞飞的那一刹那一定很恐惧很痛苦吧,他活着的时候一定想不到自己有一天会这样的离开,假设他能提前预知的话,会怎么想?又会怎么样?如今父亲死了,母亲死了,而我将来又会在什么时候死?以什么样的方式死亡呢?

掉了一阵眼泪又胡乱地想了一阵后,我最终还是睡着了,毕竟前一晚上通宵未睡,当然我是把所有的灯都亮着才睡着的。

当第二天早上醒来,我和大哥、二哥、堂弟在酒店外寻觅了好一阵,好不容易才找到了一间还开着的小小早餐店,大家都吃过米粉后,便一起出发去殡仪馆,他们要带我去见见父亲。

直到坐在了去往殡仪馆的车里,看着车窗外已经陌生的城市街景,我才陡然想道:既然父亲是车祸去世的,又被撞飞了十几米,那……他的样子……会不会……

我的心里又掠过一阵恐惧,但我什么也不敢问,只能沉默。大哥一边双手紧握方向盘开着车,一边给大家交代今天的安排,用的是家庭中作为一个老大的那种权威语气:"今天要基本买齐丧事上需要的物品,要定下来一家丧葬礼仪店,这两方面你们几个去城西市场那里,那里的店铺还开着门的,你们分头去买。我的任务是要赶紧去办理父亲的死亡证明,有了证明才能跟殡仪馆确定追悼会和火化的日期。尤其是定日期这件事非常重要,这段时间殡仪馆的业务非常繁忙,如果不提前订好,就没办法订到开追悼会的吊唁大厅,也没办法按时进行火化。"我暗自大吃了一惊:现在大过年的,真的会有这么多人死亡吗?

一转眼,一行人就到了位于城市边缘的殡仪馆,在一排灰色的平房前停下了车。大哥掏出钥匙,打开了其中的一扇门,大家鱼贯而入。

当我进去后,环顾着屋子空荡荡的空间和四周光秃秃的墙面,纳闷地想:父亲被放在哪了呢?这个念头刚在大脑中闪过,就听到了大哥喊我的名字,我这才一低头,发现了在屋子中间的一个低矮架子上摆放着一个狭小的匣子,二哥和堂弟已经打开了盖子,父亲的脸和身体赫然显现在我的眼前。我一看到父亲,顿时骇然!是的,骇然,不是一般的恐惧,更不是悲伤,是惊骇!那个瞬间我只是无来由地惊骇,强烈的、排山倒海般的惊骇!我吓得几乎要狂叫起来,赶紧捂紧了嘴,浑身无力地蹲在了地上,泪如雨下。

盖子很快又被合上了。我摇摇晃晃地站起来,走到屋外的时候,那股骇然才渐渐消退,慢慢随之而来的才是强烈的悲伤,抑制不住的、强烈的悲伤。我呜呜咽咽地哭了很久,再后来除了悲伤之外还涌起了许多的内疚:父亲的脸和身体看上去非常正常,并没有恐怖的样子,按常理我应该扑上去悲伤地大哭,却怎么会恐惧到那般强烈的程度呢?

太阳渐渐升起来了,房屋、树木、来来往往的人们……都披上了一层冬日暖阳的光辉,开进来、开出去的车辆也越来越多,相对于春节期间大街上商铺店铺皆关门闭户的情景,殡仪馆这里竟然要显得热闹多了。

  这个世界每天都有人在死去，这才是真相。只不过人们没有看到的时候，便以为没有发生。

  就在大家准备要离开的时候，那根高高矗立直伸向天空的巨大烟囱开始冒出了滚滚的黑烟，烟雾在空中弥漫、扩散，然后渐渐化作虚无……我一时看呆了。看着这烟雾，很难不去想象烟囱下方正在发生着什么，很难不去想象人类的遗体正在焚尸炉里熊熊燃烧的情景。无论贫穷还是富有，无论美丽还是丑陋，无论博士还是文盲，人们的最终归宿不过是被一把大火焚烧，化作一股巨大的黑烟，消散在空中……

  虚无是所有人最后的归宿吗？

第十四节
心经

观自在菩萨，行深般若波罗蜜多时，照见五蕴皆空，度一切苦厄。舍利子，色不异空，空不异色，色即是空，空即是色，受想行识，亦复如是。舍利子，是诸法空相，不生不灭，不垢不净，不增不减。是故空中无色，无受想行识，无眼耳鼻舌身意，无色声香味触法，无眼界，乃至无意识界。无无明，亦无无明尽，乃至无老死，亦无老死尽。无苦集灭道，无智亦无得。以无所得故，菩提萨埵，依般若波罗蜜多故，心无罣碍，无罣碍故，无有恐怖，远离颠倒梦想，究竟涅槃。三世诸佛，依般若波罗蜜多故，得阿耨多罗三藐三菩提。故知般若波罗蜜多，是大神咒，是大明咒，是无上咒，是无等等咒，能除一切苦，真实不虚。故说般若波罗蜜多咒，即说咒曰：揭谛揭谛 波罗揭谛 波罗僧揭谛 菩提萨婆诃。

心无罣碍，无罣碍故，无有恐怖……无有恐怖……无有恐怖……

我盘腿坐在床上，微低着头，捏着手腕上拿下来的佛珠，快速抖动着双唇，无声地将《心经》背诵了一遍又一遍，直到把一整串佛珠数完——108遍，我才能比较放松地躺下睡觉并且睡着。

自从那天去过殡仪馆，我就特别恐惧一个人回自己房间睡觉的每一个夜晚。当我独自待在房间，即使所有的灯光打开，也总感觉有满屋子的陌生鬼魂就在身边，而且都是些面目可怖的恶鬼，就像聊斋里的画皮、午夜凶铃里的贞子、老版港剧里的僵尸……它们仿佛在我的四周，甚至空中都漂浮着许多，一齐恶狠狠地盯着我，这种逼真但又挥之不去的感觉让我战战兢兢、寒毛直竖。

我许多次想到要不要恳求同住在酒店里的大哥的女友来自己房间陪一下自己，但是又不好意思开口，我早已经不习惯向亲戚们开口求助。

我想到了谭先生，我当然无数次地想到了他，当想到他那些温暖的话语时，我就想如果现在能跟他在视频里见见面该多好，跟他说一说现在的感受，就一定能够帮助自己心里好受一些，可是再一想到双方并没有确定工作关系，又怎么好联系他见面呢？就像他说的，他没有时间，所以我真的不便去打扰他。或者只是发个短信告知他关于自己此时的痛苦？他若能回复简单的几个字也是管用的。我几次拿起手机，点开跟他的对话栏，可是最终还是犹豫着关闭了，我不知道他会如何反应，我害怕他会觉得自己被打扰了，从而让他觉得我是一个让人心烦的人。

最终，此刻的我只能依赖这部短小的《心经》，我只能牢牢地抓住《心经》这根救命稻草，百念成钢，在反复的念诵中给自己找到一个依靠，由此获得了某种支持的感觉。在实在无人慰藉的时候，幸好有宗教可以让心灵靠一靠。

人在恐惧的时候，总想抓住点什么，哪怕最虚无缥缈的东西，也想紧紧地抓过来，作为自己的依靠。

第十五节
蓝绿色的越野车

父亲的车被亲戚从他家的楼下开了过来,停放在殡仪馆小平房房间的外面,据说是因为大家都知道父亲超级喜欢他的这辆车,所以开过来最后再陪陪他。

竟然是一辆越野车。

越野车有着粗犷的外形,但是颜色甚是特别:是那种明亮的蓝绿色!以至于整辆车像极了一只开了屏的孔雀尾巴。

堂弟看出了我眼里的惊异,主动解释道:"大伯最喜欢这个系列的车,又最喜欢这个颜色,本来这个车没有这个颜色的,大伯就去厂里特别定制这个颜色。车子送到后他可喜欢了,经常开着去外面兜风,不开的时候也特别爱惜,没事就自己擦了又擦,别人要是手脏都不让摸呢。"

我心想:我竟然从来不知道父亲最喜欢的颜色是什么,竟然忘了他原本是那么喜欢玩车。

我将一只手搭在车门把手上,仿佛重新触摸到了父亲的气息,这种感受真是很复杂。然后我犹疑着问堂弟:"他……他这些年每天主要干些什么?"

我试图趁这最后的机会了解一下父亲,最后的机会。

我一点都不了解自己的父亲,算起来,我最近距离了解父亲的内心世界,大约是在小学时候一次无意中的偷听了。

那是一个周末,我在母亲的恩准下一个人去学校的阅览室读书,不知过了多久,忽然听到一阵电子琴的声音,很快那旋律变得明朗起来:没有花香,没有树高,我是一棵无人知道的小草,从不寂寞,从不烦恼,你看我的伙伴遍及天涯海角……

是《小草》。

琴声在空无一人的校园里格外悠扬,像一匹看不见的柔软绸缎,从一间教室的窗户里扯了出来,在空中随风飘荡。

我默默地听着,尽管只闻其声,不见其人,但我知道这是父亲在弹这首曲子,我悄悄走过去,用一个小学生的身高和目光趴在窗台上往里望。

教室里果然是父亲在弹琴,他坐在琴凳上,十根手指在键盘上灵巧地翻飞,两只脚有节奏地踩着踏板,踏板发出廉价乐器特有的摩擦声,伴随着旋律的升腾,这琴声近距离听来竟然有了一种如泣如诉的哀怨。

教室里还有另外两个中年男人,都是当地农民的打扮,他们正在聚精会神地看着我的父亲,一副侧耳倾听的神态。

当一曲终了,那两个中年男人象征性地鼓了鼓掌。一个男人说道:"你还是这么多才多艺,这种电子琴以前咱们剧团里没有,没想到你学会了弹这个新玩意。"

另一个男人说:"是啊,那时在咱们剧团里,你各种乐器都会,学什么都很快,一下子就学会了。不过你最厉害的还是写剧本了,我们那么多的演出,剧本都是你一个人写的,写得又快又好,真是了不起。你在台上表演的其实也特别好,只不过你的戏份少……"

父亲像电视里的外国人那样摊了摊手,叹了口气说道:"没办法啊,我这小眼睛长得像坏人,所以只能演坏人咯。唉,很怀念那时候我们一起在剧团到处演出的时候啊。"

"你现在当老师多好啊!你看我们,剧团解散后只能重新回去当农民,面朝黄土背朝天,人生再也没有指望了……"一个男人说。

教室里出现了一阵短暂的沉默,三个年近四十的中年男人坐在狭小的课桌间,有一种莫名的压抑感。

"我现在还在编制外,民办老师,别人想叫你走的话随时可以叫你走,都这么多年了,还……所以我总觉得自己就像这首歌里说的那样,就像一棵无人知道的小草。"父亲苦涩地笑了一下:"我拼命工作,干的活比所有人都要多,也取得了很多的成绩和荣誉,可上面就是卡着不让我入编制,说不定我将来也只能回家当农民。在剧团那时候我成分不好,不是根正苗红,所以要拼命地表现,争取进步,才能留在剧团。现在也是一样的感觉,要比别人做得更多更好才能保住饭碗,才能留下来,我要拼命留下来,家里有三个孩子,负担很重,每年交学费的时候都是一道难关。"

"你现在还吊嗓子吗?你的声音真是太好了,现在那些离不开话筒唱流行歌的明星真是没法比。"可能是不想继续诉自己的苦了,父亲问其中一个男人。

男人答道:"早就不搞那些了,家里那几亩地都忙不赢。农闲如果在外面,看到周围没人的时候才偶尔会唱上几句。"

于是父亲和另一个男人说道:"现在学校周末没人,你给我们唱几句吧。"

男人站了起来,用力清了清嗓子,然后大大方方地唱了起来：北京的金山上光芒照四方，毛主席就是那金色的太阳，多么温暖多么慈祥，把翻身农奴的心照亮……

声音既浑厚又明亮，带着强烈的沧桑与质朴，极其动人心弦，就连我这个小孩子外行也听得入了迷。

"可惜这里没有扬琴，已经十年没有听过你弹的扬琴了，你弹的真是好啊！"当男人唱完歌，父亲便对另一个男人说道。

另一个男人苦笑着摇摇头："曲不离口拳不离手，家里没扬琴，我早就已经废了，两只手只抓得了锄头了。"

"不知道明丽过得怎么样了？当年我们剧团里的女主角，有名的一枝花，剧团解散后就再也没有见到过她了。"父亲又问道。

会弹扬琴的男人用手指敲了敲课桌："我们也都再也没有见过她了，剧团解散后她就嫁人了，嫁到一个很远的村子，听说刚结婚时她老公总是打她，因为她在剧团太久了，难免有一些演戏时的习气，她老公看不惯，所以总是狠狠地打她，后面听说生了三个孩子……我们男的还能隔几年见上一次，她一个结了婚的女人出不来咯。"

三个男人又一阵沉默。

在他们的沉默中，我偷偷离开了，我不是很明白那些话语代表的含义，但我敏感的心感受到了教室里那三个大男人怨闷的情绪，我害怕地逃走了。以我和父亲的疏离感，我很快忘记了这件事，但是那首《小草》的曲子深深地留在了心底。

堂弟也摸了摸车门，耐心地回答我的问题："大伯这些年过得很好，之前要上班，前几年他退休了，每个月都有比较高的退休金，他说以前为了事业、为了家庭吃了太多的苦，所以退休后就要特别地享受生活。他喜欢车就买了车,有时候开出去找以前的朋友聊天,有时候开回老家,他几乎十天半月就会回一次老家,陪咱们奶奶吃吃饭,村里到处转一转。乡亲们都很羡慕大伯,在城里工作生活,退休了到处玩,哥哥姐姐你们几个又都那么有出息,都在大城市里工作生活。"

随着堂弟的讲述,我脑海里浮现出了相关的画面,我仿佛看到父亲扬眉吐气在村里走来走去的样子,我们这个家庭以前在那里受过太多的白眼和排斥,父亲经过大半辈子的努力和奋斗,终于堂堂正正地把尊严挽了回来。与此同时我想到了自己的婆婆,她同样也把面子看得极其重要,在这方面似乎与父亲有共通之处,我想我是能够理解他们这种想法的。但是我心里有隐隐的不快,父亲回老家肯定是带着那个阿姨的,那些乡亲们又会怎样议论早逝的母亲呢?

"但是就只有一件事情让他特别不高兴,不喜欢别人问他……"

"我知道,"我打断堂弟:"他肯定怕别人问他抱上孙子没有,他想要孙子,两个哥哥生的是女儿,他肯定觉得特没面子。"

堂弟点点头:"你猜得对极了。"

"对了,我给你看看家乡的照片吧,你太多年没有回去过了,现在肯定都认不出自己的家乡了。"说着,堂弟打开手机翻找照片。

家乡?已然变得陌生的词语。床前明月光,疑似地上霜。举头望明月,低头思故乡。看见一片树叶落下也会让我伤感良久,可从古到今那么多思念家乡、思念故土的诗词歌赋,却完全无法

第一章 谭先生和别的分析师不一样

引起我的共鸣，此刻我回想自己的人生轨迹：在家乡出生，上学之前几乎只跟母亲待在一起，7岁去邻村读书，9岁去更远的地方读书，12岁去城里读书，16岁去了更远的城里读书，母亲去世后我去了越城，后来去了北方……我对家乡没有产生太多的纠缠和情感，对故乡的那片土地缺乏深刻的了解，我没有很长久很长久地去感受那里的四时流转，以及流转中那些细微的风吹草动、人情往来。因此，当读到叶落归根、衣锦还乡、荣归故里这些词语的时候，我已经没有办法去深刻理解了。

我成了现代社会里没有根的人。

堂弟打开了手机图片，用手指划拉着给我看，我一眼就看到了小时候印象中阴森恐怖的那个祠堂。

大约是为了防雨水的原因，祠堂灰色外墙靠底端贴上了白色的瓷砖，瓷砖的亮面跟原本古朴的墙面显得格格不入，好在那块御赐的牌匾还在，像一只巨大的眼睛默默地俯视一切。

"现在还会有人去祭祀吗？"我指着祠堂问。

"有，只不过人很少了，村子里没有太多年轻人了，我现在在省会定居也很少回去。祭祀的时候主要就是那些中老年人了，有时候大伯也会参加，煮点肉块端进去供奉。"堂弟扒拉着手机，然后把手机伸到我眼前："这个地方变化最大，保准你认不出来了。"

手机的照片里是一大片绿化带围起来的花园，花园里是红红绿绿、欣欣向荣的植物，中间有小小的石桌、石凳。

"这是哪儿？"我问。

堂弟得意地笑了："就知道你不认识了，这是以前村子前面的那个巨大游泳池,后来被填平了,改成了花园。"

我反应了过来,那个村子前面足有四个篮球场大的游泳池,是集体主义时代的产物,据说曾经的确是用来游泳的,后来改革开放,游泳池便变成了鱼塘,承包给了个人。但是由于鱼塘的四周是大片的水泥地,所以有很多小朋友喜欢在那里玩耍,几乎每一两年,鱼塘就会不幸淹死一个小孩。我小时候也掉进去过,幸运的是,当时有一位老人家经过,及时把我打捞了上来。

"变化真大啊!"我不由得感叹道。

"改成花园了,那大家的车停哪儿?"

"花园旁边是停车场。"堂弟划到下一张图片:"但是没法像以前那样开摩托车围着游泳池转了,想开车就必须去外面的马路上。大伯不仅喜欢玩越野车,也喜欢开摩托车,他回村后有时会借别人的摩托车来开,他胆大又心细,飙起车来年轻人都比不过他,又快又稳。"

我的脑海里立即出现了父亲开着摩托车风驰电掣的样子,在我的想象中,骑在摩托车上的他笑得很灿烂,他经历过那么多生活的苦难,承担了很多的责任,多数时候他是严肃的,但是当他开心起来的时候依然像一个青春期的追风少年。

"我就看不惯他那个样子!"母亲严厉的表情条件反射似地从我脑海中跳了出来,她满脸怨愤地对我说:"你爸爸是一个喜新厌旧的人,明明工作和学习那么忙,地里的活又那么多,可他还是喜欢玩,时兴什么他就玩什么,自己没钱买就宁愿借来玩,或者在别人旁边蹭着玩,他借别人家的大卡车学会了开卡车,借别人的摩托车学会了开摩托车,电唱机流行的时候,家里都快揭

第一章 谭先生和别的分析师不一样　083

不开锅了,他还拿钱去买了一台别人淘汰下来的电唱机啊,刚有沙发这种家具的时候,他就硬要去买一个木沙发回来,是村子里的第一张沙发……而且,他还是一个忘本的人,当年他的爸爸死得那么惨,你爷爷死得好惨啊!可是他和你姑姑被你奶奶教唱歌教跳舞,然后到处表演节目表衷心,他们几个可活跃了,一下子成了公社的典型,成了可教育好的五类分子的孩子……反正如果是我,就不会去的,明明自己的爸爸都被害死了,还兴高采烈地到处表演节目,我可做不出来,我不愿去做那些事情,不好意思那么做!我不想反对谁,也不想歌颂谁,我只想过好自己的生活就好了,只希望你们快点长大,将来能有出息……"

"妇人之见,花岗岩脑袋!你以为还是在你的那个时代吗?要记住你的阶级早已经被消灭了!社会在不断进步,我们要与时俱进。"有一次被父亲听见母亲在对着我抱怨他,他便不高兴地回应了几句,然后皱着眉头走开了。

尽管他们经常因为各种极小的生活琐事吵得天翻地覆,有时候甚至会打起来,双方都声嘶力竭地恨不得要将对方毁灭,但是关于这个话题,父亲却永远都不屑于跟母亲争论。

当我还是一个孩子的时候,我并不明白他们为什么总要吵架,我只知道当他俩吵架或者打架的时候,我的内心是那么恐惧,我被那种强烈的毁灭感吓得瑟瑟发抖。当我长大之后,了解了更多的关于那个时代的历史,我才深刻明白了他俩,在经历过巨大的社会动荡之后,每个人都深受其影响。而作为他们的孩子,我虽不是那段历史的亲历者,但同样深受影响,毕竟时代总是在不停向前,关于这个话题,我有我自己立场上的感受和思考。

第十六节
遗体告别

大年初六的那天,父亲的遗体被转移到了其中的一个吊唁大厅,大厅里布置好了鲜花、花圈、挽联、香炉、跪垫、桌椅,以及挂在墙壁上的父亲的大照片。

父亲被安放在了一个精致的垫着红色丝绒的大盒子里,盖子是透明的玻璃,可以看见父亲穿着寿衣面容安详地躺在里面,宛如睡着了一般。

几乎所有的亲戚好友都来了。一百公里外的乡下老家也来了不少人,都是我们这一族的男性壮劳力,按照老家的传统,他们除了白天帮忙,晚上还会给父亲守灵,在老家,不论谁家遇到红白喜事,同一族的人都会聚在一起帮忙干活,村庄里世世代代传袭的是非常古老的传统文化。

不论亲戚还是老家的来人,见我的第一句几乎都是:"哎呀,是你呀,都不认识了,好多年没见到你了呢,十年?二十年?还是快三十年了呀?"我通常都是点点头,不知该如何作答,于我的感受中,很多的过往早已断裂成了碎片,我已经无法将它们拼凑得很完整。但是今天这样的一个特殊场合,我的木然倒也不至于显得失态。来的亲友们互相打过招呼后,坐在大厅靠大门边的座位上,一边为父亲抹上一把眼泪,一边说着一些零碎的事情。

一位女性亲友比画着手势告诉其他人:"当时他被撞飞后落

在了公路旁的草丛中,后脑勺磕在一块小石头上,只是很小的一个伤口,呐,才这么大的一个小伤口,也没有流什么血,但医生说是在颅内出血了,人已经不行了。那个草丛的草很厚,要是没有石头就好了,唉……"

另一位男性亲友则说道:"那个该死的司机后来见出了人命竟然逃跑了,不过后来还是把他找到了,交警的鉴定是司机负全责,到时候看交警怎么判吧?"

"老母亲现在的情况怎么样?她知不知道这个事呢?她现在身体怎么样?"有人提到了我的奶奶。马上有老家的老人回答道:"老人家身体还算可以,唉,快九十岁的老母亲了,她虽然早就已经老年痴呆了,但是大家也都不敢告诉她的呀……"

我的耳朵嗡嗡,内心抗拒继续听下去,于是我离开门边的人群,一个人默默地坐在了靠近里墙的父亲旁边,让那些人影和声音变得虚化和模糊,让视线里只剩下父亲的脸庞。我看着父亲的脸庞,忽然很希望父亲此刻从那个盒子里坐起来,然后冲着人群大喝一声:"你们说什么呢?!"

我知道父亲是一个要面子的人,他在天有灵的话,一定不会允许别人在他面前对他死亡的原因和过程说三道四,哪怕那些人并不是恶意。不过,此刻他已经死了,一切都由不得他了,无论别人说什么,他都只能躺在盒子里一动不动。尽管他在生前是那么的要面子,一切都尽自己最大的努力做到最好,尤其在工作方面,他简直就是一个拼命三郎,他得到过的荣誉每一项都是实至名归,因为他不允许自己被别人议论不好听的话,所以每一个细节都力争完美,这一点他和我的婆婆是同道中人。他是那样要求完美和体面，小时候家里穷，可是他永远都穿得整整齐齐，除了农忙时分，他的粗布衣服上面几乎看不见褶皱和污渍，在学校的时候，每当他即将要去给学生上课的时候，他都会对着镜子左看看右看看，看看哪里的扣子没扣上、哪里的拉链没拉上，或者衣服、裤子、头发上有没有污渍？从头到脚他都会仔细检查一遍，然后每次都以最饱满的状态走进教室。

他如今已经死了，别人无论说什么他都听不到了。有没有人想过这个问题：自己死了之后别人会怎么评论自己？想不想知道自己死了之后别人对自己的议论？

总之我多希望父亲此刻坐起来冲着人群大喝一声，喝止人们的议论。我见过父亲的勇猛，在我青春期的时候，父亲曾经带着我们去了一次越城，一走出火车站大门，我手里的包就被一个青年男子抢去了，父亲当时大喝一声，立即就像离弦的箭一样冲了出去，似乎只在眨眼之间就追上了那个年轻人，很可惜的是，那个抢劫犯还有其他同伙接应，就快被父亲揪住的瞬间，如同接力赛一样，他将我的包远远地抛向了人群中，然后被那个同伙接住，同伙立即转身消失在了人群中……父亲分身乏术，在一个犹豫间便让第一个抢劫犯也如泥鳅般地溜走了，他只好两手空空回到我们的身边。他恨恨地说："要是让我逮到，我一定把他们拖去派出所，我才不会怕他们呢！"

"我连死人都不怕！有时候累了就在坟头坐一会儿，有时候实在困极了还睡着过，啥事也没有，连梦都没一个！"他还常常这么说。住在农村的时候，交通并不发达，有时回家需要走一段夜路，以及农忙时分需要在半夜去察看地里的庄稼，遇到坟地是常有的事，但是他从没有害怕过，跟信奉举头三尺有神明的母亲完全不同的是，他说他是一个彻头彻尾的唯物主义者。

如今这个唯物主义者静静地躺在了垫着红色丝绒的盒子里。我静静地看着他，随着对过往的回忆，对他的陌生感正逐渐消失，死亡好像打破了我们大脑中的一层滤镜，一些真实的东西开始浮现。我对父亲勇猛和恐惧的方面都有了更清楚的认知，我不由得又开始思索起另一个几十年来我一直疑惑，却不敢提及的问题。

父亲很少提到过他的父亲，也就是我的爷爷，当然或者只是没有对我说。从心理学的角度来看，孩子总是对父母有着某种天然的原始依恋、出于生命本能的臣服与依恋。我看着父亲的那张脸，那个诡异的问题再次探出它的触角：当年父亲见到他的父亲那生前饱受毒打、折磨和摧残、死后被扔进河里让河水泡得肿胀、惨不忍睹的遗体的时候，他究竟是什么感受呢？我听母亲说过，爷爷的遗体被打捞上来后，孩子们都要轮流着守在遗体旁边，那么，当时的父亲看见他父亲的遗体时，究竟是怎样的感受？他仅仅只是悲伤吗？有没有过恐惧和惊骇？看见自己的父亲在那个时代里被折磨致死，他到底是什么样的感受呢？对他的心理会产生怎样的影响呢？恐惧？愤怒？悲痛？觉得不公？如果他也有机会去做心理分析，他会对分析师说些什么？

人死了便什么都回答不了了。

有个亲友在我身后咳嗽了一声，把我吓了一大跳，我从沉思中慌乱地抬起头来，看见这个人正仔细地看每一个花圈上面挽联的落款，我的目光也不由得跟随着他的脚步，把花圈挽联上的落款大致浏览了一遍，在那些落款上，有的是亲戚，有的是朋友，还有的是以单位的名义送的。他可能想看的是这些单位的落款吧，这些通常能反映出死者的社会地位，不过看起来都还不错，挺有面子的。我心想：父亲会满意的。

只可惜我是女孩，让父亲不满意。小时候，母亲隔三岔五就跟我说："你爸爸重男轻女总说女孩有什么用呢，不如送人，要不是因为我，说不定你爸爸就真的把你送掉了。"我每次听到这些话的时候，总是紧张得手脚冰凉，害怕父亲哪天一不高兴就真的把自己送给陌生人了，那将是多么可怕的事情啊！在一个小孩子的心里，没有什么比离开父母、离开家更可怕的事情了。

父亲是那么爱他的儿子。我想起小时候，在晚饭过后，父亲经常会在擦干净的饭桌上铺上一叠白纸，小心地拿出毛笔和墨汁，一一摆好，然后他慈祥地抱着他的第一个孩子——我的大哥，开始手把手地教儿子写毛笔字。每当那个时候，我总是故意在桌子旁边绕来绕去，绕过来又绕过去，用眼睛热切地望着父亲，希望父亲也能看到我，然后也能教教我。我也好想学写毛笔字啊！可是那个愿望从来都没有实现过，父亲从来都没有抬眼看过我一次，一次都没有，就仿佛我是一个透明的人。

我还想起他为了两个哥哥以及其他亲戚找工作的事情东颠西跑、毫无怨言，可丝毫不愿帮帮我，不论是找工作这样的大事，还是极微小的生活中的小事，他都很不愿意帮忙；我想起从小到大，父亲其实极少与我真正交流过，甚至极少认真看过我……当然最让我伤心的，莫过于我在流浪的那些年里，父亲对我如陌生人般的冷漠、拒绝、无回应、无联系……

但与此同时我也想起了几个非常温暖的镜头：我小学四年级时父亲托人从城里带给我一个精致的文具盒，皮质、嫩绿色、上面印着米老鼠卡通图案，还带着可以自动关合的磁吸……这个闪闪发亮的文具盒让乡下的小伙伴们艳羡不已；小学毕业那个暑假我在县城里刚参加完一次考试后便发起了高烧，并很快陷入了昏迷，父亲赶紧背着我一路狂奔跑去了医院，因为去医院及时，所以我很快就脱离了危险；在城里读中学时有一天父亲来看我，特意带我去吃了一顿小笼包，尽管在父亲面前很有压力，我一句话也不敢多说，但是小笼包实在是太美味了，我忍不住狼吞虎咽地把一整份都吃光了，而父亲一个也没吃，只是看着我吃……

我是不是太记仇了？我是不是不该太记仇了？我紧紧地盯着盒子里的父亲，自责漫上心头。

虽说我心里介怀父亲对自己的冷漠，毕竟现在父亲已经死亡了，而且是以这么惨烈的方式，我心里觉得于心不忍，我想如果自己能忍耐一些，不要去计较过去的事情，也许现在的自己会没有这么内疚吧。可是，我能一直忍耐吗？

我想起了爱因斯坦的那句名言："月亮是否只在你看它的时候才存在？"那么，在选择不愿意看见自己的父亲在那里，我是否又真正存在过？

可惜父亲已经再也不可能回答我了。这便是死亡的残忍之处，死去的人再也不可能有任何回应了！

如果父亲此刻能回应我，他会不会同意我明天去给他送葬呢？

在我的家乡，很多重要的场合女性不能参与，其中就包括给自己的父母送葬——以前是抬到山上去埋葬，嫁出去的女儿不可以跟着去山上送葬。

老家村子里的那座古老的祠堂，也就是我在堂弟照片里看到的那座祠堂，占据着整个村子最中心的位置和最大的面积，记忆里小时候的祠堂有着灰色斑驳的墙面、高高的青石块铸就的门槛、与墙壁相比显得特别小的几扇雕花的木格子窗户，还有就是那两扇已经看不出颜色、厚重的大木门，木门要大人才能推得动，并且一推就发出吱呀的沉闷之声，朝木门里望进去，只能看到一片神秘莫测的幽暗。祠堂只有在一些特别的时刻会显得热闹，一是祭祀，因为里面供奉着列祖列宗的牌位，所以每年会有一次祭祀，每当到了祭祀的日子，每个家庭中的女人就会将大块的肉用水煮熟，或者再用油锅炸几个糍粑，把这些食物交给男人，除了这些吃的，男人另外还要带上一瓶酒和三个小杯子，然后把这些恭敬地端到祠堂里那些牌位面前。通常只有男人和小孩可以进去，女人是不可以进去的。另一个热闹的时刻就是葬礼，如果谁家有亲人过世，葬礼都会在祠堂举行，这时候祠堂里面便会充斥着女人们的身影：帮忙扎白花的、剪纸钱的、铺稻草的……哭丧的时候儿媳和嫁出去的女儿也能来祠堂，但最后抬着灵柩上山去埋葬的时候，除了未出嫁的小女孩，女人们只能止步于村口的那条小路。

这个常常用来举办葬礼的祠堂曾经一度是小孩们恐惧的地方，包括我。

但现在是在城里，祠堂的环节可以略去。在前两天大家一起商量葬礼细节的时候，大家提到了我可不可以送父亲上山这个细节，我带着几分怨气急切地嚷道："我要去！我就要去！"以前的种种也就算了，难道在这最后的时刻，还要被这么不公平对待吗？不行，我一定要争取平等一次。

他们很快表示了同意："嗯，时代不同了，以前的人会有儿子和女儿好几个孩子，现在都是独生子女了，难道生了女儿的人就没人送葬了吗？"

如果父亲你此刻能回应我，你又会不会同意呢？你会不会同意？如果你对我说不同意，我想我也是能理解的。我望着父亲的脸庞心里默默地说道。

第十七节
送葬

　　第二天早上大约九点钟左右的样子，父亲生前的同事和好友们就陆陆续续赶到了，加上昨天来的人，吊唁大厅里站得满满当当的。我几乎有些吃惊，在大哥打电话一个个通知亲友告知父亲追悼会日期的时候，我很是有些担心他们到底会不会来参加，毕竟，现在是春节期间，按照当地人们的传统思想，这个时候来参加追悼会并不是一件吉利的事情。可现在，老友们一个个都来了，全都准时赶到了，他们之中只有少数几个是居住在本市，其他人都需要一两个小时的车程，可以想见他们一定很早就起了床、早早就出发了，来跟父亲进行最后的告别。我心里涌起一片感动，感动之余，我又有些幽怨地想：看来父亲的人缘是很好的，那他应该是对谁都很好吧——除了对我和我的母亲。

　　父亲的好友有一些我是认识的，在我小时候就见过，其中一位是我的小学语文老师，当年发现了我的写作天赋，于是对我进行诸多的指点，语文老师是我卑微童年中唯一的一丝光明，这次见到他竟也来了，我有点意外，更强烈的是亲切感。可是当我看着他、看着与父亲同龄的这些老友们，他们虽然还没有到老态龙钟的样子，可是也都不再年轻，他们的眼睛里流露出真切的悲痛之情，那是一种同类间互相懂得、互相怜惜的苍凉与无奈。我流着泪无比绝望地想道：他们也都会死的，他们全都会死的，他们会陆续在将来的某一天死去，他们会像我的父亲母亲那样死去——只是各自的方式不同而已，任谁也逃脱不了死亡这个终极的命运。

那么我们活着的意义是什么呢？

容不得我多想，很快，最后的时间总是过得飞快，追悼会就开始了。父亲的灵柩被摆放在大厅的正中，四周布满了白色的新鲜花朵，空气中弥漫着香烛和纸钱燃烧的气味，所有人都神情肃穆、垂手而立，大哥作为长子，诵读悼词，悼词写得极简单，几分钟就念完了，几分钟就念完了父亲复杂坎坷的一生。所有人对着父亲的灵柩三鞠躬，来宾们开始绕着灵柩走一圈，向父亲进行最后的告别。然后那位后妈号哭着出现了，她被两个人拖着架着，哭喊着，于是现场又一阵的悲恸……

然而我却在这个时候像加缪的局外人那样走神了，大脑像瞬间脱离了现场，我下意识地擦着眼泪，脑海浮现的却是母亲那张美丽的脸庞：雪白的皮肤、挺直的鼻子、小巧的嘴、上翘得厉害的眼尾带着明显的妩媚，如果细看的话，眼睛的瞳仁是暗绿色的……母亲这样的一个大美人，为了父亲、为了家庭倾尽了身心的所有，甚至付出了生命，到头来却不曾得到父亲的一丝柔情。而父亲的各种温柔与体贴，悉数都献给了后来之人。

世事真是各种无厘头。我闪过这个念头。

结束了向遗体告别之后，来宾与死者家属一一握手，节哀顺变啊，节哀顺变啊。他们一个个说道。

于是那个最后的时刻就到来了。之前我完全没有留意那两个工作人员是什么时候进来的，当我猛然间察觉的时候，他们已经推着一个带滑轮的架子床站在了父亲的灵柩旁——他们就要推父亲去火化了！我顿时无法自控、撕心裂肺地大哭起来，该怎么形容那一刻的心如刀割呢？我不知道。我只知道在之后的岁月里，不管时间过去了多久，只要一想起那个时刻，仍然会忍不住怆然泪下。

工作人员推着父亲的遗体进了火化间，家属们被要求只能在外面等，等四十多分钟后再来窗口取骨灰盒。

大家一起站在外面的走廊里等待，没有走开。没过多久，走廊里又有推着其他遗体的工作人员经过，喊着大家让一让大家让一让，我慌乱地退了几步，却又差点碰到身后停着的一辆小面包车，车门是敞开的，我不经意地看了一眼后，不禁愣住了几秒：小面包车里是一具被白布蒙着的遗体，头部朝外，满头乌黑浓密的短发，这明显是一个年轻人。

四十多分钟后，装着父亲骨灰的骨灰盒从窗口递了出来。父亲原本那么高大、那么真实的一个人，最终却变成了眼前这么一个小小盒子的灰！一个人最终化成了一小捧灰！我不可思议地望着眼前的这个小盒子，瞬间觉得整个世界都是那么虚幻、那么怪诞、那么毫无意义。

我和几个亲友在殡仪馆后面的公墓安葬好了父亲，临走的时候他们烧了一大堆的纸钱，按照传统习俗，下山离开的时候不要回头看，可我还是用眼角的余光，最后瞥了一眼那座还没有来得及做墓碑的新坟。

永别了，父亲！永别了，父亲！我在心里低声喊道。

当我一个人坐着高铁回到北方后，立即陷入了严重失语的状态中，不能开口说任何的话语，一句也没法说。

正在看
加缪的《鼠疫》

给你纸巾擦擦，不用谢。看到你泪流满面如此悲伤的样子，我想……你是不是也遇到了跟死亡相关的事情？

原来如此，你的父亲前段时间因癌症刚去世了，你目前当然是很痛苦的，谁都会痛苦难当。一个亲人说没就没了，这种事情给人的冲击是很大的。你觉得世界荒诞、空虚，觉得活着没意义，这些感受出现在这个阶段都是正常的。

那的确很遗憾，因为预防疫情的需要只好丧事从简，你们没有为你父亲举办一个像样的葬礼，这真的很遗憾，你们这些活着的亲人们的确会因此而有些内疚。不过其实，我想你也知道，表达亲情最重要的不是葬礼，而是活着的时候彼此间的那些陪伴，让你们痛苦的也不是葬礼，而是亲人去世所带来的内疚感和无力感。

疫情之后，这个世界还会好吗？这真是一个深刻的问题。我刚才走过来之前看的书正是加缪的《鼠疫》，确切地说，是重温，我很久以前看过这本书，没什么感觉，如今在这个背景下重读，真是感触颇深。不过，要是论起他的哲学思想，你的见解一定比我更专业和深刻。

你想继续听我和谭先生的故事？可以的，我愿意讲完。你真的是一个很特别的女孩子，学哲学的人果然有一种寻根问底的精神，我很欣赏。

第二章 分不清的爱与虐

第一节
再次来听课

春天，万物生长，又到了该去申城学习的时候了，我迫不及待地早早就预订好了高铁票，然后在微信群里催促其他同学："我买好了去申城的高铁票了，某月某日某趟，你们买票了没？"

另外五位同学纷纷表示都没开始订票，她们淡定的处事风格在我看来是那么优雅迷人。只有和我同一个城市的童同学反馈道："好巧啊！我也买的是这趟高铁，你是哪节车厢？"

我把车厢和座位号一报，她更是一连声的好巧，我们是同一趟高铁的同一节车厢，并且就连座位也隔得不是很远。

"好巧啊！我跟你真是有缘。"童同学说。

"是的，是的，我们俩有缘。"我发自内心地回答道。

我立即开始手忙脚乱地收拾行李，我把行李箱拖出来，心想着该带哪几件衣服去呢？我打开柜子，把适合春天穿的衣服都一股脑扒拉出来，堆在木地板上，一件一件地先在地板上铺开摆好，用各种排列组合方式进行搭配，然后自己再在镜子前一套一套试穿，将自己反复打量和审视……就这么一个简单的事情，我竟然花费了大半天的时间，从上午一直到傍晚才完成，最终才确定下来两套自认为最合适的衣服。可是要知道，我所有的衣服、裤子、鞋子、帽子都是黑色的，并且款式极其雷同，不仅搭配起来非常简单，而且无论穿哪一套出去，别人其实都不会发现有什么区别——就是一团黑而已。

　　我应该是在享受这个仪式化的过程吧,想到又可以见到想要见的人,只有通过这样一系列烦琐细碎的行为,才可以缓解一部分我内心的激动和迫切。对于自己这个看起来有些无聊的行为,我这样分析自己。

　　终于到了要出发的那天,我拖着行李箱早早就到了高铁站,从机器里取了票,进了站,坐在离检票口比较近的座位上等待。

　　候车大厅里人很多,哗哗哗的嘈杂声如海浪般均匀地翻滚,只有广播里提示进站的声音清晰可辨。广播里一遍又一遍的女声不由得让我想起了两个多月前,自己也是在这个高铁站等待南下的列车,那时候我一个人在这里孤独地等待,等待一个巨大而焦灼的未知……那时没有想到,或者说不敢去想,父亲是真的离开了人世。

　　那时从南方奔丧回来的我一到家,就立即陷入了严重失语的状态,一句话也说不出来,如同哑巴一般。心里既是不想说话,完全没有说话的欲望,同时也似乎没有力气说,日常该说的话似乎没有力气发出声音来,平日里和丈夫最基本的交流只用点头摇头进行。其实我谈不上有多强烈的悲伤,不似当年母亲去世时那样悲痛欲绝、生不如死,但我觉得心里面好像有个什么东西被挖走了似的,只留下了一个巨大的黑洞。我除了每天为父亲无声地念心经,默默祈祷如果有来世的话,希望他能去一个好地方……然后就是整日躺在沙发上,目光空洞地望着天花板,什么也不想做,也似乎什么都没有想。就这样一晃过去了半个月。

　　有一天,我的手机突然狂响,手机在我的想象中狂响,谢天谢地我的大脑还能想象，事实上手机是静音的，屏幕一遍一遍地亮起，我看着来电显示，是童同学。我把手机握在手里，无能为力地看着屏幕，想接听，却又无法接听，所有的语言像铁块一样沉在了身体的最深处，它们没有足够的能量攀爬至我的喉咙。大约一个小时后，童同学发了微信过来：你怎么啦？还好吗？发生什么事了吗？我的眼泪唰地流下来，用手指慢慢在手机上打出几个字：我父亲去世了。过了一会儿，童同学发了个拥抱的表情包过来，并配文：那一定很难过。

没多久，群里的其他几个同学也都发了安慰的话语给我，看着这些安慰，我很感动。童同学在上次学习快结束的时候拉我进了这个小群，但是我跟其他人还不熟，所以一直很少在群里说话，没想到她们会向我表达关心，虽然只是简单的几句"还好吗、多保重、节哀顺变"之类的话语，但这已经足够让我感动了。人与人之间就是很奇怪，距离太远或者太近的关系似乎都会有问题，只有保持适当的距离时，才可以产生温暖和感动。

这种人际关系之间的互动让我感觉好像一下子就恢复了不少力气，我又开始在手机上不停地看小说，又开始洗衣、拖地、做饭、做菜，慢慢地我开口说话了，大约又过了将近半个月的时间，一切恢复了正常。

嗨！一个清脆的声音打断了我的回忆。我抬头一看，是童同学，她穿着一件亮丽的黄色上衣，正拉着行李箱站在我的面前，"我一下就看到你了，因为我猜你会很着急，所以肯定会在检票口附近坐着，现在马上要检票进站了，我来的刚刚好，幸好刚才路上没有塞车。"她说。

第二章　分不清的爱与虐　　101

"好呀，那我们现在去进站。"我站起来，自嘲地叹气："我为何就做不到这般从容呢？每次要出门赶火车或者飞机，或者跟人有约……我总是会提前很长时间到达，生怕会迟到，没办法掐着时间点出门，否则就会特别焦虑。"

童同学回答道："你很害怕失去。"

我们一起进了站，进了同一节车厢，跟我的邻座商量着换位置，邻座爽快地答应了，于是我们坐在了一起。

当列车开始南下，窗外的风景飞速闪过，这是两个多月前从我身旁掠过的同一片风景，我难以自抑地想起了那天的情形，想起了那份害怕到不了高铁站的焦虑和愤怒，于是我忍不住把婆婆不允许我丈夫开车送我的事情告诉了童同学。

"天呐！"童同学叫了起来，又赶紧压低音量："在那种情况下人们一般都是尽量帮忙的啊！"

听了童同学的回应，我像心里有一种感受得到了确认和肯定，之前总是难免会在某个时刻有所动摇：婆婆那样毫不犹豫地对待我，是理所应当的吗？我感觉很生气，是我心胸太狭隘了吗？但是随着童同学的这声惊呼，我得到了确定的答案。这应该就是自体心理学中提到的镜映吧，我想，被镜映的感觉挺好的。

列车掠过了一个又一个站台，列车每次的停靠和重新发动，都让我觉得离谭先生近了一些、又更近了一些，随着时间的推移，我的心里越来越激动，越来越激动。当然，这些隐秘的感受，我并没有告诉童同学。

在《大话西游》中，紫霞仙子说："我的意中人是一个盖世英雄……那他一定是一个不平凡的人，错不了，有一天他会身披金甲圣衣，脚踏七色云彩来娶我……"而在我此刻的心里，谭先生也是那个不平凡的人，是那个能理解我所有症状背后的潜意识、能够知道我所有问题的答案、能解除我所有痛苦、让我好起来的盖世英雄。

第二节
预约谭先生

列车很快就到了申城，出了车门走到站台，顿时就觉得热，于是我们不约而同都把厚厚的外套脱了下来。暖风一阵阵地吹过站台，也吹动我的心，一想到有谭先生在这个城市，就觉得自己与这整个城市也有了某种连接。可是……我又隐隐地担忧起来：隔了这么久，他又那么忙，他会不会不记得我了呢？如果他不记得我了，我该怎么办呀？

一到达酒店的房间，我就迫不及待地给他发信息："老师，我到申城了，你还记得我吗？"

犹豫了一下，我加上了一句："我的父亲前段时间去世了。"

谭先生很快回信了："当然记得你。如果你方便的话，我们工作的时间依然是每天下午的两点。父亲去世这种事的确会让人感觉很恍惚。"

啊！他记得我，我的心头掠过一阵喜悦，马上回复道：好的，明天见。

紧接着我被他最后那句话吸引了，父亲去世这种事的确会让人感觉很恍惚……我琢磨这句话，总觉得似有深意，我有一种强烈的第六感，他的父亲应该也已经去世了。我发现我不仅想尽快让他了解自己，同时也对他充满了好奇。

第三节
讨论父亲

"父亲是什么时候去世的呢?"谭先生微弓着背,眼睛看着那张小茶几问道,是一副认真倾听的姿态。

我像一个小孩似的委屈巴巴地望着他,恨不得像竹筒倒豆子般一口气把这半年的经历和痛苦倾泻出来。想到自己竟然等他等了半年,我自己都觉得甚是不可思议,要知道平时我的延迟满足能力非常差,即使是我最喜欢吃的某样东西,如果需要排比较长的队,也会忍痛放弃,因为等待的感觉实在太难熬了……可我竟然等了他半年,我竟然能够等待他半年!我自己也不知道为何独独会对他有如此迅猛而又强烈的信赖和托付感,难道就像童同学说的那句"我和你有缘",自己和他也是缘分?

谭先生跟半年前一样,没有变化,还是那个样子,还是那种神态。他和茶几、铁皮柜、木头柜……一齐静默着等待着我,只有墙上那个石英钟,滴滴答答地,催促我尽快言说。

"大年初一。"我开始讲述整个过程。

当我说到在高铁上出现类似心脏病发作的经历时,他解释道:"你急性焦虑发作,惊恐发作,这种突如其来的创伤事件的确对人的心理冲击很大。"

我点点头,又有一种被确定的感觉,这种被确定的感觉推动着我继续讲下去。

"你知道吗？佛教中常说什么三千大千世界、无量世界……我以前总是会想，这个宇宙到底有多少个世界、有多少个星球呢？可能真的像佛经里说的那样，无量、无边，又无始无终吧……但是这次，当我听到我两位哥哥回忆起小时候父亲带着他们去学游泳的情形时，我当时马上有一种跟以前不一样的理解了，我觉得也许三千大千世界同时也指的是人心吧？每一颗心就是一个世界，无量无边不同的世界，每个人都生活在自己的世界里，就像我和我的哥哥，虽然我们在同一个家庭长大，表面上我们是在同一个时空，但其实我们的内心并不在同一个纬度，他们跟父亲的那些回忆我完全没有，他们感受不到我的感受，我也感受不到他们的感受，他们不了解我，我也不了解他们，我不了解我父亲，我的父亲也根本不了解我，彼此间比陌生人好不了太多……不同的是，他们以为他们了解我，但那些只是他们以为的，他们以为就是他们以为的，但其实那些只是他们自我的投射而已。"我绕口令似地说完，觉得自己差一点先把自己绕糊涂了。我停下来看着他，希望自己没把他绕晕。

他转过头来，看了我一眼，"你觉得你的家人并没有真正看到你、了解你。"他说。

我说："是的，小时候只有我的母亲和我在同一个世界，只有她进入了我的世界，所以我为她而活着。"

"但是父亲毕竟是我的父亲，所以我每天坚持给他默念心经，给他超度，如果有来世的话，希望他会去一个好地方，我不希望他受苦……直到有一天晚上，我做了个梦，梦见我的父亲来向我告别，梦里他很开心的样子，好像要去一个美好的地方，他向我告别，然后走了。我醒了后感觉特别轻松，觉得自己好像为他做了些事情……"我叨叨地说着，在他面前我的话开始变得多了起来。

"嗯，超度……实际上你是在超度你自己，"他突然说："超度你内心的痛苦。"

像心里挨了一记重锤的敲打，一些碎片的记忆浮现，这句话好熟悉，谁对我说过？谁对我说过？很快我想起来了，是我的禅宗师父。当年我试图想要解决内心剧烈的痛苦而跑去寺院的时候，师父问我为什么会对佛学感兴趣？我告诉师父我曾经被噩梦困扰了太多年，但因为念地藏经超度母亲从而摆脱了噩梦，所以对佛学产生了浓厚的兴趣，师父说："你的母亲很好，她不需要你的超度，你超度的是你自己的心魔，你超度的是你自己的痛苦。"然而也许当时的我实在是太抑郁了，只一味沉浸在自己的痛苦中，并未被这句话触动。

难道不是吗？当我们想象某个亲友在某个世界里受苦、正在经受痛苦的时候，当下这个时刻痛苦的人其实正是我们自己。当我们为死去的人诵经超度，超度的正是我们自己。所谓的超度，是在超度正在做超度的人。真正的超度，是转化自己的痛苦。

我以前竟然从来没有从这个角度思考过这个问题……我若有所思，对他的敬佩不由得又多了几分。

见我沉默不语，谭先生主动用安慰的语气说道："不管怎样，你梦到父亲开心地向你告别，你感觉很轻松，这就非常好。"

是的是的。我点头，他的安慰让我觉得很温暖。

"守灵那天我一直坐在父亲的旁边看着他，我想了很多很多

第二章　分不清的爱与虐

很多……当时我看着他的时候，我依然觉得他很陌生，当然感觉还是比以前熟悉了不少，我能感受到彼此间血缘的部分，他毕竟是我的亲生父亲，所以我才会如此悲伤，那种感觉很奇特，怎么形容呢？有至亲血缘关系的陌生人，这种关系真的很奇特。你知道吗？在他心目中，他竟然一直都以为我是那种心理无比强大、社会能力也超级强的女生，他压根不知道我作为一个无依无靠的小姑娘在外面到底经历了些什么；他不知道我严重抑郁曾经好几次自杀；他不知道我几乎每天晚上都害怕得瑟瑟发抖；他不知道我住在治安不好的城中村里生活是怎样的艰难、困窘、恐惧；他不知道我经常失业，失业很久的时候真的很害怕自己饿死，也害怕被房东赶出去；他不知道我失业的时候常常饿得靠每天只吃一口小面包和喝自来水活下去；他不知道我在越城治安不好时，曾经被陌生人殴打住院一个月才好；他不知道我曾经……哦我不想说那样的事情……总之他从来没有给我打过一个电话，都是我主动给他打，他每次都不耐烦地嗯嗯两声，然后把电话给那个阿姨，也就是我的后妈，我跟那个阿姨能有什么话说呢，无非就是客气几句，后来慢慢地我也就不打电话了。我还从牙缝中省下钱来给他和那个阿姨买过很多次衣服，我还给我大哥侄女买过很多次衣服玩具……那时候我可怜巴巴地想要乞讨和换取到一点点情感和关心，但是……"我摇摇头："慢慢地我也就没主动跟他们联系了，这也就意味着我与他们断联了。我一直都记得那种感觉，我一个人待在城中村的出租屋里，经常站在阳台上往外望……"

我的情绪慢慢沉浸到过去的时光里："当我看着窗外的世界，

我觉得目力所及的一切都是那么虚假、虚幻，那些房子、那些路上走来走去的人，都是那样的如梦似幻，我觉得连我自己也都是虚幻的、不真实的，甚至，有时候我自己都很恍惚是不是还活着？只有每次自虐后的疼痛，才会让我觉得自己还活着……这种全世界没有一个人来牵挂和帮助的感觉真的太痛苦了，我像一个人被抛弃在了整个世界之外。"

"可是我又想，与此同时我也不知道父亲的一生具体经历过一些什么。他跟我的哥哥们会聊天谈心，但是没有跟我认真交流过，所以我也不了解他。那天我看着他，忍不住去想象他的一生，我想他一定也经历过很多的挣扎与苦难。"我垂下眼帘，父亲躺在红丝绒盒子里的模样在我的脑海中清晰地浮现："他的童年是怎样的我无法知道，我只是小时候从母亲那里听到父亲后来的一些事情。父亲的出身成分不好，非常不好，我爷爷和奶奶的身份都比较特殊，尤其是我爷爷的身份，最为敏感，我不知道在那个特殊的年代里，我爷爷在人生最后阶段的经历有没有让他心怀恐惧，尤其是当他看到我爷爷遗体的时候，他会不会有强烈的恐惧？我只知道我的父亲表现出了他强烈的不甘心，他不甘心一辈子在农村当农民，一辈子浪费自己的才华，于是他很努力地表现，要比普通人更努力地表现自己。他吹、拉、弹唱、写剧本，样样都行，因为有突出的才华，后来就被一所小学要去当了一名教师，他一边工作，一边学习，一边干农活。他取得了大学文凭，后来教中学，再后来当了校长，他全身心地扑在工作上，忙得像一个陀螺，为全校师生做了许多实事，于是他获得了很多荣誉，再后来他被调进城里工作……他这一生是艰难奋斗的一生，他无依无靠,背负着出身"反动家庭"的压力,一步一个脚印、辛辛苦苦地从农村里走出来,过上了他想要的体面安宁的生活。然而,谁都没有想到,吃了一辈子的苦,刚刚退了休准备安度晚年的时候,却突然出了车祸……"

"那天我看着他,我想啊想,我想人生的意义到底是什么呢?世事如此无常,生命转瞬即逝,那些努力奋斗过的东西终将什么都带不走,那些爱恨情仇也随之烟消云散,来到这世间就像演一出身不由己的戏、苦多乐少的戏,而且什么时候谢幕以什么样的方式谢幕都由不得自己……我不知道我的父亲在临终的那一刻会不会有强烈的恐惧和遗憾,但我想如果是我,我会很遗憾要如此突然地离开,都没有跟大家告个别,我更害怕独自一个人面对死亡,死亡就像宇宙间那个巨大的黑洞,是一个巨大的未知,可是每个人都摆脱不了……当我想到这些的时候,我看着我的父亲,我的心里就不再那么怨恨他抛弃和伤害了我,而更多的是一种悲悯,对他的悲悯,对我自己的悲悯,对每一个生命的悲悯。可能这就是死亡的作用吧,我甚至会想,也许人的生命并没有什么意义,就是因为没有意义,所以才有了死亡,有了死亡,才会逼迫大家去搞出一个什么意义……"

我停了下来,除了唇干舌燥,我感觉自己的身体有种像被透支体力后的虚弱。我停下来,期待地望着眼前的他,希望他又能说出些什么发人深省的话语来。

然而他却长时间地沉默着,什么也不说,像是也跟着掉进了一个黑洞,没有任何的回应,整个空间陷入一片如同死亡一般的寂静。

我等待着等待着，渐渐地，我开始焦躁和失望，我从自己包里掏出一瓶矿泉水来喝，故意发出了比较大的声响，然而他却依然沉默着，他的两只手掌竖起来撑着他的下巴，眼睛望着茶几，却依然一言不发。

不知过了多久，当然也许并没有太久太久，是内心的感觉像是过去了一百年，这种沉默真让人焦虑。我终于耐受不住了，试图主动打破这个寂静。我想起了另外一个问题："嗯，为什么我第一眼看见父亲的遗体会那么恐惧呢？"我的声音不自觉地低了几分，两只手紧张地按在大腿上："那又是怎么回事呢？"

谭先生终于又开口说话，语速很慢："因为……你对你的父亲很愤怒，你也应该对他很愤怒。"

我一愣，愤怒和恐惧之间有什么联系呢？因为愤怒所以恐惧？这条心理机制是怎么运转的呢？

"我没明白。"我说。我希望他能再多说点，解释清楚些。

他却宣布道："这次时间到了。"

我只好站起身来向他告别。

第四节
解离症状

　　上午的大课依旧是在那个巨大的会议室改成的教室里，天花板上那些总是明晃晃照耀着的白炽灯，让我觉得整个空间依旧都笼罩在一种白色的迷雾之中，老师们讲课的声音依旧是嗡嗡作响、时而清晰、时而朦胧的，坐在四周的那些同学们，依旧近在咫尺又仿若远在天边……

　　我也依旧会处于一阵一阵的恍惚感，就像有什么从身体里游离出去了一般，我也依旧会努力让那些思维和注意力再次回到自己的身体和大脑中来……

　　但是跟以前不同的是，我清醒的时间明显变长了一些，恍惚的时间则变短了。大部分的时间里，我开着录音笔，心里却在一遍遍回想着昨天的分析过程，思索着那些语言背后的深意，试图搞清楚自己的意识与潜意识。与此同时，我也多了一个毛病——我总是时不时扭头看后面，看谭先生的身影有没有出现。

　　是的，我无意中发现了，上课的时候，他经常会上来找某个工作人员附耳说几句什么然后离开，或者直接会把某个工作人员叫走，又或者递给某个工作人员一个什么东西……总之在一个上午的课程里，他会忙忙碌碌、步履匆匆地出现好几次。

　　我隔一段时间就忍不住要回头望一望。如果恰巧看见了他，我的心里就觉得莫名的满足，如同看到一位久违的亲人……亲人，这个词对我来说本已经很陌生，但是他真切地带给我这种感觉，他就像我的一位亲人，绝对值得信赖的亲人，也是我唯一的亲人。当然大部分时间我是看不到他的，然而我会继续期待，会继续回头望，过一阵再回头望。这个不停扭头向后看的习惯，直到后来当我回头时再也不可能看见他了才终于被迫停止。

总之，因为有了他，我不再觉得自己整个人像随时会被风吹乱的一盘散沙，我开始感觉到自己的真实和存在。

愤怒和恐惧之间有什么联系呢？用恐惧来表达愤怒，这个心理机制怎么运作的呢？我思索着昨天遗留下来的这个问题。

……病人突然丧失了对自己的感知，感觉自己很不真实……感觉自己的身体渐渐虚化像要被风吹散……感觉自己好像从身体中游离了出来，正在从远处或上方看着自己……有时候就像生活在梦里一样恍惚不真实……

当我低着头集中注意力思索着这个问题的时候，却突然听到了这些话语。老师在说什么？这不是在说我吗？我惊愕地抬起头来，瞪大了眼，聚焦起所有的注意力，全神贯注地盯着台上讲课的老师，于是老师的声音清晰地扑进了我的耳内：

病人往往会感觉身体像是虚化或漂浮的，而精神和身体失去了联结，好像身体在这里，但是精神抽离了，不在自己的身体里，眼前像被一层玻璃或一个什么罩子挡住，看到的东西像雾一样，感觉自己并不是真的在这儿，而是在很远的地方……总的来说，解离的主要感觉就是不真实，身体好像是不真实的，思维好像也是不真实的，而且身体和思维是分离开的，无论个体怎么努力都无法整合……这是记忆、意识对自己、环境的感知变得破碎，以此回避无法承受的、痛苦的情绪，与世界脱节、心智进入另一种状态，是潜意识对自己的保护……在创伤情境中，通常孩子需要解离一部分自我，作为维系和一个令人害怕的照料者的方式。虽然这种心理防御方式保护了心智，可同时也关闭了记忆、自我表达和对他人的开放态度……

啊啊啊！我心里发出无声的尖叫。

好不容易等到下午的那个时间，我三步并作两步地跨进谭先生的办公室，一落座就急切地问："我之前跟你说的我那些如梦如幻的感觉是不是解离？！"

"解离！"我又强调一遍。

他用力地看了我一眼，却不回答。

"你说呀，我是不是解离？"我更加急切了。

唔……他不置可否地唔了一声，却依然不正面回答。

我恨不得踢他的沙发腿："唉，你为什么不回答呢？到底是不是呀？"

谭先生的表情略有点紧张，明显在紧急思索到底要不要给出这个答案，可他越这样，越让我觉得心里不踏实。

"你之前总说我们以后来谈我们以后来谈，现在不就是这个以后吗？我们现在来谈！"我步步紧逼。

他迟疑了好一会儿才终于犹豫着答道："嗯……是的。"

我忍不住发出了"哦"的一声，声音有点大，然后马上又想起来一个事情："对了，还有一件事我忘说了，参加完父亲的葬礼后我回到北方，回去第一天的时候，我打开我的手机想看看朋友圈，但是非常奇怪地发现那些文字一个一个都很陌生，好像不太认识了,尤其是组成的句子,我竟然完全看不懂,不知道那些话是什么意思,于是我就没看了。过了几个小时后我再看手机,这个奇特的感觉就消失了,我又重新认识那些字那些句子了。那个,也是解离吧?"

谭先生点点头:"是的。"

"你知道自己有解离的症状后,心里是什么感受呢?"他问道。

我沉默了,此刻我的心里很抗拒回答这个问题,我觉得自己需要一点时间来消化这个答案,虽然上午上课的时候觉得自己的一些症状应该就是解离,可我似乎一定要得到他的肯定才敢最终确定。于是我让此刻的自己像稀泥一样摊在沙发上,眼神茫茫地望着墙上那个石英钟发了一会儿呆。

而他当然是一副等待的姿态。

渐渐地,一股悲凉在我的心底升起,我觉得自己是那么不堪和黯淡。

就这样茫然和黯淡了好一会儿,我才缓了过来,有些烦躁地对他说:"我现在不想谈什么感受,你不要老问什么感受感受的,我就是特别想搞清楚我自己这个人是怎么回事。例如,以前我梦见我杀死我母亲、她喊我喝人头汤那些噩梦是怎么回事?那些鬼是怎么回事?有一个多年来一直跟着我的、还有一些是偶尔跑出来的很多的恶鬼……这是怎么回事?我控制不住地自残自虐是怎么回事?我为什么一难受就说不出话,甚至会失语是怎么回事?感觉世界如梦如幻是怎么回事?——当然今天这个我知道了……反正我就是特别特别想要知道发生在我身上这些奇奇怪怪的事情到底是怎么回事？以及怎么样才能够解决掉？我想要答案，我想要的是这些。"我想了一下又补充了一句："是不是你不敢告诉我我到底病得有多重？是这样吗？"

"唔，听起来你对我有很多的期待。"谭先生慢悠悠地说道，有意回避了我的最后那句问话。

"但是真正的心理治疗是不能那么快速地做解释的，否则就成了贴标签，反而会阻碍我们的疗愈。精神分析是一种语言的治疗，因为很多症状就是被困住的语言，所以我们需要去言说，把我们的真实情感和感受——不论躯体感受还是情绪体验，用语言表达出来，也就是创伤言语化，言说的过程也是一个转化和重建的过程，真正的疗愈应该是由内而外的。"他温和地继续解释道："如果只是单纯的、不带情感的叙述和解释，会没什么效果。不过我很理解你急切地想要一个答案的心情，因为了解到真相也是一种复原的力量。没关系，慢慢来，我们两个在工作中慢慢磨合。"

"除了这些你想要的答案，你对我最期待的部分是什么呢？"稍停顿了一会儿后，他问道。

"是真实！"我毫不犹豫地回答："因为我受够了假话，我的原生家庭里面充斥着一些假话，让我很受伤，甚至在我父亲死后，我的大哥还说父亲对我那么好，指责我竟然不回老家……所以我希望你真实，真实地对待我就好，不要玩太多那些话术和技巧什么的，毕竟我现在也在学这个，这些我也懂。"

"唔，真实，你希望我真实，我明白了。"他一副接受的样子。

他这副"我理解我接受"的表情让我觉得很安慰，不知为何，我心里就是觉得他一定能做到，能做到对我真实。

"对了，昨天你说因为我对我父亲很愤怒，所以我会感觉很恐惧，之间的联系我思考过了，是不是这样的：因为我对我父亲很愤怒，潜意识里面就有了攻击性，想要攻击我父亲，但是我的超我的部分以及所受的传统思想又不允许我这样，所以当我升起攻击性的时候心里就会特别害怕受到惩罚，于是心里感到恐惧……我的心理是这样子运作的对吗？"我忍不住又开始问起了问题。

"是这样子的。有很多的症状正是因为我们的超我太严厉了。"

"哦，我明白了。"

第五节
突然涨价的咨询费

一转眼，又到了暂时离别的时刻。

课间的时候我依然喜欢去露台上俯瞰这座城市，去看这片天空下高高低低的楼房建筑，感受一种无法形容、无法言说的意境，虽然有时依旧感到有些孤寂，但渐渐地感觉到自己似乎正在进入这个世界。

我在渐渐地进入这个世界，这种感觉挺好的。谭先生是我与这个世界的唯一连接。

在这次学习的时间里，我已经习惯了上午时不停地扭着脖子往后看，习惯了像雷达般四处捕捉谭先生的身影，下午时分则满怀期待地走进他的办公室，在他面前语无伦次地絮絮叨叨，而他总是那样专注认真地倾听，并会在恰当的时候给我一个恰当的回馈。就在这极短的时间内，我的变化是快速而巨大的，甚至有一次结束谈话后我直接就去了医院对面的一家按摩店，开了一张按摩卡，不仅自己接受了按摩，还请童同学也去体验了两回。这要是在以前是不可想象的，在过去的许多年里，若非特殊情况，我从不让其他外人触碰我的身体，甚至包括人与人之间最基本的握手礼仪。

另一个巨大的变化就是下课后我不再总是一个人去吃饭，而是开始跟着微信群里的那几个同学一起出去，我们会在附近随机挑上一个小饭店,然后进去,坐下来点上几个菜,边吃边聊,分析与自我分析,聊完吃完后 AA 制付钱。我喜欢这样的谈话,喜欢这样纯粹的精神交流,我喜欢真实的人,喜欢真实的事物。我喜欢真实,哪怕有时候面对真实会带来痛苦。

每当我们吃完饭走在回教室的路上,春风温柔地拂过肩膀,阳光明媚地映入双瞳,湿润的空气中微微带着花草的香甜……这些都让我觉得自己好像一点一点又活过来了,并且仿佛又回到了青春期的那个时候。青春期是我目前人生中最美好的阶段,那时有二三个好友,我们经常以一种叛逆的姿态聚集在一起,聊天、吃饭、学化妆,以及疯狂地跳舞,是浓烈炙热地活着的感觉。可惜那段时光短暂得如同朝露一般转瞬即逝,因为母亲的去世,很快我就又回到了抑郁、孤独与痛苦的状态,跌落到了生活与心灵的地狱深处。

现在,虽然又到了暂时离别的时刻,可是因为知道彼此之间还会重逢,我觉得,离别也就不那么令人伤感、令人介意了。带着这样一种不那么伤感的感受,下午时分我走进了谭先生的办公室:"我买了今晚的卧铺票,明天一早到北方。"

嗯。谭先生点点头表示知道了。

接着我跟他说了一些与那几个同学一起聊天时的感受,并顺带回忆了一把青春期。前段时间我们谈的内容主要是关于我的父亲,经过这段时间的讲述,我觉得自己应该是已经放下了,父亲去世的这件事不会再困扰到我了,并且绝对不会像母亲去世那样带给我十多年的困扰和症状。至少我现在是这么以为的。

临近结束的时候,谭先生开始向我交代我俩之后的分析工作的设置，但是他并没有看着我："你回去后我们开始正式进入长程的工作了，一周一次，时间是每个周六的中午两点。我们用QQ视频工作，等下我会把我的QQ号发给你。视频一段时间后你就来申城我们面对面工作几天，这样网络和地面穿插进行。费用是一次一付，在微信里转，对了，"他没有丝毫的犹豫地说出了一个数字，"费用按这个算。"他眼睛望着茶几说道。

"啊？怎么涨价了？"我惊讶地问。虽然听闻最近行情的确有些上涨，但还没开始正式工作就突然涨了1/3，我还是觉得有点接受不了。

"是涨了，同行整体都涨了。"谭先生说。

这个意外插曲让我非常不开心："你不是为了想涨价所以让我辛辛苦苦等了半年吧？唉，你是只涨了我一个人的还是涨了所有人的？不是只涨了我一个人的吧？"

他眉头明显一皱但又很快地隐忍住："怎么可能是为了想涨价才让你等。"

"那你是所有人都涨价了还是只涨了我一个人的？"我控制不住地想要追问，不知不觉间语调也高了一个分贝。

他也不自觉地提高了音量，这让他略显得有点不耐烦："别人有的来访经济非常困难，过得很艰难，甚至生活都成问题，但她们即使经济不宽裕也一直坚持来找我，都已经好几年了。而你不是，你有稳定的生活。"

"我以前艰难的时候，怎么没有人帮过我？我现在的稳定生活并不是我自己支撑起来的，怎么就要比别人多花钱……"我愤愤不平地嚷道，但是一看见他那副不为所动的笃定，便立即明白自己的话改变不了什么,我知趣地闭上了嘴。

真是太不公平了!你为什么要对我这样不公平?意识到他不是给所有人都涨了价,而是只给自己或极少部分人涨价后,愤怒在我心里渐渐发酵。在一个重男轻女的家庭长大,从小到大我已经承受了太多的不公平,作为家庭中一个女儿的身份,我眼睁睁地看着两位哥哥比自己得到更多的关爱与照顾,得到更多的帮扶和资源,甚至在父亲去世后,我也才知道父亲多年来一直都在给两位哥哥邮寄乡下老家生产的土蜂蜜,却从来都没有给我寄过一瓶,我记得在我与父亲关系似乎有所缓和的那段时间,曾经提出过一次、只小心地提出过一次自己想吃老家晒的萝卜干,父亲原本是答应了,可是后来当父亲发现要花二十多块钱的邮费后,就不愿给我寄了,我心里当时有种说不出的失落,萝卜干加邮费最多三十来块钱的样子吧,父亲都不舍得给我花这个钱。而无添加的土蜂蜜价格早已是价格不菲……面对这样那样种种的不公平对待,我无能为力,只能默默承受,哪怕是被家族抛弃无人问津的那些年里,我又能怎样呢?依旧是无能为力地默默忍受而已。可是为什么如今我来做分析想要疗愈过去的心理创伤,却依旧还要忍受分析师对我的不公平呢?我的心里闪过一丝离开的念头:不要他给我做分析了,就此停止与他的工作关系!但是这个念头只在我脑海中闪过千分之一秒,之前种种的美好感受又涌上了心头,他的那些恰到好处的妙语、那些温和亲切的眼神……这些统统都让我舍不得离开。我更舍不得自己这些天来逐渐变好的迹象,我想要继续好起来,想要了解心灵的真相……那么,我想,我需要忍耐。

但是我的心里似乎有某种东西被打破了，他那副笃定的状态让我真切地意识到了我与他关系的不对等：他有很多的来访者，而我只有他这一个分析师；他不会在乎我的离开，也许我只是他工作和赚钱的对象，而我却是那么在乎他，他是我所有的依赖和期待。

所以，那些感人的话语、那些温暖的共情、那些看似真诚的关心，其实并没有什么真情实感可言，统统都只不过是他工作中运用的技术和惯性反应模式吗？

就算有那么一点真情，也绝对比不上他那些工作好几年的来访者，在谭先生刚才的言语里，我听到了他对她们的心疼。

我的心一点一点地沉下去。与此同时我嗅到了危险的气息，我想：如果将来有一天他讨厌我了、不想跟我工作了，他可以毫不犹豫地抛弃我，这对他来说不会有任何影响，而我呢，我很难跟人建立关系，所以一直以来几乎没有朋友，因为我知道自己如果一旦对谁产生了情感，就很难分离。例如，在母亲去世后，两位哥哥也痛苦过一段时间，但是他们之后依然可以娶妻、生子、升职、交友，过正常的生活，并没有产生什么奇奇怪怪的症状，而只有我，许多年里都在痛苦中生不如死地挣扎着。所以，我之前对他那种全情的依恋和信任是多么的危险啊！虽然之前那么多年一直都很孤独，但至少避免了被抛弃、被伤害，不是吗？

我的心里挣扎着，我既害怕将来会被抛弃、被伤害，但心里又依然对他有所期待，期待他能帮到自己，这份对他的需求让我感受到了自己的无奈与卑微。一直到结束，我都没有再说话，巨大的自卑和失落感淹没了我。

晚上时分我一个人拖着箱子独自登上了回北方的列车，因为是提前预订的票，我和童同学买的不是同一个车次，因此我的回程只能独行。

我上了车，找到自己的卧铺。车厢里散发出特有的一股潮湿昏幽的气味，光线惨白却又暗淡得失真，走来走去的旅客们被这灯光包裹，身上像披了一层朦胧的光晕，我默默坐在自己的床位上，就像看着一群来自另一个世界的幽灵。

第六节
失望的长程咨询

视频里的谭先生坐在他办公室里窗前的那台电脑旁,夏日正午的阳光透过窗帘在他身影后面闪着金色的光芒,将他头顶略有些稀疏的发际线暴露无遗。

我像望着一个外星人似地望着他,感觉一下子就跟他拉开了千山万水的距离,并且觉得连带着对他这个人本身,也有了严重的陌生感,没有了面对面时触手可及的那种亲切。

从申城回来后,我就丧失了那种祥林嫂似的叙事冲动,我变得很难再去言说内心的痛苦,更无法言说以前经历过的创伤,每次的视频分析,我只能谈谈现有生活中的琐事,这让我越来越觉得自己不是在进行分析和疗愈,倒更像是纯粹在和谭先生闲聊而已,虽然他在闲聊中非常温暖和真诚,但比起面对面时的那种灵活和主动,他在视频工作中似乎变得被动和钝感了不少,这让我越来越不满,越来越觉得这不是自己想要的分析状态。或许是因为我之前对他的期望值太高,又等待了太长的时间,我的希望越大,失望就越大。

我皱着眉头很久没有说话,很快他便警惕地察觉到了,不自在地耸了耸肩膀。看见他的不自在,我又觉得有些过意不去。

"这次我想说一下我的奶奶。"于是我主动找到了一个话题,他也明显松了一口气。

"我的奶奶出生在大富之家,"我向谭先生开始讲述:"当然了,在后来的那个特殊年代里,山庄土地山林都被分给了其他的村民。我的奶奶是那个年代女性中少有的读书人,毕业于中华人民共和国成立前的女子学校,毕业后当了老师,温文尔雅知书识礼,对外人永远都是那么温柔得体,但其实她不仅重男轻女,还尤其偏爱她最小的儿子,也就是我的叔叔,对我的父亲则比较冷落,后来母亲进了门,母亲直来直去的暴脾气与她甚是不合,很快她就让我的父母搬出去了。"

"在我小时候的印象中,奶奶很少跟我的父母说话,但是在我读完小学一年级时,出于逼不得已的原因,我只能离开家去邻村她教书的学校就读,读二年级和三年级。我要跟她一起吃饭,到晚上我可以回自己家,但偶尔会留宿,跟她一起睡。我挨饿的经历就发生在这段日子。每当到了吃早餐和吃中餐的时间,奶奶就会从一个小橱柜里掏出一碗早已高度腐败的豆子,半白半绿的霉至少有三厘米高。她每次掏出那碗豆子时的动作,像极了故宫的工作人员小心翼翼捧出一件价值连城的文物,每次她把这碗豆子放在我面前时,都会笑眯眯地看我几秒,然后再出去,跟其他的老师一起搭伙吃饭。那个年代大家几乎都没有大鱼大肉可吃,可是在农村,各种蔬菜瓜果还是非常充足和新鲜的。我每次都能闻到她们在房门外炒菜的香味,听到她们吃饭时的聊天和轻笑。"

"这样的菜怎么能吃得下呢,就连喂猪猪也应该是不愿吃的。所以我每次都只能啃几口自己在学校食堂蒸好的白米饭,大米是家里带来的。但通常啃几口白饭之后我就吃不下了,无论多么饿,没有菜下饭的话就吃不了多少。而奶奶吃完她的饭回到房间

第二章 分不清的爱与虐

后，会小心翼翼地再把那碗豆子收进柜子，放好。到了第二顿，她又捧文物般地掏出那碗豆子放在我面前，周而复始，这碗豆子，哦不，应该说是这个道具被使用了长达一年多的时间，在南方闷热潮湿的气候里，它陪伴了我整整一年多，一年多啊。我不知道它最终去了哪里，长大后的我偶尔会想，说不定可以替它申请一下吉尼斯纪录呢。"

"一年多后，有一天饥肠辘辘的我回到家中，把柜子里一碗剩饭狼吞虎咽地吃进了肚子。母亲回来后将我暴打了一顿，骂我蠢女，说那是她用来喂猪的剩饭，说那已经馊了、臭了都闻不到吗？我那时候才说出了我挨饿的事实。母亲哭了，从那以后她在我的布袋子里不仅放进一些大米，还会放进一瓶新鲜干净的炒菜。四年级时，我换到了更远的外地读寄宿学校，从那以后，我再没有跟奶奶有过什么联系，后来，听说她渐渐得了老年痴呆，连自己的女儿、儿子都不认识了，谁都不认识了。不过这样也许是一件幸事，当我父亲去世的时候，她也就不会有白发人送黑发人的悲伤了。"

我的思绪渐渐沉浸到了过去，在父亲丧事期间的一天，堂弟忽然掏出手机来给我看奶奶的视频，原来奶奶竟然这么老了，镜头中奶奶坐在村里的门楼前，头发已经全白，满脸都是层峦叠嶂的褶皱，恰巧有人在镜头外经过，问她还记得某位熟人吗？奶奶于是摇头轻声地说不认识，那眼睛里是孩童般的茫然和怯弱。那个我记忆中身材高挑挺直、眼神聪慧练达、说话温柔圆润的中年美妇已经不知去了何处，只剩下了镜头中这位十几岁就结婚生子、现已步入垂垂暮年的老妪。

人的一生那短暂几十年的时光,仿佛如电影里快进的镜头般在我眼前飞快地闪过。

堂弟又给我看了一些照片,他保留了很多关于奶奶的照片和视频,这一点我并不惊讶,因为奶奶最爱的就是他这个宝贝孙子。照片里是奶奶在很多年前曾经写的诗,是用钢笔写在一本发黄的笔记本里,字体方方长长,在那些诗里她写下了我的爷爷当年的那些经历和遭遇,她说她的丈夫抗日有功,不是人民的罪人,她为丈夫悲惨的遭遇叫屈,并决心为丈夫申述和平反。我一张照片一张照片地看下去,把那些叙事诗都快速阅览了一遍,我很震惊,之前我竟然不知奶奶温柔的外表下有这么坚持的一面,之前我也完全不知道家族中这段历史背后的故事,我只是在小时候听母亲很模糊地提到关于爷爷的一些事情,爷爷在后来的确被平反了,这件事对这个家族来说意义非常重大,因为家贫事小,清白最重要。

我一张一张地看着这些诗,心里很感动,从前那些对奶奶的抱怨突然也就没那么计较了,就像不想再去抱怨父亲一样。时间和死亡一样,都有着强大的改变的力量。

看着看着,我忍不住哭了,流下了难以言说的、复杂的泪水,这眼泪是为奶奶寡居四十多年辛苦坎坷的一生,为奶奶承受过的时代与生活的重担,但同时也为了自己无法言说的委屈。你看,她都吃了这么多苦,受了这么多罪,我还能去责怪她故意给我臭豆子吃吗?可是我的委屈和痛苦又有谁能来理解呢?我的胸口像堵上了一块大石头,既郁闷又压抑,在很多的时候,自己对这些亲人真的很矛盾很无奈,既很难去爱他们,却又不能去恨。

我继续对着镜头讲述:"堂弟走的时候,我给了他几百块钱现金,嘱他交给奶奶,虽然她已经不懂得自己花钱了,但让她放在兜里揣一下也还是可以开心片刻吧。回到老家后的堂弟给我发来了视频。视频中堂弟把钱塞进奶奶的口袋,大声地说着这是某某(我的小名)给你的钱,你还记得你的这个孙女吗?奶奶竟然点头说:"记得"。她竟然一字不错地说出了我的小名、大名,现居哪个城市,什么时候结婚的,丈夫是什么职业,丈夫叫什么名字,并且,最后她竟然还说道:"这么多年也不回老家来看看,是不是不记得我们了呀?"

现场的人都大为震惊,纷纷表示自从奶奶老年痴呆后,这是她第一次这么清醒……"

"你说,"我问谭先生:"你说为什么我奶奶谁都不记得了,唯独只是记得我呢?要知道我自从小学三年级后就基本没跟她有什么联系了,我的那些信息都是她听来的。"

听完这段长长的讲述,谭先生的眼神飘忽了一下,略有些迟疑,但又觉得此时应该给一个什么解释,因此在迟疑了片刻之后,他回答说:"可能……我想是因为你跟她性格很像吧,可能她觉得你跟她很像……"

"嘿!"我一下子大叫起来:"怎么可能?我的性格像我妈,直来直去的,我奶奶的性格外柔内刚,嘴可甜了,但实际上你看她对我这么狠!我跟她才不像呢,一点儿都不像!"

巨大的失望向我袭来。自从我回到北方后,工作中的谭先生不再那么有魅力,而我自己也被卡住、无法表达那些过去的痛苦,心里越来越失望、越来越烦躁……进入所谓的正式的长程分析后，就像从爱情进入了婚姻，越来越让我觉得平淡和无聊。

啪的一下，我不高兴地挂断了视频，没有给谭先生任何的心理准备，我自行提前了十来分钟结束这次工作。

晚上我在只有几个人的小群里说了这件事，童同学说："也许你奶奶是因为内疚，潜意识里对你很内疚，她伤害过你，所以她一直都记得你。"

我觉得童同学的这个解释似乎更为接近。

第七节
折磨

不知不觉中,我和谭先生的互动模式就完全变了,具体是从什么时候开始的,我已经忘了。总之我变得越来越控制不住自己,我开始循序渐进、得寸进尺地捉弄甚至折磨他,后来当我想起这一切的时候,除了严重的内疚与自责,还对自己竟然有如此恶的一面有着深深的惊讶。

我经常会要求他几乎纹丝不动地面对镜头:"不许走神,你要全神贯注地哟,你要一直在场!"

他每次都无奈地笑笑,然后又顺从地答应着:"好,好,我不走神,我一直都在场。"

但凡他有点什么动作,身子晃动或者伸手拿个什么东西,我就会嚷嚷起来,一迭声地急问:"你在干吗?你在干吗?!"他只好尽可能保持好稳定的坐姿,除了偶尔要低头写字记录一下两人的谈话重点,尽量不产生任何其他不必要的动作。尽管如此,尽管他已经是这么的小心了,但有一次还是引发了我的不满,我发现他在听我讲话时眼神往下看了好几秒,似乎在看什么东西,于是我沉下脸,很不高兴地质问他:"你在看什么?是不是桌子上放了本书,你在悄悄地偷看?"

谭先生苦笑着说:"没有,刚才电脑屏幕的下方突然弹出一个链接,我就看了一眼而已。"

"骗人，我才不信，你肯定一边在装作听我讲，一边在偷看别的书。"我气哼哼地指责他。

他只好把摄像头往下压，让我看镜头，我仔细看了又看，发现他的办公桌上除了记录本和一支笔，的确什么也没有。我"哼"的一声，表面上不再说什么，心里却是高兴和满意的。

在申城面对面工作时，我就总是有喉咙被扼住、无法言说的毛病，那时候我会很焦虑地想要突破和改善这个毛病，但是在视频工作中，我放弃了想要改变的努力，说不出来的时候就不说，长久地沉默着。终于，我发现了当自己沉默时间过长的时候，谭先生会不自觉地呈现出一个似乎焦虑的小动作：他会下意识地揪一下自己的头发。发现了谭先生这个秘密的我于是多了一个法宝，有时候我会故意不说话，他问什么我都板着脸不说话，他运用什么话术我都坚决不开口，然后他也只能无奈地揪一揪自己的头发。我悄眼看着谭先生对我无可奈何、无计可施的样子，我的心里暗自愉悦极了，为此我常常使用沉默这个方法，沉默最长的一次竟然长达五十分钟，从开始到结束，我竟未发一言。在那一次，谭先生明显有些难熬的样子，他说了一些试图打破僵局的话，那些话其实说得很有技巧，我差点就要开口了，但我为了让他难受，就故意憋着，咬紧牙关依旧坚持着一言不发。每每面对我的故意沉默，谭先生最后也只能沉默，但他又不能去做别的事情，只能干巴巴地对着镜头忍耐着，一再地忍耐着。

最多的时候则是贬低，这个过程也是我一步步试探着进行的，我循序渐进，层层加码，一而再再而三地挑战，想知道他能承受的底线在哪里。

我越来越肆无忌惮地嘲笑谭先生的专业水平，我不停地嘲笑他："我怎么觉得你的水平还不如我的那几个学霸同学高呢？我的奶奶唯独只记得住我根本不是因为我像她，而是因为可能她对我心怀内疚……哼，我总感觉有鬼在身边的这个症状，你一直都没有进行解释，是不是你也不知道怎么回事呀？我同学说鬼是坏客体的象征。还有，我为什么做了那么多年的关于母亲的噩梦，你也一直未进行解释，也是同学们告诉我说这是因为我对母亲内疚，以及对母亲复杂的情感没有得到整合……我觉得你根本分析不了我，帮不到我，我们的工作纯粹就是在浪费时间……"

对于我的无情嘲笑，谭先生每次都反复耐心地回应道："个人分析不是简单的回答问题，而是需要你来言说内心的感受。"

虽然他很耐心、很平和地这样回应，但我发现他明显发生了变化，他在工作中变得越来越小心翼翼、越来越犹犹豫豫，有一次面对我的又一次提问，他小心翼翼、字斟句酌地想要回答得完美些，结果因为过于谨慎，他的语言不仅一字一顿，而且字与字之间因为间隔的时间太长，以至于结结巴巴、语不成句，让我完全听不懂他在说些什么了，于是我哈哈哈地大笑起来。在我毫不掩饰的嘲笑声中，他不禁面露囧色。

除此之外，我还故意经常要求更换时间，有时候我说早上九点自己才有空，有时候我说中午十二点比较好，有时候又说下午四点才方便，但是无论我说几点，他都答应，并且准时出现在视频的那头。只有一次例外，我说的不是周六，而是周六以外的日子，他便坚决不答应，他认真地看着我说："你在周六这一天怎么换时间都可以，我都会在，因为每个星期只有周六这一天才是我真正休息的日子，没有人来打扰我，如果是其他的日子，我会因为要开会或者下病房，或者其他的事，时间上不敢保证。其他来访者的分析，常常因为我临时有事而不得不更换时间，这对她们来说，是能够耐受这种突然的变化的，但是你的创伤实在太严重了，我如果总是换时间或者取消，你会耐受不了，你需要一个稳定的客体存在。"

　　他的这番话深深触动了我，自从母亲去世后，就再没有谁会这么在意我的感受，再没有谁会将我特别照顾和对待，我品尝到最多的人生滋味，就是被抛弃，所以我的心里感动极了，于是在这方面再也没有故意为难过他，乖乖地从这以后，就把时间固定在了每周六的下午四点，然后再也没有换过。但是我那些对他的折磨和贬低，依旧在持续，并且愈演愈烈，我和他都卷入了一个旋涡，但是我们俩都浑然不觉。

第八节
边缘性人格

有一天晚上,我正躺在窗户旁的床上玩手机,猝不及防地,我突然听到父亲的声音就在耳边响起,他清晰地喊了两声我的小名,然后,马上又消失了,仿佛没有发生过一样。

我惊得从床上跳了起来,下意识地左看右看,当然我什么都没看见,只有无边的夜色从宇宙深处向我涌来。

我赶紧跑去微信群里求助,我惊慌地问大家:"你们说我这是怎么回事?我是不是出现幻听了?是不是要变成精神病了?"

童同学说:"别害怕,幻听并不一定就是精神病的。"

丽丽同学说:"精神病和精神病性是有区别的。"

童同学说:"是的,精神病性不等于精神病。"

我发了一个大哭的表情:"那你们说我这是咋回事?我心里害怕极了。"

童同学说:"我觉得你还处在你父亲去世的创伤状态中,虽然你自己觉得好像没什么,但其实这么大的一个事件,对人的心理冲击是很大的,幻听只是你的一个创伤事件的应激反应,不会是常态的。"

丽丽同学说:"同意。我还真的觉得精神病性其实还蛮有意思的,我看文献资料里提到其实很多艺术家是精神病性的,精神病性比神经症要更富有创造力。"

我说:"那看来我就是精神病性的,你们都不知道我折磨起我的分析师来是多么有创意!"

童同学和丽丽同学都不约而同发了大笑的表情。

丽丽同学说:"这就是施受虐啊,一个施虐一个受虐,你们俩挺匹配的。"

一直没有发言的洪同学冒了出来,他说:"我,我怀疑你是边缘,你的很多表现让我觉得你很像边缘。"

我打了个问号发在群里,追问道:"关于边缘能详细点多说说吗?"

洪同学说:"边缘人格介于神经症和精神病之间,有时候靠正常人这边,有时候靠精神病这边,我感觉你挺不稳定的,情绪起伏大,加上你的解离症状……所以觉得你有点像边缘,当然这只是我的野蛮分析,我只是觉得像而已。"

我迫不及待地问:"那要怎样才能好?"

洪同学说:"让你的分析师慢慢治疗你呗,反正对你不能太近,太近了你会害怕,也不能太远,太远了你会觉得被抛弃,对你要慢慢慢慢地靠近……你可以先去买本书看看,自己了解一下。"

我说好的。

但是我没有去买洪同学推荐的那本书,我还是更喜欢面对真实的人,真实的、活着的人。我一会儿觉得谭先生很糟糕,不能帮助我把那些痛苦讲出来,让我烦躁无聊,一会儿又觉得他挺好的,异于常人的好,他对我能万般忍耐,忍常人所不能忍,而我自己也只敢对他这么蛮不讲理、肆无忌惮,这种使劲攻击对方的感觉其实特别爽,各种情绪都得到了极其充分的宣泄。我发现这段时间以来,随着自己在分析中肆无忌惮地攻击,在生活中反而变得轻松了许多,年轻时那些非常严重的自虐行为,在婚后过上稳定的生活之后便少了许多,但我偶尔还是会在某些时候控制不住,用力击打自己的头、拿小刀划伤自己的胳膊,如今这样的行为变得越来越少,并且已经慢慢地消失不再了。仿佛我有两个我,这两个我敌进我退、敌退我进,此消彼长、此长彼消。

第九节
攻击后的快感

一转眼又到了去申城学习的日子,同学们从各个城市汇集过来,奔赴一场学习的狂欢盛宴。南方绿意依然,空气中荡着一阵阵温柔的秋风,用妩媚如丝的细雨迎接每一位远道而来的客人。

我照样会在上午的课堂上不停地扭着脖子往后看,雷达般搜索谭先生的身影。童同学坐在我身边,早已习惯了我的各种状态:发呆或扭头,或者在课程中出去上厕所。

这天上午,为了避免下课后排队等位,我又在课堂中溜出来,坐电梯下到一楼去上厕所。当我准备往右边的洗手间走去的时候,又如往常般习惯性地往左边谭先生办公室的方向看了一眼。然而这次,我看到了最不想看到的一幕、最不愿看到的一幕:一个穿着时尚、皮肤很白的年轻女孩正站在他的房门前,女孩掏出手机来看了看,仿佛是在确定时间,然后举起手敲了敲门,然后门无声地开了,女孩走了进去,门又无声地合上了。

我站了好几分钟,女孩一直都没有再走出来,我意识到那位女孩也是他的来访者之一。

我的心瞬间沉到了谷底,但瞬间又升腾和鼓胀起来,就像一个汽油库里被扔进了一根火棒,我的怒火刹那间就被点燃了,烈火在我的胸膛里熊熊燃烧,在我的嘴巴、耳朵和眼睛里喷出火焰,我想大喊、想大叫、想打人、想狠狠地把一个什么东西砸个稀巴烂!

但是我什么也不能做,如果我这么做了,大概率会被保安当成偷跑出来的精神病抓起来。我用力克制住自己,牙齿咬得咯咯响。我走进洗手间,走进最靠里的那个格子间,终于控制不住把脑袋用力撞向坚硬的墙壁,砰砰砰砰,盛怒之下一连撞了好几下,直到那种全身快要爆炸的感觉缓和了一些才停下来。我感觉不到痛,以前无数次自虐的时候拿小刀割手都不觉得痛,这次撞完后只是觉得头略微有点点眩晕而已。

明知道不可以轻易发短信,但我还是忍不住给他发了一条信息:"今天下午我要踢烂你的门!"

谭先生当然没有回信。但是下午当我走到他办公室门前的时候,发现房门大开,为了防止我真的会踢门,他提前打开了房门。

我气鼓鼓地坐下来,坐下之前用脚狠狠地踢了一下茶几,茶几呻吟了一声,在这静谧的空间里分外刺耳。他警惕地望了望我,关上门,又扶好茶几,坐下来沉吟了一会儿,问道:"今天有发生什么不愉快的事情吗?"

哼,我才不会告诉你发生了什么呢?我心想:我才不会让你以为我会为你吃醋呢!我回答:"没什么不愉快的事,我就是想打你!我想掐你的耳朵掐出血,我想把你的脸抓个稀巴烂,我想使劲扯掉你的头发!"我坐直了身子:"你说,我可不可以打你?!"我目光灼灼地盯着他,一副蓄势待发的姿态。

他思考了一下,冷静地回应道:"你可以打我,扯头发挠胳膊什么的都随你,但是你打完之后我们的关系就只能结束了,分析就没法做下去了。"

这个威胁非常有效,我气哼哼地,但是没有敢真的动手去扯他的头发、挠他的脸。

但是我的愤怒无法平息,总想破坏点什么才解气。见他的眼镜放在沙发靠我这边的扶手上,于是有了目标,我抬起了腿,准备一脚踢飞它。可能是我抬腿的动作有点慢,毕竟两张沙发靠得太近,动作不好施展,于是谭先生敏锐地察觉到了我的意图,用手飞快地抓起了他的眼镜,但终究还是被我的脚踢到了手,我飞起的一脚踢中了他的手。

但他没有表现出生气,也没有批评我,他只是把眼镜转移到了另一侧扶手上,然后用纸巾擦了擦手。

我于是顺势就把两只脚都抬起来,架在了他沙发的扶手上,用两只肮脏的鞋底冲着他,他只好用力缩着身体,贴紧沙发的另一面,如此才不会碰到我的鞋底。他就这样姿势别扭地坐了五十分钟,结束时我故意问他:"你这样坐着舒服吗?"谭先生说:"当然不舒服啦。"

我于是说:"那就好,我下次还这样做。"

他没有说话。

第二次去见他时我当然还这样,我把两只脚架在他沙发的扶手上,用两只肮脏的鞋底冲着他,他依旧只好用力缩着身体,姿势别扭地贴紧沙发的另一面,才不会碰到我的鞋底。我越来越肆无忌惮,越来越过分,除了不能真正动手打他,任何让他难受的事我都想试一试。

但是有时候谭先生的反应也会让我觉得有点莫名其妙,有一次，我想要贬低甚至侮辱他一下，于是指着他那个高大的木衣柜嘲讽地说道："瞧你这么猥琐的样子，你里面肯定藏了个充气娃娃吧？表面上人模人样的，背后不定干了些什么坏事呢！里面不止有充气娃娃，说不定还有具碎尸！"

我以为他这次总应该会生气了吧，毕竟这都已经上升到了人格的侮辱了，我已经做好了他生气恼怒的心理准备了。但没想到的是，他竟然马上把头一低，似乎有些羞涩似地说道："我还不想和你谈性。"他的声音里竟然有一丝丝的颤抖。我丈二和尚摸不着头脑地看着他，不知道在精神分析理论里这二者有什么关系吗？但是我没有追问下去，我沉浸在攻击后的快感里，心里自动忽略了这个疑问。

在另一次的见面中，我开始数落他另一件事情："我连上厕所排队都等不了，宁愿跑老远去别的地方上厕所，而你竟然让我等了你半年，这件事我每次想到都觉得不爽！"

不知为何，谭先生不小心蹦出来一句："我是为了考验你，看你是不是真的有那么想找我，看你的动力强不强。"

我顿时勃然大怒："什么？！不是因为你没时间而是因为想考验我？！你知道我在等你的过程中有多痛苦吗？我在等你的过程中我父亲去世了你知道吗？！我那时候是多么需要有人帮助我你知道吗？！仅仅就为了考验我，你让我在那么久的时间里只能一个人孤独地在痛苦中！"

想起在父亲丧事期间晚上的那些恐惧，我抑制不住心中的怒火，于是开始无法自控地骂他，一边骂，一边一下又一下地踢他的沙发扶手。

然而谭先生却似乎永远都不会被激怒的样子,他微弓着背,低着头,看着茶几,任我怎么咆哮,他都一点儿也不生气,也不争辩什么,只是那样默默地坐着,他沉稳的样子让我的怒火就像喷在了浩瀚的海洋里。

我的怒火宣泄完之后,浑身上下感到一阵轻松,我和谭先生无言以对地坐了一小会儿,这一次结束的时间便到了。当我站起来准备走的时候,他突然没头没脑地说了一句:"你的眼睛好特别。"我惊讶地回头看了看他,发现他坐着没有抬头,我看不见他的表情,也不明白这句话是什么意思,但我也没有在意,惊讶片刻之后便气哼哼地走了。

总之无论我怎样贬低他这不行那不行,无论我怎样抱怨他没有帮到自己,无论我怎样尖酸暴躁、面目可憎,他都一直耐心忍受,虽然偶尔有些时候他也会慌乱、会手足无措、会面露窘态,但他永远都在,永远准时出现在约定好的时间段里,并且,一直忍受着我的各种折磨,从来都没有发过火。

在这次学习快要结束、即将又要短暂分离的时候,我消停了下来,认认真真地问谭先生:"嘿,你又不是没有来访者,大把人都在排队等你,你干吗不直接扔了我呢?这样不就省事了吗?你何必要忍受我的折磨呢?"

他看着我的眼睛,比我更认真的样子回答道:"你受过太多的苦,经历过太多的磨难,你以前过得很不容易,所以我真的不希望你再受到任何伤害,如果你去找别的分析师,我会不放心,担心其他人会扛不住你,你在我这里我才放心。"

听了他的这番话,我的心里其实感动极了。

第二章 分不清的爱与虐　　141

第十节
离开又回来

我开始玩同时找其他分析师聊天的游戏,我本不想玩这样的游戏,因为太耗钱。可是我没有办法,我想离开,却又无法离开。

记得我第一次跟谭先生说要停止工作的时候,他愣了一下,脸上明显有吃惊的表情,但这吃惊只是一闪而过,便点头答应了。

可是每当我与他停止了工作、断了联系之后,我便会立刻回到以前解离的状态,我又开始觉得自己仿佛与这个世界断了连接,仿佛自己一个人被抛弃在整个世界之外,我茫然、孤独,又无所适从……这种被打回原形的速度之快,跟西游记里孙悟空把妖怪打出原形的速度不相上下。

尤其是在周六那个固定的时间,我格外难受,就像一个断奶期的孩子般烦躁不安,为了忘记这个时间,有一次我特意在周六下午四点的这个时间之前,听着催眠音乐,努力让自己躺在沙发上睡着了,我算好了时间提前在沙发上睡了过去。

一片混沌中,我却忽然从梦中惊醒,像是被什么力量唤醒了似的,猛然间清醒,我睁开眼,一看时间,正好是四点整。我准备闭上眼睛再继续把自己哄睡着,想要重新回到睡梦中去,就在这个时候,我却清晰地感受到有另一个自己从身体里飘了出来,以一种平行的角度,缓缓升到半空,悬浮着,向下望着沙发上的自己。我吓得一下子瞪大了眼睛，从沙发上坐了起来，睡意全无。

除了这些莫名其妙的症状之外，那种背叛与分离的感觉更令我无法忍受。有一次，我坐地铁去一个分析师的办公室，在人来人往的地铁站里，我感觉自己是那么孤独无依，像一叶浮萍漂泊在汪洋大海。我情不自禁想到了谭先生，无法自控地想念着谭先生，在那一刻我觉得他就像是岸边某块永远望向我的岩石，我是属于他的，可是现在我却背叛了他，从他的身边漂走了，越漂越远，正在离他越来越远……这种分离的感觉让我在地铁站里像晕船似的差点呕吐出来。

于是我每次的离开都坚持不了多久，最多一周或两周。每次我都斩钉截铁地说要永远离开再也不回来，每次又都很快回到跟他的分析中来。而无论我什么时候回来，那个周六下午四点的时间一直都在，一直都属于我。

既然离不开，我便开始了同时找其他分析师聊天的游戏。我一边跟谭先生照常工作着，不再提离开，一边频频联系其他的分析师，有男的有女的、有海归的有本土的、有年轻的也有不那么年轻的……但都是圈内口碑甚佳的优秀分析师，我知道该如何寻找分析师，我学习精神分析的专业知识就是为了寻找真正的好分析师。就像宗教中的修行一样，要找的是明师，而不是名师。

我联系的分析师几乎每一位都愿意接待我，于是我跟这一位谈上一两次，停掉，过一段时间后，我又跑去跟另一位谈上一两次，停掉……然后每次我都会毫不避讳地告诉谭先生："我又找了别的分析师聊天咯，别的分析师真的都很不错喔，感觉别的分析师都比你好喔！"每当我这么说的时候，他的脸上总会忍不住出现一些比较复杂的表情，终于有一次，他赌咒发誓般地说道："我一定要在你这里活下去！我一定会在你这里活下去的！"

　　我哈哈大笑，每次我看见他难受就会觉得特别开心、特别快感，但是这种快感里面又似乎隐含着某种深切的痛苦，我说不上来，亦不曾真正深入体会和探讨过。

　　后来，我主动停止了这个游戏，首先这个游戏太费钱，其次我怕这样会伤害其他的分析师，怕他们会因为对我的脱落而质疑自己的能力。我觉得这样不好，我除了谭先生之外不想伤害任何人。另外一个最重要的原因是，尽管他会因此有些不舒服，但他依然能够忍耐，用惊人的忍耐力照常与我工作。

　　我想着自己应该要换一种玩法了。

第十一节
游戏

已经忘了是第几次来到申城了,随着来申城次数的增多,我渐渐熟悉和习惯了周遭的风景。那些拂过双肩的微风,那些照亮人们眼眸的阳光,那些因为有些松动所以踩上去会发出嘎吱嘎吱响的水泥地板……已经不复我初次见到遇到时那般生动、鲜明、感动,它们一次比一次更让我视若无睹。

习惯的力量是如此之大,因为在熟悉和稳定的环境中人们会觉得更加安全,所以为了想要的安全感和控制感,许多人更喜欢自觉或不自觉地生活在重复之中。我在学习中越来越觉得,精神分析词汇中的强迫性重复,就是佛教词汇中的轮回。然而我此时还没有能力更深地觉察自己的强迫性重复。

随着时间的推移,同学们已经互相熟悉,会在晚上聚在一起吃饭聊天玩游戏。我自己都很难想象,自己竟然渐渐也可以加入并参与到其中了,我跟同学们一起玩真心话大冒险,玩天黑请闭眼,我也会跟着大家一起大叫或者大笑了,尽管玩过之后我依然无法跟很多人建立更亲近一些的关系,但在游戏中,我已经学会投入进去、沉浸于当下的剧情。

我不禁想起了小时候,我总是坐在家门前青石板的台阶上,抬头望着头顶的那一片天空,山区的天空很低,像一口锅盖似地压下来。我望着天空,总感觉自己被这口锅盖盖住了,如果有人能够揭开这口锅盖的话，一定还有另一个广袤的世界。我幻想着总有一天能走出这个世界，因为我不属于这个世界，我只是被困在了这里。如果在另一个世界，会是怎样的呢？我幻想着自己会有新的身体、新的家人、新的经历，在那个幻想中的世界里，没有痛苦。

我常常这样望着天空，发着呆，仰着脖子一望就是半天。虽然奶奶很少跟我的母亲说话，但有一天终于也忍受不住了，从隔壁屋里走过来，跟我的母亲说："这个孩子太奇怪了，也不去跟别的小朋友玩游戏，成天就知道望着天发呆，也不知道在想什么？真是一个怪孩子。"

但是母亲并没有听从奶奶的建议，况且她们本就素来不和。母亲对我说，你不想去跟那些小孩玩的话就不去吧。

曾经在很长的一段时间里，我和母亲生活在一个共生的世界里，这个世界就像一个独立的星球，里面只有我们俩，就连父亲、哥哥们也不知道在这个世界里发生了什么。

如今，我终于学会了参与在孩童时期就该玩的游戏，在我人到中年的时候。

这些种种的转变和感受，我会在分析中讲给谭先生听，但是我的情绪起伏变化依旧是那么强烈，令人难以琢磨，也许上一秒我还在说着一件令人感动的事情，下一秒就会因为他的一句话或一个眼神而勃然大怒，贬低他、数落他、踢他的茶几、威胁要打他、把脚架在他的沙发扶手上，或者故意长久一言不发。而他则总是温和地耐受着这一切，温和地陪伴着我。

我偶尔还会控制不住地给他发短信，碎碎念地表达自己当时的感受，但他总是恪守严格的专业设置，除了约定时间，他绝不会回信。

这天晚上，是这一期的电影赏析之夜，所选电影的内容依旧是沉重的，这次它勾起了我过往的一些回忆，仿佛一些被我压抑和遗忘的痛苦、那些已经断裂的碎片开始有一丝丝的浮现，这让我非常难受。于是我一个人来到大露台，坐在一把木制的长椅上，四周大块大块油腻的阴影将我团团包裹住，让我开始产生轻微的窒息感。我的心里开始强烈地想念谭先生，尽管我们下午才见过面，可是在此时此刻，我像思念一个分离了几十年那么久的至亲般思念着他！黑暗中他的脸在我的眼前浮现，他的眼神是那样的深刻，他深刻地凝视着我……奇怪的是，母亲的眼神竟也飞快地闪过，但是刹那间又消隐了。在这个暗夜孤独的时刻，我意识到自己是多么渴望着谭先生，我渴望他此刻就在自己身边，我渴望他紧紧地、紧紧地抱住自己，抱得两人之间一丝儿缝隙都没有，这种拥抱不带任何性的意味，只是拥抱，只是纯然地抱着，彼此之间没有其他的任何人和任何事，只有纯粹的我们俩。我渴望我们能紧紧地、紧紧地抱着，直到地老天荒、直到宇宙爆炸、直到无穷无尽的永恒的未来……

在这种汹涌澎湃的情绪下，我给他发了一条短信："我此刻一个人在露台上，因为看了电影，很痛苦，内心很多感受。好像以前一些已经失忆的事情又浮现了，特别难受。"

我多希望他能回信，给予一个回应，哪怕一个表情也好，都能慰藉到我的内心。

但是一直到我回到酒店，一直到第二天醒来，他都没有回信。他难道不怕我当时痛苦的时候会跳楼吗？我当时可是一个人在露台上啊！想到这我顿时又变得怒不可遏。

下午当我们见面的时候，我忍不住又大骂他：你自私冷漠无情，你一点都不关心我，你是一个不负责任只爱涨价的贪财鬼……我噼里啪啦地骂了他半天，他照旧是一副并不为之所动的样子，任我怎么骂都不回嘴。

却在突然间，他幽幽地冒出一句：你的眼睛很特别。

这是我第二次听到他这么怪异地说出这句话。我瞬间闭了嘴，惊讶地望着他，他低着头，脸上并没有什么特别的表情。这句话听起来只是像在单纯地表达某种欣赏，并没有嘲笑抑或暧昧的意味，他一动不动地坐着，像只是沉浸在某种情绪之中。

但这句话给了我一个捉弄他的灵感，我嘻嘻地笑着，"嘿！"我用脚尖踢了踢他的脚，他像是惊醒般抬起头来，有点疑惑地望着我。"现在我想坐在你大腿上，可不可以呀？"我一反常态、嬉皮笑脸地说道，并作势将身子向他倾斜过去。

"不可以！"谭先生大喊道。与此同时他噌地一下站起来，迅速闪到了沙发的另一侧，其速度之快简直令人惊叹！

他站在沙发的另一侧，离我远远的，用警惕的目光望着我。我从惊叹中回过神来，坐在沙发上忍不住哈哈哈地大笑起来，片刻之后他才意识到自己上当了，他眨巴着小眼睛，重新坐了下来。

不知又过了多久，我突然瞥见地板上出现了一只移动的黑点，定睛一看，是一只蟑螂，正摇摇晃晃、犹犹豫豫地从外间向里间踱过来。

"小强！"我指着蟑螂喊道。

谭先生又噌地一下飞快站起来，以迅雷不及掩耳之势快走几步冲上前去，毫不犹豫地抬脚一踩，咔嚓，我听到了一声脆响。然后他拿着纸巾把蟑螂的尸体包起来扔进了垃圾桶。

"你怎么把它踩死了呀？"我抱怨道："那一声脆响让我心里好膈应。"

"我怕你会害怕。"他看着我说道，脸上的确是担心的神色。

我摇摇头，"我不怕，反而这咔嚓一声……"我抖着肩膀做了一个害怕的动作。

"哦……那你希望我怎么做呢？"他说。

"你应该拿扫把把它赶出去就好，把它赶出去就可以了。"我又忍不住开始嘲讽起来，"啧啧啧，一定是你这里脏死了它才会跑进来的。"

第十二节
一条短信

"如果我故意少付给分析师 1/3 分析费的话，他心里会怎么想？会不会心里不舒服？"我主动询问正在打游戏的丈夫。

此刻丈夫的眼睛正认真地盯着电脑屏幕，随着屏幕里虚拟人物的运动，他的脑袋也会情不自禁上下左右地轻轻摇晃。

"当然会不高兴，不是钱的事，而是会觉得受到了贬低和羞辱。"丈夫头也不抬回地答道。

我明白了，原来男性是会这么想的。我暗想：下次我就要试一试。

第二次转费用的时候我果真就故意少给了 1/3。一直以来，我都是在每次见面的前一天通过微信给谭先生转账，他默默收钱，如果不涉及改时间的话，我们不会在微信中交流。这次我给他转账后，便一直留意着自己的手机，看他会不会说些什么，过了几小时后，发现他点了收款，但是，他什么也没有说，一如往常般沉默。

第二天见面时他也完全未提此事，一个字也没提，工作中我仔细观察着他的表情，看他到底会不会有一些不愉快，发现他有时候会微微皱着眉，似乎是有那么一些不高兴的，但他什么也没说，他只字不提的态度让我不确定他的情绪到底是怎样的。

于是我第二次依旧少付了 1/3 的钱，他依旧默默地收了款，并且在第二天的分析中依旧只字未提。

咦，难道他一点都不在乎吗？我疑惑地想，这个事其实应该算是一个比较重要的事情啊。

北方的冬天飘起了雪花，窗外是一大片仙境般的唯美。这天晚上，我收到了谭先生的信息，他说要向我请假一次，因为这个周末要召开一个大型的学术会议，他必须得去参加。其实在上一次的分析中谭先生已经跟我讲过了，发这个短信再强调一遍也许是怕我忘记吧，我马上回复说："好的，我知道了。"

回复完信息后我开始赶着写一份文字稿，这个周末也就是星期天的晚上，我必须在镜头中陈述这些内容。对于我来说，写这些文字并不难，最难的是，除去青春期热血澎湃的那几年，从小到大我都特别害怕面对镜头、害怕公开发言成为目光的焦点，而在这次，我必须要在视频中出镜，这也是相关学习中很重要的一部分。

还有好几天才到出镜的日子，我就已经提前开始焦虑了。

一转眼就到了周六，我坐在房间里看书，屋外寒风呼啸，而屋内因为暖气的开放所以温暖如春，可是一想到第二天的出镜陈述，想到要在众目睽睽下陈述一大段内容，我就有点心烦意乱了。

我忍不住拿出手机，给他发了一条短信，抱怨上镜这件事让自己感到焦虑。发送完后我把手机放在了一旁，心里并没有期待他会回复，一直以来他都不会回复此类信息，更何况今天他这么忙，可以想象的忙碌。

然而，出人意料的是，没过几分钟我就收到了两条短信，都

第二章 分不清的爱与虐

是谭先生发过来的,第一条是一张照片,他坐在巨大会议桌旁的C位。第二条是文字:"那我马上赶回去,四点见。"

我惊愕得下意识站了起来,并赶紧给他转分析费——是的,我依旧还是少给了 1/3。他能赶得回来吗?我半信半疑地想,那个会议地址离他的办公室可远着呢。他为什么会突然给我发照片呢?他为什么又要突然之间扔下工作赶回来见我呢?他明明都已经跟我说过两次了呀。

四点整,我准时打开了视频,谭先生出现在镜头的那边,胸膛上下起伏,他明显喘着粗气,头发有些凌乱,瘦削的脸颊上两坨绯红,我明白这一定是他在赶回来的路上被凛冽寒风吹的!他有些气喘地说:"我是提前走的,其实会议还没有完全结束,要探讨的方面有很多……让他们自己聊着吧,我担心你太焦虑了还是需要聊一聊的。"

我在心里无声地尖叫了一声,情不自禁地把脸贴向了屏幕,如果不是隔着视频,在这一刹那我一定会激动地冲上前去,扑倒在他身上,紧紧地、紧紧地抱住他,抚摸他那被风吹乱的头发,热烈地亲他那张冻得绯红的脸!是的,是真心的亲吻,而不再是捉弄,哪怕被他推开也无所谓。我的心终于被彻底感动了,我终于可以百分百确定谭先生对我的关注是真心实意的了,我以后再也不试探他了,我以后再也不考验他了,我以后再也不贬低他了,我要把以前所有的经历和感受通通都讲给他听。

然而我依旧没能跟他表达自己的这些感受,尽管我的心里在翻江倒海般地奔涌着感动的巨浪,可是我依然没有向他启齿告知,对我来说,用语言表达自己的经历、情绪和感受是一件太困难太困难的事情了，就如同我曾经挨饿了一年多都不敢告诉母亲那样。后来我无数次痛彻心扉地想，如果此时此刻我跟他如实表达该有多好，让他早点明白自己对他的依恋和情感，那么，即使改变不了那个终极的命运，我们也可以有更多的时光在一起。

这次我们两人之间的谈话是难得的轻松和随意，我完全没有贬低和折磨谭先生，而是至真至诚地述说着自己，述说着自己内心里那些最幽深的感受。在跟他聊完后，我的焦虑缓解了许多。第二天的陈述，我打开了手机的摄像头，暂时成了大家目光的中心，我顺利陈述完了文字稿，发现其实还好，并没有想象中那么困难。虽然我依旧有点紧张，对于那些不知是否是善意的目光，我总觉得像有热量般，容易灼伤自己，但这次一切并没有想象中那么困难，我仿佛一下子提高了对那些目光热量的耐受力。

在童话故事中，故事通常喜欢用一句"从此，他们过上了幸福的生活"做结束，我和他的故事，至目前为止，我满脑子想到的也是相同的句式：从此……从此，从此我就跟定他做分析了，我想。

然而我的生活不是童话，如果是，也注定是暗黑系列的童话。

仅仅只过了两天，如悬疑电影中瞬间反转的情节一样，一切美好的幻想就全都破灭了。

这天我如往常般在看书，我看了一段时间的专业书籍后，就看起了文学作品，我喜欢这样交叉着进行，让自己大脑同时接受理性和感性的浸润。我买了很多书，文字比声音让我更能专注，我经常看得入迷，忘了周遭的一切。当我认真看书的时候，这个

第二章　分不清的爱与虐

小小的房间就像一个世外桃源，存在于时间之外，这种永恒间的刹那、刹那间的永恒，让我的内心有一种难得的平静。

当我结束看书准备休息时才拿起我永远静音的手机来看，这一看，整个人便如五雷轰顶般。

是谭先生发来的短信，用文字写了很长的一段，历数了我对他的一些恶行，最后他写道："你之前说你遭受了很多的磨难，你经历了别人对你的伤害，我现在已经开始不那么确定了，也许并没有人伤害你，因为我觉得我就对你挺好的，我已经尽我所有的努力在对你好了，但是你永远都不认为我对你好，你永远都对我不满意……"

我立即瞪大了眼，甚至我感觉到自己的眼珠暴突了起来，我几乎不敢相信自己的眼睛。这真是他写的吗？这真会是他写的吗？

这段话里的每个字都像一根根烧红了的铁钉般，精准地插进了我的心脏，我连呻吟一声都来不及，就不由自主地将自己绷得紧紧的，我感到自己似乎正在一阵阵痉挛，在那个瞬间我产生了一种立即就要死去的幻觉。他果然不愧是分析师，他懂得如何可以将我伤到最深、伤到最痛！愤怒终于排山倒海地涌上来，我用颤抖的手下意识地写下了这样一条回信：我分不清爱与虐待！！！

没有无缘无故的爱与恨

我饿了,早过了饭点了,你应该也饿了吧?我带了一些吃的,你带了吗?

没有?那我把橘子和鸡蛋给你,我吃面包,因为我只带了一瓶矿泉水,已经开瓶喝过,如果把面包给你吃的话,我怕你会太口渴,这种面包太干了。

要吃点,不觉得饿也吃点。你放心,橘子是独立包装的,煮鸡蛋剥壳吃,既安全又卫生。

不用谢。

我们坐的地方以前是一片芦苇荡,夏天和秋天的时候这片芦苇真是美极了!夏天是绿油油的,秋天是焦黄色的,分别是两种不同的意境。可惜后来不知什么原因被清除了,我猜可能是为了安全的考虑。

啊,你说得真好:在两个人的关系中,充满了幻想性、感受性、假设性和经验性,两个人互动的目标是验证关系的现实性,看是否与我们的想象一致。我喜欢你这种哲学式的表达。

"没有无缘无故的爱,也没有无缘无故的恨,自然界也是如此,人的审美取向多半来自大自然的精密安排。"这句话原来是黑格尔说的呀?以前听过,一直以为是某个伟人说的。我理解,世间万事万物的发展总是有规律可循、总是遵循着某种规律的。

就像死亡的发生,也是遵循着某种规律的吧。

既然你想听,我会继续说我的故事,我知道你现在不太想说话,听我说就好。很感谢你的聆听,我在言说中也可以再多一次理解和捋顺自己。

第三章 脚踏多只船

第一节
和老木哭诉

"他为什么要那样说我？他为什么会那样说我？"

我哭得稀里哗啦，眼泪鼻涕糊了一脸。我从左边的衣服口袋里掏出一张纸巾，哧溜哧溜地擦干鼻涕后，再把纸巾放进右边的口袋。这该死的鬼地方，连个垃圾桶都没有。

"他为什么要那样说我？他就不怕伤害我吗？他以前还总说我创伤严重，所以要对我更小心，怕我受伤害，结果最后反而是他来伤害了我！"

我呜呜呜地哭述着，眼泪鼻涕又糊了一脸，于是我又重复了一遍掏纸巾擦鼻涕的流程。一节分析下来，我右边的口袋变得鼓鼓囊囊的，我的眼睛同样也是鼓鼓的，哭肿了。

无论我是默默地以泪洗面，还是语无伦次、颠三倒四地控诉，还是完全不顾形象地狂拧鼻涕……老木坐在身后，除了偶尔的一声嗯哼，几乎是一言不发。

在上次收到那条让我无比受伤的短信息后，我通过反复深呼吸终于努力让自己平静了下来，然后，我的心变得诡异般的冷静，我拿起手机，给老木发了一条短信，问他可不可以重新接待我，他很快就回信答应了，并且给了一个固定的时间。

老木是我在脚踏两只船、同时找其他分析师的那个阶段遇到的，他刚从国外博士毕业回来，属于另一个风格比较特别的流派，他的研究方向非常难，如果数学不好的人，比如我，就会觉得简直如登天一般难以企及。除了满满的崇拜，在跟他工作两次之后，我发现他的理解力是惊人的深刻和快速，只不过他的话很少，这也正是那个流派惯有的风格。同时我发现在他面前一点压力都没有，特别放松，在工作了两次之后，我直言有自己的分析师，我就是故意出来试一试别的分析师的，老木点点头说理解。这也是唯一一个让我敢于暴露自己真实目的的分析师，当时我坦白地承认自己离不开自己原有的分析师，我要回去，老木又点点头，平静地说再见。

果然还是再见了。当我再见他时，他依然是那样的平静，当他打开房门看见我说请进时，就好像是我已经来过了无数次那样自然。

但是老木很坚持他的设置，有别于之前我习惯那种一周一次，一次五十分钟，他的要求是一周三到五次，一次半小时之内，这半小时是弹性时间，他可以在他认为适合停止的时间里随时停止，并且因为是同一个城市，他不接受视频工作，必须要见面谈，虽说必须要见面，但他又是坐在躺椅后面我看不见的地方……总之各种由他立下的规则，跟我以前截然不同的工作方式。好在，毕竟我之前已经领略过他的风格，有些我是能接受的，但有些仍然是困难的。我哭丧着脸说自己没有那么多钱，他想了想，最后定下来的是一周两次，不能更少了。

然后我就开始了絮絮叨叨、哭哭啼啼，在这个居民楼里的小房间里，我坐在躺椅上，对着空气，用鼻涕和眼泪做陪衬，断断续续讲述了我和谭先生的故事。

起初是纯粹的控诉，骂谭先生不是一个合格的分析师，深深地伤害了我，浪费了我的钱和时间，表面上很有名望，实际上名不符实。

渐渐地，言说中的内容开始充满了矛盾，谭先生对我的那些包容和忍耐，确实非常人所能忍耐，非其他的分析师所能忍耐，甚至完全可以这么说：除了我的母亲之外，谭先生是我这坎坷的几十年来，对我最好的人，而且他比我的母亲更加温和、耐心。

说到后面我就开始变得极其困惑不解、痛心疾首，我像一个委屈巴巴的小孩一样哇哇哇地哭出了声："他为什么要骂我！他为什么要骂我！他如果不骂我的话，我就打算一辈子都跟着他了，我一辈子都跟着他了！他骂了我，我就只能离开了呀！"

在大部分的时间里，老木都像一个隐形人一样，任我就这样精神病发作般一个人自言自语、毫无掩饰地发泄着情绪，每次到时间结束的时候，他会说一声："今天我们就到这。"然后我站起来，付给他现金，自己打开门走出去，每次他都会送我到门口，说一声再见。每次见面的时候说"你好，请进"，走的时候说"再见"，这是他固定的语言和程序，一丝不苟，语气和表情既不过分热情，也不显得冷落，那个度掌握得刚刚好。

忘了是进行到第几次了，渐渐地，我说得有些累了。

这天当我车轱辘般准备再次开始控诉的时候，老木开始插话："他是太想要帮你了啊！他是太想要帮你快点好起来。"

我惊讶地闭了嘴，竖起耳朵认真听。

老木的声音从身后幽幽地传来："你沉浸在痛苦的河流中，几乎快要被淹死，他急于救你，所以不顾一切跳了下去，他太想救你，以至于自己也差点被淹死。在你们的工作后期，他控制不住

第三章　脚踏多只船

自己对你的情感了，所以暂时丢失了分析师的位置，他毕竟也是一个人，他也会渴望得到你的肯定。这一切都是因为他真心想要你好起来，所以不想看到你一直都停留在抱怨和戾气之中，他太想要你快点好起来了，所以他投入了过多的关注和情感给你……"

哦？我一时愣住了：这么说，他骂我不是因为讨厌我、不是因为想要伤害我，而是，而是因为他控制不住对我的情感了？他，是对我有情感？

这个意外的答案让我吃惊得好一阵说不出话来，我侧着脸望向那块薄得挡不住光的窗帘，透过这块窗帘隐约可以望见室外建筑物的轮廓，而此刻，这块薄布如一块电影幕布般，我在上面仿佛看见了自己和谭先生过往的种种，我仿佛看见了他正望向自己的眼神，我仿佛看见了他从会议现场飞奔回办公室的样子，我仿佛听到了他说的那句：你的眼睛好特别……

我呆呆地，一时间说不出话来。

老木的声音又在身后响起："正确的救人方法是应该在岸上向你伸出一只长杆，让你抓住，把你拉回岸，而不是着急跳进河里去。"

"可是我认为，那个迫不及待跳进河里的人，才是对我最好、最让我感动的人，能遇到这样不顾自身安危来帮我的人，我就是淹死也觉得值了。"回过神来的我略有些激动又斩钉截铁地说道："对于我这样被抛弃过、受过严重创伤的人来说，最需要的是情感！"

老木没有回应，他总是这样冷静。

明白到谭先生对自己是有感情的，我更加痛心疾首，我又开始巴拉巴拉地掉起了眼泪:"既然他对我是有感情的,那他为什么还要那样说我?那他为什么又要伤害我?为什么他会既对我有感情,又会要伤害我?我想不通!"

"为什么他既对我有感情,又要伤害我?"我一遍遍地重复着这句话,如果祥林嫂在场,一定也会自叹不如,耳朵会受不了要跑掉。"为什么他既对我有感情,又要伤害我?"我一遍遍地重复着这句话,到最后我下意识地喊出来一句:"他为什么会和我母亲一个样!"

老木极其敏锐地抓住了这一句,他非常有力地插进他的话语:"哦?那看来不是你和他关系中的问题,而是你与你母亲关系中的问题。"

听到这句话,瞬间我的脑海中就出现了一个意象,我和谭先生本是紧紧抱在一起的,但是老木这句话就像一把刀一样,一下子就把我们劈开了,于是我俩隔着二三十厘米的距离,面对面地四目相望。

"是的,我母亲也是这样的。"我说。

"你可以说说。"老木说。

但我还是忍不住先想起了跟谭先生的一些过往。

那天我迅速联系上老木并确定好时间之后,沉下心来认认真真地进行了一番自我思索和自我分析,然后我给谭先生写了一条长长的、却又心平气和的信息。我坦诚地告知了他关于自己内心真实的一切:最初快速地对他移情,耐心等了半年;因为收费的不公平激活了很多的创伤性体验:害怕被伤害、害怕被抛弃、害怕被不公平对待,于是忍不住要去一再试探,施受虐模式也许来自自己与母亲的关系，母亲对我是既爱又伤害，于是我强迫性重复了这个模式；我嫉妒他有许多的来访者，有一次我曾嫉妒得拿脑袋撞墙；我承认自己也许是边缘，可是边缘的特性之一就是纯粹，我全身心、纯粹如婴儿般地依恋着他，甚至可以毫不夸张地说，在申城学习期间，我满眼满脑都只有他，除了他，其他人在眼里常常只是模糊的影子，而不是具体的形象，这不是一句比喻，而是真实的体验，我在面对人群时那双瞳孔几乎是不聚焦的；那次他提前从学术会议现场赶回来见我，我终于被彻底打动了，原本打算从此再也不考验他了，准备要踏踏实实地开始讲自己的故事了，却不曾想……

在信息的最后，我写道：在这场施受虐中，我们同时到达了顶点，在我彻底信任你的时候，你彻底崩溃了。我当然知道你以前对我很好，但是最后你的那些话让我明白了你对我的真实看法，事到如今，我想我们的关系已经很难再修复了，我已经很难再回头了。

这条信息发出去后，过了一会儿他回信道："那些话不是出于我的本意。我希望我们重新开始，试着来修复关系。过去我们没有很好地觉察分析中的这些动力，以后可以更好地觉察和分析，你回来吧，费用我们可以再商量。你回来吧。"

我却再也没有回信，一个字也没有再回复。我想：如果回去，他还会再次伤害我吗？我们真的可以做到就当什么都没发生过一样重新开始吗？

就在那时室外的风声一阵一阵地呼啸，像一个青面獠牙的巨人在歇斯底里地吹着尖厉的口哨。作为一个南方人，我每次都会在这种风声中瑟瑟颤抖,害怕下一秒房子便会被吹得分崩离析,我会被吹得散如碎片,在苍茫的宇宙中不知所踪。大自然各种神秘的力量让我明白自己作为人类的微不足道。为了忘记跟谭先生的一切,于是我蜷缩着身子,就着床头的灯光,又开始看关于边缘人格的资料和文章,我和许多人一样,恐惧的时候,总是想试图抓住点什么,而阅读,亦是最好的避难所。

我阅读和学习了许多关于焦虑、抑郁、解离、丧亲、边缘、共生、饮食障碍、分离障碍……的书籍与资料,在阅读中,我更深地懂得了自己,并获得了深深的共情和安心——这个世界有许多与自己相似的其他人,也有许多懂得这些理论的专业人士。与此同时,阅读与学习,这间最简易的避难所,容纳了我的孤独、痛苦和被抛弃感,那是另一个世界。

我写给谭先生那段长长的信息,字字句句都发自肺腑,我也相信他说希望我回去亦是真心,但是,除了对他的那些话仍然感到深深的恐惧,对他展现出来的另一面感到恐惧,我对我们俩的重新工作也不再抱有任何的期待,安全感被打破,难道又要再重来一次吗?

我不想要一段不纯粹的关系。

我是一个绝对纯粹的人,爱就是真的爱,恨就是真的恨,我做不到虚伪的敷衍,在我的世界里,关系就是黑与白的两端,没有中间值,我也找不到那个中间值。

但谭先生的回复也多少抚慰了我受伤的心灵,挽回了一点破碎的自尊,与此同时我也承认,那两句你回来吧,让我于痛苦中又有一丝隐隐约约的快意。

第二节
我和母亲的故事

我开始言说我与母亲的故事。

"我的母亲是一个孤儿。"我开始了我的讲述。

"她的一生是痛苦的,她受过很多很多的苦。"我刚开口说这两句,一股沉重的苍凉感就从时间的深处冒了出来,瞬间穿透了我的胸膛。母亲,对我而言,光这两个字就沉重得如同整个世界坍塌时的分量。

我沉默了好一阵,看着眼前的墙壁,觉察到自己以前重度抑郁时的一些感觉似乎又有些奔涌,我努力抑制住自己,然后开始艰难地讲述:"我的母亲出生在一个成分不好的家庭,在那个风云变幻、特殊的年代,她三岁没了父亲、五岁没了母亲,我的外公是被镇压处决的,外婆在第三年抑郁而死。关于出身不好这一点,她和我父亲的命运很相似,我爷爷是国军军官,也是在那个特殊的年代死于非命,爷爷受尽折磨而死,遗体被扔进了河里……不同的是,我爷爷后来被平反了,国家还补发了抚恤金,我奶奶也一直没有改嫁,并且有一份固定的工作,从这方面来说,我的父亲又比我的母亲要幸运得多。"

"很难想象我的母亲是怎么长大的,她是家里最小的孩子,她的几个哥哥有的被抓走了、有的逃走了,逃走的那个哥哥二十年后才敢回来。总之在那个年代谁也顾不上谁,她的几个同父异母姐姐东拉西扯、乱七八糟、饥一顿饱一顿地让她活了下来，但是姐姐们有的远嫁、有的在很年轻的时候就早逝了，她的生活非常动荡不安。"

"再后来，我的母亲被她同父异母的一个哥哥给卖了，卖给邻镇一个男孩做未来的老婆，在那个家庭里她度日如年，终于在一年后，她自己鼓起勇气趁着黑夜偷偷逃了出来。"

"在我母亲的讲述中，在她自从成为一个孤儿后，一直到她结婚前，她几乎都是在极度惶然和恐惧中度过的。当然，她的讲述也是如碎片般断裂，背景模糊、颠三倒四，清晰的只有我那些细微而深刻的感受和体验。在无数的被动聆听之后，我才勉强拼出了她这一部分的人生经历。"

"她把她的惶然和恐惧用语言灌输给了我，她总是不停地对我说：你不要一个人在荒凉偏僻的地方啊，否则遇到坏人把你害死了都没人知道；你站在河边的时候不要面对着河、不要背对着路，否则别人可以从背后一把就把你推下河去；你不要跟不认识的人说话，因为你不知道他是不是坏人；不要随便吃别人的东西，因为有可能里面下了毒；你看见男的靠太近就要赶紧走远一点，男人都很坏，如果被玷污了就一辈子都完了；你在公众场合要少说话，尽量不要被大家注意到……这些都是她平日里对我的教导，重复了无数遍。"

"我知道，在那个特殊的年代，她那样出身的人一定要谨言慎行才行，在公众场合能不说话就尽量不说话，以免惹上什么不必要的麻烦。而比那些更可怕的，是她掩饰不住的美丽，即使她穿着重重叠叠打着补丁的粗布衣服，也掩饰不住的美丽。她长得太美了，又没有父母和兄长的庇佑，她一个人住在靠村外的一间泥屋里，每天晚上都有不同的男人来敲她的房门或窗户，有的只敲敲门窗，有的则会污言秽语……每当那个时候，她都躲在角落里瑟瑟发抖，只盼望天快点儿亮起来。"

"除了关于那个时代的恐怖，如哪个成分不好的人熬不住自杀了，又如哪个成分不好的人被儿子媳妇嫌弃啦……对了，我想起来一个最恐怖的故事，真实的故事，你想不想听？"

我扭过头去问老木："你想不想听？我也不知道讲这个有没有意义？"

"你想不想听？要不要听？"我的语气急切起来。

老木难得直视了我一眼，用他那不变的平稳腔调回应道："在分析中你想说什么都可以，我都会认真听。"

"那就好。"我回过头去，对着空气喃喃地说起了我小时候听大人们讲述的故事——在那个特殊时代，我们家乡附近发生的一个大事件。

事件发生在那个特殊的年代，某一天，戴红袖章的人们把地富反坏右那些坏分子们都集中起来，押往一个大大的池塘，并把他们都赶下了池塘，泡在水里。池塘里的水并不深，大人们站进去水平线基本在脖子或者肩膀处。然后，红袖章们命令围站在池塘边的群众用石头瞄准池塘里的脑袋砸，池塘中的人为了避免被石头砸破头的痛苦，只好下意识地弯下身子把头没入到水里，可是，在水里很快就无法呼吸，他们只好再次把头露出来，露出头来会被石头砸得头破血流，只好又再次把头埋进水里……如此循环往复，最后，坏分子们陆陆续续一个接一个全部都被砸死了，池塘里的水被染得红彤彤的……

讲着讲着，我听见了我的牙齿在咯咯地响，老木及时干预道："这的确是一件很可怕的事情，不过这个事情已经结束了，已经过去了，你现在感受到的是恐惧的感觉。"

是的，事情已经过去了，应该再也不会发生了。我从那种恐惧的情绪中出来了一些。

"回过头讲我的母亲，"我继续原来的话题："偶尔她会给我讲一些恐怖的灵异故事，她没有想到我还只是一个孩子，没有想到我会那么害怕，因为无人倾诉，孤独的她忍不住告诉我：在你爷爷死了之后的一天晚上，厨房里的碗筷响，可是厨房里明明没有人，我们大家都是坐在客厅里的呢；还有一天晚上，家里明明都没有人喝酒，却闻到一股浓重的酒味，以前只有你爷爷会喝酒……"

"我至今记得她说起这些话时的神态，她细长而上翘的眼睛瞪得大大的，让我清楚地看见了她略带暗绿色的瞳仁。她是这样形容她的恐惧的：吓得我呀，眉毛都是站着的。"

"在她的悲惨人生中……她的人生是那样的悲惨，我很难想象她在那个年代作为一个孤儿是怎么活下来的，我长大后也时常会抱怨命运对我的不公，抱怨没有一个幸福的原生家庭，抱怨没有父母的庇佑和兄长的照顾，抱怨四处飘零的心酸，抱怨没有收入时的忍饥挨饿和对流落大街的恐惧，但是每当我想起我的母亲，便会觉得我不能去抱怨什么了，毕竟她受的苦才是更深更痛的、才是更无力去反抗的！但是我有时候又有一种很奇特的感觉，觉得我的经历跟她又有某些相似之处，毕竟以我的年龄，

第三章　脚踏多只船　169

以我现在生活的这个时代，按道理来说很难有我这样极度艰难的经历。"

"婚姻是她唯一的依靠，然而不幸的是，她与我父亲的性格严重不合，频繁地吵架打架，她与我的奶奶也是势同水火。几个同样不幸的人生活在一起，没有大家想象中的互相理解和支撑，相反，有的只是更深更痛的互相伤害。"

"于是在更多的时候，在无数个停电的夜晚，在家里只有我和她的时候——有好几年家里总是只有我和她，我成了她唯一的情绪出口。"

"你知道吗，长大之后每当我想起童年，脑海中浮现出的镜头，便是在一个偏僻的小山村里，总是停电的夜晚，一户农舍里点着一盏破旧的油灯，灯光微弱暗淡，木制的大门紧闭，有一对母女俩与世隔绝般地促膝而坐，年轻的母亲向她唯一的女儿讲述她的内心痛苦，讲述她悲惨的童年，讲述她不幸的婚姻，讲述她艰难的婆媳关系，讲述她被其他村民欺负时的屈辱。说着说着有时候她会沉默，说着说着有时候她会流下眼泪。当她沉默的时候，女儿便沉默地陪伴着她；当她流泪的时候，女儿会很不安地想尽办法去安慰她……我就是那个不知所措、不会安慰人的女儿，有一次我竟然说道：妈妈你别哭了，你要坚强，雷锋的手臂被地主砍了三刀他都没有哭呢！我都忘了，母亲和奶奶的娘家其实都曾是地主，但是那次我母亲反倒破涕而笑，她抱住我的头，一边笑一边流眼泪，让我觉得莫名其妙。"

"而每次讲完这些痛苦准备睡觉的时候，母亲总会总结似地说上一遍：这些我都不会跟你两个哥哥讲，因为他们是儿子，是男孩，我只跟你讲，因为你是我的女儿，你是女孩。"

"是的，长大之后每当我想起我的童年，脑海中便是如此这般的意境：我与母亲在一个与世隔绝的黑暗角落里，在一个被时间遗忘的空间里，整个世界没有山林河流，没有日月星辰，没有人与动物，而是只有我们俩，只有我们俩坐在永恒般的黑暗中，永恒地相互依伴。"

"而我的父亲和两个哥哥，他们仿佛存在于我和母亲的世界之外的某处，是我比较熟悉的陌生人而已。"

说到这里我觉得身心甚是疲累，微微闭合了双眼。

在我再次停顿了一阵之后，老木问了这样的一句："听起来你和你母亲的关系格外的紧密，如果时光重来一次，你依然愿意和母亲这样子在一起吗？哪怕你小小年纪就必须承担她那么多的情绪。"

我立即睁大了眼，很坚定地回答道："答案是肯定的，我愿意。因为在我心里，她是世界上最伟大的母亲。"

母亲那倔强的眼神在我的脑海中浮现，有时候她会抑郁无助地哭泣，可是有时候她又倔强得像一个有着钢铁意志的超人，可以像蚂蚁那样背负起比自己身体大几十倍的重担。父亲在外地工作、读书的那么多年里，是母亲承担了农田和菜地里所有的劳作，虽然父亲也经常抽空回来帮着干活，在家里和学校很辛苦地来回奔忙着，但是毕竟不能每天都待在家里。如果没有其他人在家，不是寒暑假的日子，父亲在外地工作，我和哥哥们也都在外地上学，母亲中午便特意不从地里回家吃饭。她曾告诉我说："你是女儿将来会嫁出去的啊，可是你有两个哥哥，要是他们考不上大学,就要留在村子里干农活、讨老婆、生孩子,如果没有房子怎么办,没有女人愿意嫁过来的。所以我呢,早上吃点饭就出去,中午就不回家吃饭了,一直干活到天黑再回家做点晚饭吃。中午的时候其实会很饿,但我会忍着,忍着肚子饿拼命干活,忍到天黑回家的时候我就想,今天我又胜利了,又省下一点粮食了!有几次我都饿晕了,晕倒在地里,不知多久后我自己又醒了过来,醒了后就又接着干活。省下来的口粮一年算下来终归也是有一些,然后就可以卖出去了,一年下来能多卖点粮食出去。当时我就是这么想的:我从现在开始攒钱,等十几二十年后这些钱就可以给你两个哥哥建房子讨老婆啦!"

当然这些话是在后来我们家经济好转了很多后的某一天,我的母亲才告诉我的,当她对我说起这些的时候,脸上浮现的竟是小女孩一般纯真而幸福的笑容。

她还因为时常担心自己孩子们在外面过得不好,又期盼孩子们将来能考上大学跳出农门,于是她平日里会抽空去寺庙里烧香拜佛。那座据说很灵的寺庙位于一座山的山顶,那座山非常高,她的肺功能不是很好,每次爬山的时候都难受得喘不上气来,爬一爬停一停,每次去拜佛都得耗上一整天的时间。但她相信越是难爬的山,就越能证明她的虔诚,那些菩萨和神灵就越有可能保佑她的孩子。

"我的母亲是在用生命爱着自己的孩子。"我对老木说。

"相对于她对我两个哥哥的爱,我觉得母亲对我要更特别一些,毕竟就像她说的,我是女儿,我是她唯一的女儿。"

在我去邻村上学的那段岁月里,每天早上她都会送我走出村口,然后目送着我走出了老远才转头回家,如果是下雨天,她就会拉着我的手过了村口的那道桥才转头回去,尽管那是道不算窄小的水泥桥,桥下的小河也不是很深,可她就是担心,担心雨天路滑我会掉下河去。"

"在现在的城市里,父母每天接送孩子上学是一件理所当然的事情,然而在几十年前的农村,毫无疑问,我的母亲是唯一的一个!她这怪异的举动让其他的村民们百思不得其解。"

"除了每天送我上学,她竟然还不许我干任何脏或重的农活,别人家的女孩在忙着放牛、割草、挑水,甚至去稻田里割稻子的时候,我在家门口抬头望天,或者坐在阁楼上看书写字,母亲即使忙得焦头烂额,也不让我去干重体力活。当然家务活是要干的,扫地、擦桌子、洗碗,后来增加洗衣服一项,用她的话说就是,如果不会干家务活,将来老公和婆婆是会嫌弃的。"

"有段时间我走路外八字,摇摇晃晃像鸭子似的难看,我的母亲会命令我在家里走来走去练习走姿,直到她满意为止。

有一次我的手不小心碰到了脏水塘里的水,于是两只手掌开始发炎、起疱、长脓,最后竟然一片片地溃烂,吃饭时连汤匙都拿不起来了。母亲着急带着我去诊所看了无数次的病,打针、吃药、抹各种软膏,但是通通都不管用,最后,她咬咬牙,决定自己给我治病。她从抽屉里翻出那本厚厚的草药字典,坐在家门口光线比较明亮的地方,仔仔细细、认认真真地研究起那本药典来。我至今都忘不了她当时的那个样子,她坐在一个小板凳上,捧着那本药典就像一个圣徒捧着圣经,认真到了虔诚的程度。尽管那本书里只是极其简单地介绍各种常见草药的基本用途、插图也是黑白色的,但她在认真研究了两天之后,便决定带着那本药典上山采药去了。清晨她就带着那本药典出发了,按图索骥,在山林里一片一片地寻找,一直到了密林的深处,才找到了跟药典里的图片长得似乎差不多的草药,她采了一大筐,等回到家的时候,天已经黑透了。回到家她把这些青草一样的植物加水熬煮,将煮过后的植物敷在我的两只手上,用布包起来,一天换一次药。母亲几乎每过两天便要上山采一次药,就这样采药、熬药、敷药过了大半个月,我的双手竟然奇迹般地痊愈了,不仅原本一个个溃烂的地方长出了新肉,而且连一个疤痕都没有留下。就这样,文化水平不高且完全没有任何医学知识的母亲,用她的方式疗愈了我的双手。"

"一旦我生病,她总是特别着急,无论家里怎么困难,她借钱都会带我去医院。记得有次因为贫血我晕倒了,母亲便带我去看病,开了些补血补铁的药片,那个给我看病的大夫却总是用担忧的眼神朝母亲看,她对我母亲说,这位同志你的脸色非常不好,你的贫血应该比你女儿严重多了,你赶紧化验一下也拿点药吃吧。我的母亲回答说:我知道我也贫血,但我是大人扛得住,还是先给小孩看病吧,家里没那么多钱。那个善良的医生深深地叹了口气,不再言语。"

"母亲对自己节俭已经到了自虐的程度,却绞尽脑汁地不让我感受到家庭的贫困,她会时不时地给我一些零花钱买零食吃,满足我作为一个小女孩的欲望。有时候给我两毛钱去买一截甘蔗,有时候给我五毛钱买一把糖果,有一年的中秋节,她实在是拿不出一分钱了,于是舀了一碗大米去村里的小卖部换了半块月饼，她让我一个人吃那半块月饼，我让她也咬两口我们俩一起吃，她摇摇头说她不喜欢吃。每一年她都会给我过生日，煮一碗面条，上面铺着香喷喷的肉和鸡蛋，每一年的春节她都会给我买一件新衣服，有一年实在是钱不够了，她就买了点毛线，求村里一位好心的女老师给我织了一件粉红色毛衣……"

"但其实所有那些关于经济窘迫的故事，都是在后来我们家境好转之后母亲慢慢才告诉我的，我在童年时对这些经济的困顿浑然不觉，只知道自己过得比村里其他的女孩子要优越得多——不用干农活，还有零花钱和新衣服。"

"母亲在我身上弥补着她内心的缺失，她希望我多读书，考上好大学或者师范也行，有一份好工作，去看到更大的世界，然后嫁给一个好男人——千万不要像我父亲那样的男人，过上稳定幸福的生活，一辈子都不用干粗重农活，而不是像村里大多女孩一样，从一个农村嫁到另一个农村。我知道在她对我这些具体化的期待中，包含了她对自己命运的深深遗憾。

子欲养而亲不在。后来，在她去世后的无数个中秋节里，当我看着那些包装精致却难以下咽的月饼时，我总是会不由自主地想起童年的那半块月饼，然后心痛得泪如雨下。

我哭了，泪水啪啪地掉落下来："每次过年的时候我也总是特别的伤感，小时候过年的时候，母亲每次都会做一道菜叫酿豆腐，可是我现在自己学着做完这道菜之后，发现根本就没有小时候母亲的味道了，我心里特别的难受……"

老木说："这的确让人很难受。可是失去的就已经永远失去了。"

第三章　脚踏多只船　175

第三节
刻骨的爱与恨

  我忘了自己用了多少节的分析时数来讲述我与母亲的这些故事，我只知道，我的讲述其实也是支离破碎、颠三倒四的。讲述的期间掺杂着短暂的沉默和横飞的眼泪，但是无论我怎么样，老木都稳稳地坐在我身后，只在必要的时刻回应一两声。

  终于在这一天，我彻底卡住了，终于又毫不意外地卡住了，那种喉咙里像被石头塞住、千言万语在胸膛里奔涌却无法言说的感觉又出现了。我坐在躺椅上，想说却说不出来，憋得浑身发热、满脸发烫，我呼吸变得急促，一股强烈的冲动在我体内奔腾，让我的身体控制不住地前后摇晃，我强忍了一阵，终于还是脱口而出，几乎是大喊道："我想要打你！"

  "不可以！"老木坚定的声音立即响起来："分析师和被分析者不允许有任何的身体接触，你可以用任意的语言来表达你自己，但是绝对不允许有身体的触碰！"

  从第一次看到他，他就总是带着一种令我折服的威严，但是威严中又带着亲切，让我相信他是真诚地想要帮助自己的。老木语言中的坚定与威严消退了我的一部分冲动，但是我依然感觉到难受。

  "我说不出来啦！"于是我又大喊道。

  "说不出来可以先深呼吸放松一下，我会在这里陪着你。"

"那我现在拿手机发短信给你讲！我打字！"

"不可以，不可以用文字，必须用语言说出来！"

就像是某种拉锯战，而在威严的老木面前我注定是被战败的一方，在感受到心脏像被按在地上经过了一阵剧烈摩擦之后，我哇地一声哭了出来。

我哇哇地哭泣着，一把鼻涕一把泪。不知道为什么，在老木面前就是可以这样毫不顾及形象。

当我的情绪终于又稳定了一些，我终于可以开始另一个风格的讲述。

"我的母亲她是一个病人。"我缓缓地开口说道："如果用我现在了解到的专业知识回头看，我的母亲是一个受过太多严重心理创伤的病人，她是一个病人，一个需要被帮助的病人。她的情绪剧烈而动荡，难以自控，上一秒也许还是风和日丽，下一秒便会电闪雷鸣，没有人可以预测她的情绪走向，在她面前我们都尽量小心翼翼地，不惹她生气。但是小心翼翼也没有用。例如，有一次我在仔细地擦着桌子，她坐在窗边的木头沙发上沉默着，仿佛在思考着什么，屋里的气氛似乎是平静和安宁的，但是我会在心里暗暗担忧着，整个神经都绷得紧紧的，时刻留意着母亲的动静，恨不得我的后背都能长满眼睛，能看到她的表情变化。但是很不幸，类似的事情又发生了，上一秒我在擦桌子、她在沉默，下一秒她就突然暴跳如雷，没有任何理由也没有任何预兆，她就会狂叫着跳过来，"蠢女！"她大叫着，狠狠地抢过我手里的抹布，再狠狠地摔在桌面，"你个蠢女，连擦桌子都不会擦，啊！这样这样这样！看见吗？！"她咬牙切齿、怒目圆睁、仿佛用尽全力地擦着桌子，确切地说，像在用刀一样刻着桌子。而我在旁边自然是吓得噤若寒蝉、战战兢兢，因为我知道，通常在这种情况下，她下一秒就要开始打我的可能性非常大。"

"也许是因为我比大哥年龄小不少，印象中我没见过母亲打过我的大哥，但我听过多次她自己对我如此说道：有一次我控制不住，手里正拿着一个铁钳子，我一恼火，就拿着铁钳子往你哥脑袋上打过去，他马上用手一捂脑袋，就打在他手上了，他的手背马上就淤青了一大片，很久才好。她的言语中充满了后悔和内疚，但是我深深地知道，即使是内疚，也没有办法让她控制住自己的冲动。"

"她打我最多的那几年，正是只有她和我在老家在一起的那段时光，在那几年里，无论什么时候我脱下衣服，身体上都有各种各样的伤痕。"

"她打我的理由有时候有，如碗没洗干净，或者吃饭的声音大了点，或者桌子擦得慢……但大部分时候是无理由的，无缘无故地，她就会莫名其妙地暴躁，然后歇斯底里地发作，当她发作的时候，她完全控制不住自己，就像精神病人一样无法自控，她会手里正好有什么就拿什么打，铁钳子、扫把、竹条、木棍、筷子、锅铲……劈头盖脸、不计后果地挥舞过来，每一次我都以为要被打死了，因为她控制不住自己，每次都是往死里打，直到她那股可怕的能量发泄完为止；如果发作的时候正好手里空空，她就用手拧或用指甲掐我的肉，或者啪啪啪地打耳光，每次她都是咬牙切齿地用尽了全力，而且，在她打我的时候，她不允许我哭出声，无论我有多痛，都不允许我哭出声，不允许我发出任何声响，否则，就如她说的：你哭出声的话，就把你嘴巴撕烂！我太小了，被打的时候实在太痛了，有时候没忍住哭声，于是她用两只大拇指用力地撕裂了我的嘴角，当然不是像恐怖片那样裂到耳朵那么夸张，只是轻微的裂开，但也足够让我好几天吃饭都无法张大嘴，一张嘴嘴角就会剧痛不已；有时候她会用指甲用力掐我嘴角边的肉，在嘴角两边留下两片密密麻麻的月牙形指甲印。再后来，我就学会了再也不哭叫，虽然在剧痛中泪流满面，却咬紧牙关一声不吭，我会觉得特别压抑，压抑得我的胸膛好像都快要爆炸了似的……"

"你很愤怒。"老木插进来一句话。

我愣了一下，愣了一下才反应过来，我似乎此刻才忽然明白到，在禅修一段时间后，那些胸膛里快要爆炸了的东西是什么。是愤怒。是的，愤怒，正是那些压抑至极的愤怒让我无法安然地禅坐。

"我在长大后看见那些七八岁、白白瘦瘦的小女孩时，我就会想，母亲当年怎么能下得去手呢？"我继续说道，痛苦让我情不自禁弯下了腰，几乎要从躺椅上滑下去："可是我又不能恨她，她本身就那么可怜了，她是一个病人，她控制不住自己，而且她打完我之后会严重地内疚，有一次她用一把竹条把我的屁股抽得伤痕累累，以至于我睡觉都只能趴着睡。那天她以为我睡着了，就进房间来看我，她轻轻脱下了我的裤子，她无声地哭了，因为她的眼泪一滴一滴掉在了我的屁股和大腿上，我不知道该怎么办，就一直装睡……而且，你知道吗？她不仅打我，还打自己，在她痛苦的时候，她会拿拳头用力捶自己的胸口，一下又一下，

第三章 脚踏多只船 179

捶得咚咚响，听着就害怕……但是最让我害怕的，是她闹绝食，有很多次她跟我父亲吵完架后，她说她不想活了，就躺在床上不吃不喝好几天，我真的好怕她会饿死……"

"你知道吗？那几年里的每一天，我身上都是伤痕累累的，我的身上没有一天是干干净净没有伤的，我每天都害怕被打死，可是我更担心我母亲会死，她总说她想死，她总说活着没意思，我好害怕她会死。"我泪雨滂沱。

"我真的不知道该怎么办，她一方面对我那么好，愿意付出生命的那种好，可她同时又是那么狠，像打杀父仇人似的打我，我好像既不能爱她，又不能恨她……"

当我说到这的时候，老木坚定的声音又插了进来，他甚至提高了一些音量，异常清晰有力地说道："你当然可以恨她！你恨的是她虐待你的行为，但你爱的是她这个人！"

我又在心里惊叹了一声，恨的是行为，爱的是这个人！这句话让我内心的分裂一下子就有了一种被整合的感觉。

第四节
似乎把谭先生忘了

猝不及防地,我在某天发作了一次严重的现实解体。

那天的天气特别好,虽然初春的北方依然春寒料峭,但是那天阳光很好,淡橘色的光芒温柔涂抹在天地间的每个角落,我背着包早早就出了门,走进这片温柔中。

从我的住处到老木家的分析室坐公交要一个多小时,中间换乘一次,换乘的地点离老木家只有三站地,为了避免迟到,我总是会提前很久就出发,以至于每次到了换乘点的时候,我都会毫不例外地发现自己出来得太早了,常常是提前了半小时到一个小时不等,每次都是如此。于是几乎每次我就顺带会在换乘点的附近逛一逛,恰好,这里有一个小小的市场,是那种典型的城乡接合部的小市场,有一排一排的露天小摊,卖一些便宜的瓜果蔬菜和生活用品,不过我主要还是喜欢去一间做美甲的小屋子里坐一坐。

这间灰色的小屋子靠近公交车站,很突兀地立在路边,前后左右都没有其他的建筑物,里面的面积大约只有三四平方米,摆放着简易到极致的美甲设备,有一个年轻漂亮的美甲师坐在那里,通常是玩手机的状态,没有顾客上门。

我大概可以算是常客了,因为好几次提前了太久到达此地,所以我有时会做美甲来消耗时间,价格也便宜,是城里的一半不到。当然大部分的时间里我是不做的,不过是进去歇歇脚,坐下来跟她一样玩手机。

  这天,我如往常般又提前到达了换乘点,下车前我看了看手机,还有四十分钟才到分析的时间,刨去三站地的公交车时间,也还有半小时的多余时间,于是下了公交车之后的我理所当然就又往小房子那边走去。

  一切便是在此刻发生,猝不及防。

  当我漫不经心地抬眼向前一望的时候,我才猛然惊觉,在一片淡橘色温柔的光芒中,眼前竟是空空荡荡的,那个小房子已然无影无踪,仿若从未曾存在过一般!

  我的大脑瞬间凌乱。就在那个凌乱的瞬间,我仿佛同时看到了前后左右眼前所有的世界都突然间断裂了,而我所站立的这片空间也正在像倒下的多米诺骨牌般向下塌陷,路上的车辆和行人从我旁边经过,却完全像是在另一个空间里,我听不到任何的声音,世界陷入寂静,只看到一切都像在一个平面上无声而快速地移动,这种严重失真和虚幻的感觉让我深深地晕眩。当我脚下的地面似乎塌陷得越来越厉害时,我开始体验到如同女鬼行走般的飘忽感和失重感,我害怕起来,脑袋里升起一个强烈的念头:快跑!快点离开这个空间,快点跑到另外的安全空间去!

  于是我快步向前跑去,拼命向前跑。其实后来才发现是在向后跑,是在朝着老木家的反方向跑,但是不管怎样,奔跑是有效的,不知道跑了多久,总之是跑了一阵之后,我开始重新又感受到世界的真实。但是我不敢久留此地,惊骇万分的我慌乱地拦下了一辆的士,去往老木家。

当我站在老木面前的时候，依然还是一副惊魂未定的样子，老木看着我，在说了"你好请进"之后，马上问了一句："你发生什么事情了吗？"我说是的。

当我按着自己的胸口把发生了什么讲述完毕后，他回应道："刚才你经历了一些特殊的感受，但是现在你安全了，你在这里，你很安全。"听到他的这句话，我渐渐平静了下来。

"客体的恒常性对你来说很重要。这一片正在拆迁，那个小房子应该是被拆了，它的消失诱发了你的创伤体验。"老木解释道。

"是现实解体吗？"我问。

老木嗯了一声。

在这次的分析时间里，老木没有让我讲过去的那些创伤，而是问起了一些其他人际关系方面的事情，他的话明显比以前多了一些，他针对我人际关系中的困惑——我总是会先倾尽全力地付出，然后通常又得不到相应的回报，于是屡屡受伤，受伤后便会彻底远离对方，老木给我举了一个例子，他告诉我："这个世界上没有百分百纯粹的事物，即使是世界上纯净度最高的钻石，如果用精准的显微镜去看，里面也是有些许杂质的。更何况是人们之间的情感，就更加复杂了，看似深厚的爱里面也许包含着强烈的恨意，看似强烈的恨里面也许是某种深刻的爱，也许谦卑中包含的是鄙视，傲慢中充斥的是恐惧……这个世上没有绝对纯粹的爱与恨，也没有绝对好或绝对坏的人，所以你要学会不那么极端地对待人际关系，你要么动不动就倾尽你的所有，包括情感和金钱，要么就跟对方再没了联系，这种方式是不适合的，是会让你受伤的。"

我说:"我母亲就是一个纯粹的人,她爱一个人的时候舍得把命都给别人,恨一个人的时候就会毫不犹豫地冲上去打架,可以跟别人拼命。"

"你母亲那是不对的!她那是不正确的处理方式!"老木用坚定决绝的语气说道:"你没必要学习她错误的模式,你可以学习她其他的优点。"

这番话又像是一把利剑,唰地一下在我和母亲之间劈开了一道距离,我觉得心里固著的那个母亲似乎正在远去。

"你的母亲跟你讲的那些恐惧的事情,只能证明那是她的恐惧,而不是你的,你只是你自己。"老木的声音又温和了下来。

我认真地听着,这种感觉很好,有人像一个好父亲一样教导自己,这种感觉真的很好。

我的确在比较长的一段时间里都很少再想起申城的谭先生,随着与老木的分析工作的深入,我不再如从前那般,每天醒来后的第一念是想到谭先生,每天睡着之前的最后一念也是想到谭先生,我的日子不再只是被切割成两部分:一部分是见他的那天,一部分是见不到他的那些天。我不再心心念念几乎是时时刻刻地想着他,除了见他就是数着日子等着见他。

我以为自己真的已经忘了谭先生。

第五节
嫉妒

在分析中我感受着老木的威严和坚定，他就如同一块巨大的磐石，任我如何扬起创伤的漫天风暴、掀起各种情绪的滔天巨浪，他都如磐石般岿然不动，他的这种稳定感让我也渐渐稳定了下来，并且有了一些安全感。但与此同时老木也在他的四周划出了一个边界，就像孙悟空以唐僧为圆心画的那个圈圈，任何妖怪都莫想进入，我跟他绝不能像跟谭先生那般贴近。

老木对边界的严守有时候甚至到了有点不近情理的地步。有一次，在下过一场雪又融化之后，室外寒冷得滴水成冰，我一不小心又早到了大半个小时，附近没有商场或超市，我只能在屋外哆哆嗦嗦地徘徊，空气中像有无数把透明的小刀在割着我的脸。在艰难把等待的时间熬过去之后，我迫不及待地按响了老木家的单元门门禁，进到没那么冷的楼道里，然后又迫不及待地敲响了老木家的大门，进到了开放着暖气的房间里。我刚一落座，老木就严厉说道："你早到了整整十分钟，以后绝对不可以这样了！必须严格遵守一切设置，尤其是时间。"

我当时的心里委屈极了，我想：这么冷的天你不仅不关心我是怎么来到这里的，仅仅只早到了十分钟还这么严厉，真是一点人情味也没有，要是谭先生绝对不会这么不近人情，他会关心我冷不冷……那一瞬间我的眼前闪过了谭先生的脸，稍纵即逝。

但是在这种距离之下，我在老木面前渐渐进入了一个分析的佳境，我的表达越来越流畅，卡顿越来越少，我坐在躺椅上不停地说说说——虽然老木让我感觉到安全，但我依然没办法像别的分析者那样躺在躺椅上，我于是坐着说，坐着言说自己起起伏伏的人生故事。而老木则坐在我的身后，时不时地插上一两句话，或解释，或提问，或只是单纯地镜映，但是要比之前频繁，是一个让我感觉到更支持的频率。

我说到了我的母亲在怀我的时候去跟别人打架："她明知道自己都已经怀孕了，可她就是那么克制不住自己的情绪和行为，要去跟别人往死里打架，万一流产了呢？当时的事能比肚子里的孩子更重要吗？我不知道作为胎儿五个月到底有没有发展出意识了，反正我现在想起来都会觉得特别恐怖，我当时还只是一块柔软的肉块啊，就要承受那样的暴力，竟然当时没有被打得掉下来。可是，也许掉下来就好了？我就不用出生了，这个世界就没有我了，如果我没有来这个世界，嗯，那又是怎样的一种感觉呢，不来这里的话我又会去哪里……"

我说到了我出生的当天接生婆接了一半就跑了："我觉得我的母亲真的不容易，生孩子生到一半的时候被接生婆抛下不管了，现在真的很难想象那样的场景，现在的人生孩子都是在医院，有医生护士照顾，还有两边的亲人伺候，可是我母亲生孩子的时候，我奶奶都不来看一下，我父亲也在外地不回来，我母亲真的不容易，要一个人在家生孩子。刚出生的我应该也很不容易吧，当然我并没有那个时候的记忆……"

我说到了母亲告诉我一些事："母亲生下我第二天就下地干

活了，地里的农活不等人，她连月子都没坐。因为没人帮忙带孩子，于是她就终日把我放在床上，用蚊帐把床的四周都塞好防止我掉下来，然后她出去干活，心里估计着我快饿了就赶紧回来喂奶，喂完奶就赶紧又出门干活。她说我很乖，她回来的时候我是睁着眼睛的可是我不哭，她走的时候我还没睡着可是我也不哭，直到有一天，她回来的时候竟然发现我自己在扶着床沿学走路了，我竟然在没有人教的情况下自己学会了走路……"

我说到了我的奶奶日复一日给我的那碗发臭的豆子，却不敢告诉母亲："因为我实在不知道告诉这件事之后，她的情绪会怎么样，她太捉摸不定了，我害怕告诉她之后，她反而会打我。因为，我总觉得无论什么事都是我的错，一定是我不够好，所以奶奶才会那样对待我……"

我说到了母亲打完我之后，我其实会去虐待小动物，把家门口的蚂蚁们的腿用指甲残忍地掐断："我有点后悔，蚂蚁真可怜……可是我想，是不是也有什么高纬度的智慧生命在低头看着我们呢？就像我们看着蚂蚁那样看着我们，他们也会觉得我们很渺小、很可怜吗？"

我说到了我小学时候的语文老师，我的写作天赋是我内心唯一的自信："因为我的语文老师是戴着眼镜很斯文儒雅的男人，所以，我后来喜欢的异性都是这种有才华的、戴着眼镜的类型……"

我说到了在城里读书时作为一个农村孩子的严重自卑："那时城里的同学家里有电视冰箱，冰箱里放着健力宝，随时想喝就喝，而我们这些农村的孩子穿着土气，没有钱买零食，心里特别自卑。在学校里自觉分成了城里的和农村的两大派,我们这些来自农村的很少跟城里的同学做好朋友……"

我说到了父母亲之间糟糕的关系,他们两个在吵架和打架时我内心的恐惧:"我特别害怕他们有一天会忍受不了这样的痛苦生活,而分别去自杀……"

不知道谈了多少节的分析时数,我只知道自己絮絮叨叨像个加强版祥林嫂,我开始变得越来越容易表达自己内心真实的感受,表达自己的创伤,表达自己的脆弱、痛苦、黑暗的部分。

一切皆语言。这些沉重的往事化成了语言,这些语言又从我的身体里倾泻了出来。

这,便是创伤言语化的过程了。

有一天,当分析结束的时候,我照例往桌上放下给老木的分析费用后便往门外走去,老木则照常跟在后面,通常我会自己打开门走出去,而老木会在道一声再见后把门关上。然而这天,意外的状况发生了,我一打开门,便与一位年轻的长发姑娘差点撞上,那一刻她正举着手准备敲门。

我大吃一惊,对方也一副吃了一惊的样子,我们俩脸对脸、大眼瞪小眼地一起愣了足足好几秒。很快我就意识到这是老木的下一个来访者,一股熟悉的感觉涌上心头,我不由自主地哼了一声,昂着头用力从那位姑娘肩旁很强势地挤了出去,头也不回大踏步地走向了电梯间,完全没有理会老木的那声再见。

这个意外的插曲让我很是不开心,当然会不开心,根据同学们之间的交流,有过类似经历的几乎都会觉得不开心。

第二次我去老木那儿的时候,我坐下来直视着正面的那道白墙，听着楼上楼下偶尔传来一两声孩子的叫声，或者开门、关门声以及高跟鞋的脚步声，觉得周围的一切都那么真实。我默默地听了一阵，酝酿了一会情绪，然后用很不高兴的语气说道："哼，上次那个女的，下次再让我看到，我一定会打她的！"

"你为什么要打她呢？她跟你没有任何关系。"老木的声音里似乎有一丝丝的着急，这也是我第一次察觉到他的慌乱，这让我暗暗有些兴奋。

"我不管，反正如果我再看到了我就一定要打她！"我仰着头蛮横地说道。顿了顿，我又强调了一遍："反正再看到她我一定会动手的！"

老木没有再说什么。

原来表达自己的嫉妒并没有想象中那么困难，当我用言语去述说自己的暴力欲望的时候，我发现其实自己的身体是放松的，并没有之前那种真的想要打人、抑制不住的冲动。我非常清楚地知道自己肯定不会去打那个长发姑娘，那个姑娘并没有故意来伤害我，我也压根没有真想动手打人的想法，但是如果能够让稳如磐石的老木产生哪怕一丝儿的慌乱，我也觉得这是一件特别有意思的事情。

之后很长的一段时间里，我出门走的时候再也没有见到过那个长发姑娘，但是后来的某一天，我还是再次看到了那个姑娘，我开门走出去的时候她已经到了，站在电梯间旁的窗下，正远远盯着这扇门看。当发现走出门的是我之后，她便飞快地把身子向后转，装作正望向窗外的风景。直到我进了电梯，关上了电梯门，她都一直没有转过身来。

第三章 脚踏多只船　　189

我暗自好笑，这一看就知道一定是老木交代过她要保持警惕，所以才会如此紧张啊。当走出电梯出了大楼时，我忍不住一个人咧嘴嘿嘿地笑了起来，小区里的那只彼此间已经熟悉了的阿拉斯加大狗发现了我，朝我欢快地跑了过来，把前爪伸了过来，我摸着它雪白的脑袋，第一次觉得生活中一些微妙的有趣。

第六节
代际创伤

似乎很快，絮絮叨叨的我就到了应该谈母亲去世时的那个阶段。其实在分析中没有什么是应该谈或者不应该谈的，一切都是随着潜意识的流动而顺其自然地展现，但是在母亲去世十多年后，我第一次想要跟别人去真正言说，言说自己内心这个最大的痛苦，言说这个彻底改变了我人生命运的转折点，言说这个让我跌入痛苦深渊而难以自拔的心理创伤。

在这天，我是多么想要跟老木讲述那个令我心碎的经历，多么想要有个人来分担我的这些痛苦啊。

可是我还只是刚想到十多年前的那个夏日，我还只是想一想而已，不曾开言，我的眼泪就哗哗地流了下来。

过去的一幕幕像蒙太奇电影镜头般在我的脑海中反复闪回。

我的父亲后来被调进了城里工作，事业越来越好，家境逐渐好转，两个哥哥毕业后有了稳定而体面的工作，我处在人生最青春绚丽的时期，唱歌跳舞爱打扮……就在家里的一切都好起来的时候，母亲的身体却开始报复她早年对自己的摧残，积劳成疾的她身体状况越来越糟糕，数次住院治疗。孝顺的大哥把她接到身边照顾，我也每个星期都去看望，在母亲住院的时候陪在床前，给她读书读报。

那时候我还太年轻，好几年的幸福生活似乎已经让我有些遗忘了童年时期的阴影与恐惧,看着饱受病痛折磨脸庞却依然年轻的母亲,我虽然心疼,但从来没有去想过那两个字,那人生中最可怕的两个字。

那个南方普通夏日的早上,我照例去医院陪伴母亲,母亲的眼神依旧明亮,母亲说想要我去帮她买包子,我却听成了报纸,待我把报纸买回来发现弄错了时,便赶紧转身打算再跑一趟去买包子,母亲却摇摇头说又不想吃了,叫我不要去了。那个时候母亲虽然虚弱,但好像并没什么异样,可是过了一会儿,仅仅只是过了一会儿,母亲突然呻吟着说难受,并且喘不上气的样子,大哥着急地飞奔出去找医生,我和父亲则守在母亲的病床前。

我焦虑地盯着母亲的脸,那个时候我依然还没有担忧其他的事情,我盼望着医生快点来解除母亲的痛苦,看着母亲痛苦,我的心里百爪挠心的难受,恨不得自己能够替母亲承担这些痛苦。

可是大哥才出去了一会儿,母亲突然间就眼睛一闭,头软软地歪向了一边。

父亲急切地叫着母亲的名字,母亲没有答应,而我,则瞪着眼、张着嘴,愣怔怔地看着母亲。我不知道发生了什么,我发自内心地觉得母亲不过是晕过去了,过一会儿就会醒过来,所以我只是傻瓜似地看着眼前的一切。

然而医生到来后,经过一阵慌乱的抢救和查看,他们摇摇头,又很快沉默着离开了。

大哥一屁股跌坐在地上,号啕大哭起来,父亲也用袖口擦着眼睛。我吃惊地看看一直再没睁开双眼的母亲,再看看大哥和父亲,又过了好一会儿,这才仿佛意识到了什么,虽然依旧没有大哭,眼睛却像打开的开关一样泪流不止。

一切发生得如此突然。

又过了许久,不知是多久,时间像被凝固了一样,只有那种无法言说的痛感如同刀刻般刻在了心里。后来,大哥忙着处理一些后事出去了,父亲指挥着我,我们俩一起帮忙把母亲的衣服脱下来,换上了一套干净的衣服,把她的身体摆放好。父亲后来也离开了病房,剩下我一个人守在母亲的身边。

四下里静极了,氧气瓶等设备已经被护士推走,整间病房空荡荡的,只剩下母亲无声无息地仰面躺在病床上,灯光不知被谁关掉了,病房里像笼罩了一层灰色的薄雾。为了将母亲看得更清楚,我跪在紧挨着母亲床头的地上,我一眼不眨地盯着母亲近在咫尺的脸,看到母亲的脸一直都像睡着了一样,那样安详和自然,我便依然还觉得母亲有可能再醒过来,下一秒钟就能睁开眼如往常般看着我,然后再如往常般慢慢好起来。我就那样聚精会神地望着母亲,沉浸在母亲依然有可能醒过来的幻想里,我没有体会到太多其他的感受,只是眼泪一直不停地流。

后来,各自处理完了一大堆事务的大哥和父亲陆续匆忙回到了病房,他们焦虑地等待着母亲唯一的娘家亲人来见母亲的最后一面。不知道等了多久,下午时分,我的舅舅从县城赶了过来,一起来的还有舅妈。大哥打电话给他们的时候没有直说母亲已经去世,而只是说生病住院,因此舅舅一进病房便又震惊又心痛地大叫着我母亲的名字,他一声声地喊着,悲怆的声音在病房里回荡。他是母亲唯一一个同父同母的手足,他大声喊着他的亲妹妹、我母亲的名字,就在那时,我发现,母亲的脸色突然变了,

第三章 脚踏多只船 193

她不再像之前睡着那样了,而像突然间有什么东西从她的躯壳中离开了,眨眼间她便成了一具真正没有生机的躯壳,皮肤马上变成了毫无生机的灰白色,整个身体也像变得僵直。与此同时,她的嘴角和鼻孔竟然开始往外冒出血来,令人触目惊心!我终于既惊惧又心痛地大哭起来,撕心裂肺地号啕大哭,一边哭一边赶紧用毛巾去擦那些血迹,擦来擦去却怎么也擦不净,我就那样跪在地上,大哭着用颤抖的手一遍遍擦着母亲那些往外冒的血迹。

后来丧事的吊唁过程中,我只是哭,只是哭。其他都不太记得了,除了二哥半夜时分从外省赶回来时,跪在地上爬不起来的那份号啕痛哭之外,很多事情都记不太清了。

最刻骨铭心的,是母亲被火化的过程。那个年代的火葬场还很旧很小,亡者的家属们会被直接带到火化炉前,当母亲的遗体从冰棺里抬出来时,我清楚看见了母亲的眼角和耳朵旁依旧都有鲜血流淌过的痕迹,尤其是眼角,就像冤魂流出的血眼泪。

当火化炉的炉门打开,里面的火熊熊地燃烧了起来,望着那团大火,我晕倒在了地上,然后被两个亲戚拖了出去。

后来发生的事在回忆里变得模糊不清,如同碎片般,一直都没能完整地串联起来。

再后来,整个丧事结束后,连着许多天,我每天每天都坐在沙发上看着电视。我既感受不到悲伤,也感受不到快乐,既感受不到冷暖饥渴,有人给饭就吃,不吃也不会觉得饿,也没有上厕所的欲望,只有当旁边有人说你这一天为什么不上厕所时,我就会听话地去上个厕所,至于电视,有人打开后我就只是那样盯着看,从早到晚从来不去换台,甚至没有人打开电视,我也是那样目光直直地看着电视屏幕……

再后来,我被医院诊断为重度抑郁,一个满脸不耐烦的医生给我开了一堆的西药,其中包括三唑仑。在那个年代没有心理咨询、没有心理治疗、没有精神分析,没有人帮助我从解离、噩梦和失眠中解脱。能依赖的只有药物。

几个月后,我的父亲就有了女朋友并打算结婚,碍于一些议论,他勉强等到够了一年才结的婚。

我在家乡待了大半年,母亲去世后,我才真正明白,原来只有母亲在一直支撑着我的人生,我一旦失去了母亲的庇佑,便失去了所谓的家、失去了亲人、失去了所有。由于父亲明确的拒绝,我只能暂时寄居于大哥的家里,寄人篱下的感觉如人饮水冷暖自知。与此同时,有一种说不清道不明的羞耻感,让我觉得失去母亲后就羞于待在原来熟悉的环境中了。于是我离开了家乡,坐着火车南下,以文字为生,过着颠沛流离的生活。渐渐地,也跟家族失去了联系。

事实上,这些流畅的描述只发生在我的想象中,那些不堪回首的往事如电影镜头般不停在我的脑袋中闪回,像一把把钢刀反复切割着我的大脑和心脏,我多想对着老木把这些通通告诉他,可是我说不出来,那些镜头的闪回极为破碎、急促,却又像自带了声效,发出一声声尖厉的呼啸。

最终我也无法进行详细而冷静的述说,我只能捧着自己的脑袋,含混不清、语焉不详地讲了一个大概。讲到最后,极度痛苦的我不停地重复着几句话:"我看着我母亲咽气的,她去世后还从眼睛、耳朵、嘴巴里流出好多血来,她太惨了,她太悲惨

第三章 脚踏多只船

了……"

我仿佛再次经历了一场刻骨铭心的心碎,钢刀切割着我的大脑和心脏,一下又一下,每一次的剧痛都让我的身体和灵魂为之剧烈地颤抖。

在我这段最为混乱、最为破碎、反应最为强烈的痛苦讲述中,老木一直沉默着,但在我反复念叨那句话的时候,他一遍遍轻声说道:"我知道,我知道,你很痛苦,你很痛苦。"他的声音比以往任何时候都温和。

他的声音具有安抚的力量,渐渐地、渐渐地,我终于又慢慢平复了下来。

老木沉默着陪伴了我一会儿,觉得我好了一些后才温和地说道:"你很内疚,你对你母亲的去世太内疚了,所以你会做那么久的噩梦,一直到你为母亲诵佛经,觉得她做了些什么的时候,你的内疚感才得到了缓解。"

我捧着脑袋,眼睛看着地面上的那一摊眼泪,眼眶中的泪仍旧不停地、一滴一滴地滴在上面。关于噩梦的原因,其实已经被我自己找到了答案,在不停的学习和自我分析中,这个答案在我心中已经了然,有个词叫幸存者内疚,我已经知道这么久以来,自己都是处于幸存者内疚。母亲刚去世时自己的那个麻木,是一个否认阶段,将自己的情感隔离,是心理的一种防御机制,以便让自己处于巨大的痛苦中而不至于崩溃。我知道这个答案,但是当我终于能够言说的时候、当有人愿意听我言说的时候,我心里冰山似的沉重就释放出去了许多。

停了一会儿,老木又说道:"你对你的母亲有着强烈而且矛盾的情感，所以这么多年都没有走出哀伤的过程，我无法去想象一个无依无靠、刚成年不久的女孩独自在外漂泊生存的困难，但是你因为对母亲的内疚、对母亲的爱、对她的怀念和连接感，让你把母亲跟你说过的那些人生的苦难，亲身体验了一遍，你用自己受苦的方式，减轻你的负罪感，也让母亲永远活在你的心里。"

这番话让我惊得目瞪口呆，一时间忘记了流泪。

原来这就是创伤的代际传承。

爱一个人就活成了她的模样。

母亲是一个孤儿，而我也在她去世后成了真正意义上的孤儿，她那些只对我述说的痛苦，那些语言，改变了我的人生轨迹，塑造了我，塑造了我后来的命运。

触类旁通，如同电光一闪，我忽然想道：小时候母亲总念叨要我将来嫁一个什么样的丈夫，从家庭背景到年龄、学历，到职业，各种要求非常细化，而我的丈夫，原来正是符合母亲的标准！怪不得之前谈的恋爱都不成功，而一遇到他就飞快地闪婚了呢。

那些反复学习过，甚至是滚瓜烂熟的专业理论知识在我的脑海中自动浮现出来，一行一行地从书籍里升腾到空中，那些文字每一个都被厚重的爱恨情仇包裹着，散发出时间的幽光：

代际创伤指的是会在一代人、一代人之间传递下去的一种心理创伤。

代际创伤的特点是，创伤事件不仅会对亲身经历创伤事件的当事人产生深远的影响，还会继续以某种潜移默化的方式影响当事人的后代；这些创伤的命运模式会一代一代地重演，进行强迫性重复。

在代际传递中，创伤症状的表现模式其实就是命运模式，"我是谁""我为什么而活""我以怎样的方式来活"，这些认知构建了一个人命运的全部要素。

我终于明白了这一切。

领悟到这些的我心里沉甸甸的，想到人生的种种苦难，不由得悲从中来，以往那些无法言说的委屈和愤怒变得清晰起来，"我明白了，我明白了，这就是创伤的代际传承。"我怨妇似的一股脑说道："可我觉得很委屈，我觉得很委屈。我的父母亲、我的祖辈因为历史的原因，因为时代的问题，有着他们各自的创伤，然后他们又带着这些创伤来对待我，让我极度痛苦……可是，我从来都没有经历过他们那样的时代，我也不想经历他们那样的时代，什么大地主、什么国民党军官，在我脑袋里根本就没有任何的概念，我没有从家族中继承过一丝一毫的金钱名利，这个我并不在乎，可我为什么会这么不幸，要继承那么多血淋淋的创伤呢！我出生在农村，很长时间都生活在社会的底层，我受到的是我这个时代崭新的教育，我属于我这个时代，我是一个平凡得不能再平凡的人，我是一个普通得不能再普通的人，我心里也只想过普通平凡的生活，不想要那么多的创伤，不想要那么多的痛苦，不想要那么多的颠沛流离、激荡起伏，不想要那么多的痛彻心扉、生离死别。我真的好羡慕那些父母双全家庭平和、过着鸡零狗碎却现世安稳生活的人……"

"你知道吗？小时候我听我母亲讲那个年代的故事，我的心里特别恐惧，可能别的小朋友害怕的仅仅是考试不及格、挨父母骂之类的,而我,除了害怕考试不及格,害怕被母亲打,却已经开始在害怕社会动荡、害怕世界不太平,害怕战争、害怕人类的劫难……我真心希望世界永远和平,不要发生战争,不要发生社会动荡,尤其是现在,我知道一个大的创伤事件或社会事件不仅仅影响当代的人,而是至少要影响两三代人,我就更加真心希望世界太平,希望地球上每个人都能过着安稳的日子,希望每个人都是互相帮助而不是互相伤害。也许这些话听起来很大很空,却是我的真心话,我深深知道痛苦的滋味,所以不想看到别人也痛苦,仅此而已。"

老木久久地沉默着。

第七节
消失的鬼

这天我开始说起了我怕鬼的症状,说起自己一个人在夜晚的时候总觉得有鬼在身旁的体验。

谈起这个话题我觉得有些不好意思,这个体验总让我觉得自己很幼稚,像个小孩,跟正常的大人不一样,我很害怕被非专业人士当成异类,只有在自己信任的专业人士面前才敢谈及。

这个关于"鬼"的体验,我的心里已经有了好几个可供选择的答案,一是代表着坏客体,二是被迫害妄想,三是潜意识里的某种恐惧的表现形式。不知道老木的解释会是什么呢?应该也是这几个答案中的一个吧,我心想。

于是在这个大白天的中午,我慢慢讲起了鬼故事:"……我总是能感受到他来临时的那种逼近感,以及逼近时的气场和压迫感。他会从房间里的某处慢慢走过来,无声无息的。他走到紧贴在床边的位置停下来,然后就会站在那里,默默地看着我。我明知道如果我睁开眼睛,是什么也看不到的,这是一种理性层面的知道。但是他就是那么强烈地存在着,他就在我的身边,目不转睛专注地凝视着我。这么多年过去,我从来没有一次看到过他,但我感受到那种真切感,感受他的存在,他站立的具体位置,感受到他的眼神,甚至有时候,仿佛都能感受到他的呼吸……"

说完这些后我端正地坐着,一动不动,静静地等着老木的解释。

唉……老木却发出了一声既沉重又悠长的叹息，我惊讶地支起了耳朵，这是我第一次听见他的叹息。

一声长长的叹息过后，老木幽幽地说道："你太孤独了啊，你太孤独了！"

什么意思？难道不应该是什么坏客体或者被迫害妄想之类的吗？为什么说我孤独？我忍不住扭过头去，百思不得其解地瞟了他一眼，发现老木正一副唏嘘感慨的神态。我迅速回过头来，期待他再说些什么，他却再也没有继续这个话题。

当天晚上，当我打开小台灯，躺在床上正准备入睡时，老木的那句"你太孤独了啊"浮上心头，我想着这句话，不知为何竟翻来覆去有些难以入眠，后来我终于静了下来，做好了进入梦乡的准备。我现在已经很少失眠了，也几乎不再做噩梦，睡觉不再是一件痛苦的事情。

在我将闭眼未闭眼之际，我突然看见了那个"鬼"正在慢慢地现原形，他像从一大团阴影中缓慢地走出来，如同从舞台暗处庄重走向幕前的演员，他看上去似乎是一名身形模糊的中年男性，但他的表情无比清晰，那是一种极其沉重又带着至深慈悲的神态，以至于我一点也没有感觉到害怕，反而有一种莫名的亲切。他用悲悯的眼神望着我，并不是直视我的眼睛，而是低垂着眼帘，就像寺院里佛像那般的神态，他望了望我，大约三四秒后，就消失了。

他消失了，彻底消失不见了，再也不会出现了。

我强烈感应到他已经彻底消失并将永不复返的结果，我有些不知所措地坐起来、又躺下去，坐起来、又躺下去。

从那天晚上起，我再也没有感受到任何"鬼魂"的存在，一直到现在。

我努力思考这神奇的一幕是如何发生的，老木的那句"你太孤独了"在我心头萦绕，我想啊想，却仍无法从已经学习到的精神分析知识里去理解，最后我想到了佛经里的那句"应观法界性，一切唯心造"，外境一切都是我们内心的投射，一切都是我们内心的造作，因为自己太孤独了，于是潜意识里创造出了这样一个鬼来陪伴自己吗？

第二次见面的时候，我迫不及待地把自己的经历，以及感悟告诉了老木，问他是不是这样的。

老木说是，是你的潜意识创造了它，其实症状即防御，甚至可以说是救赎，为了防止我们的心灵彻底崩溃和瓦解。

我的眼泪流下来，对老木充满了无尽的感恩。

原来，一切外境都是我们内心的显现。佛也是这颗心，鬼也是这颗心，在极乐世界也是这颗心，在地狱也是这颗心，一切都是这颗心。

第八节
忐忑

童同学在小群里问大家:"你们去不去参加大会呀？我准备买高铁票了，我打算先去 D 城参会，然后再去申城学习。"

我一惊，时间过得真快，转眼间冬天已经过去了，春天也即将过去，又到了去申城学习的时候。而这次不同的是，今年有一个大型学术会议，持续好几天，并且地点是在申城旁边的 D 城，因此有的同学选择先去参会，再去学习，当然有的同学则不打算参加。

几乎是一想到申城的那一瞬间，谭先生的面容、声音、一举一动……就清晰地在我的脑海中一一浮现，并且在我的心里剧烈地翻腾起来，他的出现就像一块巨大的磁铁，把我的心毫无悬念地给吸走了。我深深地明白到，我并没有真正忘记他，而只是暂时压抑了对他的情感。

"我会去，不过我打算第一天的会议不参加，准备从第二天开始参会。"我对童同学说。

"好的，那我们第二天见。"童同学说。

我订好了高铁票，心中有些忐忑，到时候是一定会见到他的，这样的会议他毫无疑问会参加的，再次见面会怎样呢？尴尬？无言以对？见到他时应该是什么样的态度和表情呢？

第九节
奶奶去世

我的奶奶去世了。

大哥在电话里说,奶奶去世了,走得很安详,临终前反而似乎清醒了许多,眼睛试图往四处看,仿佛在寻找着什么人,旁边的亲戚于是告诉她:"您的大儿子前两年已经去世了。"她听了后便停止了四处查看,眼一闭,像睡着一样过去了。

大哥用的仅仅是一种"通知你知道此事"的语气,简单说了几句就挂了,并未要求我回去奔丧。

虽然奶奶已经是九十高龄,并且老年痴呆多年,她的去世让所有人都早有心理准备,就像秋风中那最后一片黄叶必将落下,况且,我想着自己与她是没有什么感情的,而且是那种理直气壮可以说出来的没有感情。奶奶对我自己人生最大的影响,就是让我在成人以后,成了一个对食物很执着的人,一旦饿肚子或者吃了不喜欢的食物,心情就会特别低落,如果吃了一顿美食,就会像个孩子一样开心。

但是我还是忍不住哭了一鼻子,这样的反应连我自己都觉得很意外。这种哭泣并不是因为悲伤,也不是因为不舍,而更像纯粹只是为一个生命而流泪,为看见了一个生命的逝去而流泪。

我用力回想奶奶的一生,那是怎样的一生呢?

我想起了童年时分曾经跟奶奶一起回她娘家时的情形。奶奶带着我在村口的小路上停下来,她对我说:"你现在看到的所有的房子、所有的山林、所有的田地,以前都是我们家的。这个村子以前外面有一圈围墙,只要把四角的门一关上,就是一个封闭的山庄,后来围墙被拆了,房子被分给了以前的贫下中农,不过还是给我们家留了几栋自己住的……"

当她对我说这些的时候,她脸上的表情是我作为一个孩子压根无法看懂的,除了这几句,她也没有再多说什么。对于我来说,奶奶说的这一切,我完全无法去想象和理解,作为两个完全不同时代的人,无论是在我幼小时分还是在长大后,本来都不想再去试图想象和理解她,我像绝大多数普通人一样,只习惯着自己已经习惯的、熟悉着自己已经熟悉的,带着自己亲历过的时代烙印生活着。总认为过去了的,就已经过去了。那时我哪里能知道,除非言说和转化它们,发生过的有些事情永远都不会真正成为过去。

由于关系不够亲近,我不知道奶奶具体经历了些什么,只知道她守寡几十年坚持不改嫁,带着这几个孩子,又要教书又要管理农活,并且因为自身的成分问题,在那个年代一定要比其他人经受了更多的压力。如果撇去奶奶给我天天吃臭豆子的这件事、抛开我这一丁点儿的个人感受来看,奶奶毫无疑问是一个传统、坚韧、顽强的中国女性,她对生活没有太多的抱怨,带着几个孩子奋力地积极表现,在身不由己的时代洪流中,用自己的努力取得了最大的一些自主性。

与此同时,奶奶的去世也意味着,我所有的长辈都已经没有了。我的爷爷、外公、外婆在我出生前就已经不在了,而随着父母和奶奶的去世，一切都不存在了。

　　这是一种什么样的感受呢？我怆然地对老木说："你知道这是一种什么样的感觉吗？我觉得就像是一行人走在一起，相约着一起出发去遥远的某地，可是走着走着，却忽然间一回头，发现队伍后面少了一个人，无声无息少了一个人，过了一阵，走着走着一回头，发现队伍后面又无声无息少了一个，过了一阵，走着走着发现又少了一个……人越来越少，越来越少，到最后就只剩下了自己一个人，整个天地间只剩下自己一个人，这才是最恐怖的事情啊！"

第十节
与谭先生重逢

我恨不得插上翅膀,立即飞到 D 城,我坐在车厢里的座位上,不停地望着窗外,觉得高铁还是不够快。

谭先生在会场看到我了,他主动跟我打了招呼,他的眼睛在我旁边到处看,他肯定是在找你呢。已经参会的童同学半开玩笑半认真地发信息给我。

我回复一个大笑的表情。

在申城后来的学习期间,我经常跟童同学在教室里一起进进出出的,谭先生早已经见过很多次,所以认得童同学是我的朋友,有时候单独看到童同学也会主动打招呼。我相信,我发自内心地相信他的确是在找我,看我是不是也已经到了会场。虽然我们有过争执,并且已经许久未见,许久未曾联系,但是我就是相信他依然没有忘记我,他依然想对我好,并且真的还会对我很好。这是一种感觉,我内心里强烈的感觉,就像第一眼见他时就知道他一定会对我很好那样的一种直觉。父亲厌弃的眼神造就了我的自卑,从小到大,除了母亲,我从来不敢相信也不敢奢望有人会真心喜欢我、真心对我好,唯独只有谭先生,我就是那般莫名其妙地相信他,毫无理由地相信他,相信他的真诚、相信他的善意。在经历过上次的争吵之后,在短暂的不确定之后,我对他的这种相信就如同知道我是我自己那般的肯定,这是我以前从未感受过的肯定。

因此我是多么想瞬间就飞到 D 城。

在天黑时分我到达了目的地,由于我到得晚,会场附近的酒店都已经客满,最后只能住进了附近一间狭小陈旧的连锁酒店,躺在床上的我看着头顶的天花板,听着门外的脚步声和关门声此起彼伏,我终究还是没能控制住自己的双手,给谭先生发了一条微信:我现在到了 D 城,明天去会场。

他没有回信,我也知道他不会回信,正如他曾经对我说过,对于我的一些信息他不能回复,也常常不知该如何回复。但他心细如发,一定会看到这条短信并记在心里。

我迫不及待地等待着天亮。酒店的灯光昏暗,窗帘被风吹得一阵阵鼓起来,如果换在从前,此刻的我应该会感到十分恐惧和忐忑,既害怕会有坏人从窗口爬进来,又害怕那个一直在身边的"鬼",还害怕失眠和噩梦⋯⋯但现在,我即使一个人待在这昏暗、潮湿、狭小的空间里,也感觉到非常放松,一种作为正常人的轻松。原来当一个没有症状的正常人是这么美好、这么自由的一件事情,体验过各种难熬的症状之后,才会更深切地明白:身心的健康,远比那些名利权欲更重要。

我感觉到自己是正常人了,越来越正常,我心里非常感谢老木对自己的帮助。我看着镜子里自己已经不再年轻的容颜,感叹这样的正常生活是多么来之不易,这么多年以来我咬牙坚持,拼尽了全力,只是为了过上在别人看来最平淡、最庸常的生活。

外面逐渐静了下来,我躺到了床上,揣想着第二天跟谭先生的碰面,如果我和他面对面遇到了,他会说什么,什么表情?我又该说什么，应该什么表情？

  12点多钟的时候我睡着了，梦境虽凌乱却温和，第二天早上醒来的时候，我对自己的表现甚是满意，虽然有点轻微的失眠，但毕竟这是在不熟悉环境里的第一晚。当然，灯是开着的，我依然无法习惯黑暗。

  我怀着激动的心情洗漱完又化了妆，确切地说，是画了眼线，他说过我的眼睛很特别，所以这次我特意带了眼线笔。

  我快步走在去往会场的路上，晚春的暖风迎面扑在我的脸上，我觉得自己的心也都在随之荡漾，我就像一个天真的小姑娘，情不自禁地微笑着，充满了梦幻般既忐忑又甜美的想象。

  还在会场酒店大堂外，我就一眼看到了谭先生，隔着大大的玻璃落地窗，我看见他穿着一间蓝白格子的衬衫，站在大堂中间，正在伸着脖子四处张望。是收到我昨晚的微信所以在找我、看我到了吗？我这样无厘头地胡乱猜想着，心扑通扑通跳起来，不知为何又有一种近乡情更怯的慌乱，不想被他看见。于是我在门外躲躲闪闪地停留了片刻，看见他跟别人在说话的时候才赶紧溜进去，上了二楼的主会场，跟童同学汇合。汇合后她笑嘻嘻地问我："看到他了吗？"我点点头。我们两个人叽叽喳喳地闲聊了一阵。

  会场的空间很大，里面人很多，各种说话声汇成嗡嗡嗡的声响，头顶上有很多盏富丽堂皇的吊灯，光线明亮温暖……我看着这一切，心里想的却全是谭先生，许久未见，他还是那个样子，瘦小单薄，穿着朴素，但在我心里，他依然是那么不可替代。在这段时间里，我把自己放在一个旁观者的位置上思考了很多，老

第三章 脚踏多只船 209

木是用非凡的理解力帮助我消除了很多症状，让我可以过更轻松美好的生活，而谭先生对于我的意义是什么呢，是让我在经历过那么多的创伤之后，仍然敢去相信真情、相信这个世界、也相信我自己。在母亲去世后，亲人的漠视与寡情、男友的控制与毒打，以及一个弱小的女孩在颠沛流离中遇到的那些伤害与恶意，让我不仅丧失了对这个世界的信任，也发自内心地否定了自己。多年以来我不敢与他人建立亲密的连接，没有朋友，独来独往，与此同时我觉得自己是那么的糟糕，一定是自己一无是处所以才没有人愿意关爱我、帮助我，一定是自己不够好，所以才没有人真正喜欢我。而正是谭先生用他的温和与忍耐，让我在一次次施受虐的试探中明了了他的真诚与善良，我由此慢慢开始能够肯定自己，肯定自己也是值得被人真心以待的，而且自己也是不会被轻易抛弃的，因为哪怕我是多么不堪、令人讨厌，谭先生都让我感觉到他是永远都不会抛弃我、永远都不会扔下我不管的，即使是被我折磨得暂时性崩溃了，之后也仍然愿意再和我重新开始一起工作，这让一直都害怕被抛弃的我有了许多的安全感。我心想，也许正是因为自己在谭先生那里开始有了安全感、有了信任他人的能力，我才能在老木那里打开创伤、言说痛苦吧。

  会场的人越来越多，看着眼前这个宏大有序的场面，此时的我不再觉得恍惚，也不再觉得这个空间被笼罩在迷离之中。那些嗡嗡的声浪在空间里回荡，在我的耳朵里作响，不再发生间歇性的断裂。我看到四周坐了许多人，许多许多的人，近在咫尺，触手可及，只要我愿意去留意细看，就会发现他们的面容是如此清晰，而不再是面目模糊，如梦似幻……

我已能真正看到眼前的这一切，就如同我心里炽热的情感那般真实。

而当会议正式开始，精彩的主题报告果真不负众人的期待，专业、深度令人着迷，而我则有更惊喜的发现，我发现自己听课的专注力显而易见地进步了，走神的次数少了许多，虽然比不上一对一交流时那样的聚精会神，有时候大脑思维还是会弥散，弥散不知去了何处，但很快会聚拢回来，回到自己的身体中。

离第一场讲座还差几分钟就要结束的时候，我提前离场，从旁门悄悄溜了出去。一直都不喜欢排队，我要赶在散场前人少的时候去趟厕所。

我溜出了门，走廊里静悄悄的，一个人也没有，地板上铺着厚厚的地毯，踩在上面每一步都像踩在云朵里。我抬头望着指示牌，沿着指示向前走，走了十几步向右一拐，我愣住了！谭先生赫然就出现在我的面前。看起来他正准备进入会场，没想到却与我狭路相逢在了这个静静的走廊。毫无心理准备的我顿时慌乱得不知所措，一时间像个木头人似地顿在了原地。谭先生却笑了，那笑容带着些调皮可爱，他笑眯眯地看着我，没有说话，把一只手举起来，举至齐眉，对我做了个行礼的动作，然后摆摆手，又点了点头，转身进了会场。

他这个行礼的动作逗笑了我，当然又不敢笑出声来，于是我捂紧了自己的嘴，刹那间，心里像绽放开了无数的烟花。

每天的上午我和童同学一起听主题报告，到了下午我们便各自行动，挑选着听自己喜欢的讲座。确切地说，是童同学挑选着去听自己喜欢的讲座，而我，则跟着谭先生跑，他在哪个会场我就去哪个会场,我影子般地跟着他,追随着他,而且每次都特意坐在最后排的座位上,尽量不被他留意到,我仍然不想被他知道我对他像个孩子般的依恋,暴露自己对某个人的依恋和情感总会让我觉得有些羞耻。

但是有一次我发现房间里几乎满座了,谭先生正坐在第一排,只剩他身后还有两个空位,我只好犹豫着慢慢走过去,在第二排的空位上坐下来,就在他的侧后方。他没有发现我,但如此近的距离让我产生了一刹那的晕眩感。

当一个长相清秀的女主讲上台后,敏感的我很快就发现了谭先生对女主讲明显的配合,他不仅不停地回应她抛出的问题,还不停地嗯嗯点头表示赞同和回应,以至于到后来女主讲的眼睛几乎只望着谭先生。我的嫉妒之火顿时熊熊燃烧起来,在他面前我依旧还是改不了这毛病,我终于控制不住自己,用手指头使劲戳了戳他的后背。

谭先生转过头来发现是我,一脸的错愕,灯光的照耀让他的鼻尖看起来亮晶晶的,碍于是公众场合我只好尽量压低音量:"你这样不停地点头不怕脖子断掉吗?"由于声音太低,他没听清,"什么?"他问。"你这样不停地点头不怕脖子断掉吗?"我略微提高了一点音量,就连我自己都感受到了这句话里是小孩般幼稚的嫉妒。谭先生明显愣了一下,反应过来后便呵呵呵地笑了,笑了几秒后停了停,又忍不住笑了几秒。

第十一节
我想回归

　　这是这一届的最后一期了，课堂、露台、酒店……从早到晚连空气中都飘荡着浓浓的离别气息。在上课时，老师们提到分离，在下课后，同学们一群群地聚在一起表达着分离。人非草木孰能无情，几年下来，谁能否认自己对其他人已产生了或多或少的依恋和情感呢？

　　从古到今，每个人都是伤别离的吧，要不然怎么会有那么多凄美动人的关于分离的诗词呢？多情自古伤离别，更那堪，冷落清秋节！今宵酒醒何处？杨柳岸，晓风残月。此去经年，应是良辰好景虚设。便纵有千种风情，更与何人说？柳永的《雨霖铃》浮现在脑海，我站在一楼外的吸烟点旁抽着烟，一边抬头看着满院子的绿树白花，心想，现在可是春天呢。

　　在这最后一期，课后的聚会比以往要多得多，精彩纷呈应接不暇，同学们白天去附近各个餐馆聚餐，晚上则在酒店的某个房间里叽叽喳喳地说着闲话，有天晚上大家还一起去了歌厅唱歌，各种唱歌跳舞开怀大笑。除此之外，大家还在休息日一起去公园游湖坐船，去博物馆参观……

　　然而，这些并不是我以往熟悉的模式。

　　同时跟许多人一起出去玩、一起说说笑笑，我觉得自己不是很适应，因为这并不是我所熟悉的模式，一直以来我都是一个人逛街、一个人购物、一个人旅行……一个人。同时与多人一起活动，说说笑笑还各种拍合影，我觉得既新鲜又很疲累，非常的累，原来跟他人的连接是这么的累。不连接觉得孤独，连接又觉得累，叔本华说得对，人生就像一个钟摆，在痛苦和无聊之间摆荡。但尽管如此，我没有落下一场活动，我有意识地去尝试这些跟以往不同的体验，我也在努力感受有告别的分离。

对于我来说，这些大张旗鼓的告别根本就不是真正的分离，大张旗鼓的告别是知道以后还有可能再相见，只要双方愿意，就可以再次相见相聚。而真正令人绝望的分离，是无法告别、没有告别或者来不及告别的，我的眼前瞬间闪过我的父亲、母亲、奶奶的脸……好在我还有他，我想。我的脑海里立即又浮现出谭先生的笑脸，我相信他永远都不会抛弃我的。

从 D 城会场转回到申城的课堂，谭先生依旧忙忙碌碌跑来跑去，我依旧不停地回头以及走神，如果我们在走廊里遇到，便会默契地相视一笑，曾经的争吵和隔阂，仿佛一切都没有发生过。

后来我总是想，如果时光永远凝固在这一刻该多好。

关于毕业晚会上的演出，同学们商量着所有人都要一起上台，每个人都分配到了一个表演角色，表演很简单，几乎不需要怎么排练。

我却忐忑起来，自从母亲去世后，我就从曾经热爱跳舞并且擅长跳舞的文艺骨干，变成了不敢在公众场合冒泡的壁花，众目睽睽之下的我，外表装作冷漠，实则内心极其焦灼。

我忍不住给谭先生发了条微信：毕业晚会上我们全部同学都

要上台，我也要上台表演，好紧张，到时候你可以站在台下看着我吗？

这次他很快回信了：好。

晚会演出的那晚，隔着一大片桌子和人们的头顶，我们的目光在半空中遥遥相会，他朝我笑了笑，我的心顿时踏实了下来。果然，当我在台上急切地向台下张望的时候，一眼就看到了他，他离开了自己的座位，特意站在了台前左侧的地方，正像一个慈母般笑眯眯地望着我。

我需要他的目光，就像孩子需要母亲的注视。

第二天上午正在听课的时候，我突然收到谭先生主动发来的短信：如果你愿意的话，今天下午五点全部课程结束后，你来我办公室，我们见面聊聊，只是聊聊。

我惊讶地看着手机，没想到他会主动发短信约自己见面，我看着这则信息，"只是聊聊"这几个字让我默契地心领神会，他这句话是提示我这次见面只是聊天，而不是分析，我不需要付费。

我于是也就没有付费。下午五点，我准时赴约了。在去往他办公室的路上，身边是三三两两抱着书或拿着结业证书的同学，大家叽叽喳喳地说着一些告别的话语。

而我却满心都是复合与回归的喜悦和期待。

我走到他的办公室，门开着，谭先生在里面忙着什么。我没有象征性地敲门，径直进去并顺手把门关上。

我们一起坐下，他坐在短沙发上，我坐在那张熟悉的长沙发上，然后，我们一齐陷入了一阵长长的沉默中。

我抬眼望着这间以前不知进来过多少回的办公室，铁皮柜旁的植物依旧欣欣向荣，那只永不停歇的石英钟滴滴答答，似乎在提醒我到底有多久没有来过这里了，外间那只木头柜子，曾经引发我藏有尸体的联想，而隐隐有些潮气的地板上，曾经有一只蟑螂爬过并被毁灭……这里的一切都给我一种莫名其妙的归属感，仿佛这里是我的出生地，是温暖包裹着我的一个襁褓，是存在于世界之外的一个安全洞穴……我只有在这个房间里才有这样的感受。

我默默地看着这一切时，谭先生也默契地沉默着，他用两只手肘支着下巴，脸色看起来似乎有些惨白——不知道是不是我的错觉。

最终还是他先开口打破了沉默，"这半年过得怎么样？"他抬起头来问我。

他直直地看着我，表情肃然，眼神深邃，若有所思，跟平日里在办公室外见到的他判若两人。他又回归到了我初次跟他工作时的样子，谨慎、理性、克制、专业。

"还好。"我也直直地望着他，回答道："我的分析师很不错，帮到了我很多，缓解了我不少的症状，我现在不怕鬼了呢！"

"只不过，"想了想，我还是实话实说了："我有点不适应他那个流派的风格，设置特别严格，不会跟分析者有太多的移情与反移情，这让我感觉跟他总有距离感。"

谭先生没有说话。

我们又一齐沉默了。但是彼此间像有一股看不见的浪潮在波涛起伏、汹涌澎湃，一阵又一阵地撞击着我，曾经被压抑的情绪和困惑在心里此起彼伏……过了一会儿，我终于坚持不住了，带着几分躁动和尖锐，单刀直入地问他："上次你发短信数落我，分析师说是你控制不住自己的反移情了，我想问你，你对我是不是反移情了？"

"是。"谭先生马上回答。

我吃惊地望着他，不管怎么说这都是一个敏感的问题，我以为他会躲闪或者回避，运用他高超的话术来应付，没想到他却如此坦率。虽然，在长程的个人分析中，移情与反移情是一件很常见甚至必然会发生的事情，关键是看双方是如何利用移情去工作，并在必要的时候展开讨论，但是，对他的这份坦诚我依然觉得很感动，我强烈相信我们之间依然还有很深的情感和连接，只不过，我的一些情绪需要得到安抚和平复。

"如果我们继续工作的话，需要好好讨论这份移情与反移情。"谭先生说。

我明白他的意思，从他主动发短信这个举动我就心照不宣地意识到了，这也是我赴约的原因。这还用说吗，我是那么想要回到他身边，而他恰好也还愿意我回来。

可是，我是多么想要他对我说一声对不起啊，对于上次的事情，只要他说一声对不起，我就可以放下了，我的脑海闪过父亲的脸庞，当年如果父亲跟我说一句抱歉，我就会放下所有的怨念跟父亲父慈子孝，可是父亲不仅没有道歉，反而在背后四处游说表明他是一个多么称职的父亲，而我又能怎么样呢，孩子不能说父母的坏话，我只能沉默着远离，但是内心隐忍着一股巨大的愤怒。

第三章　脚踏多只船　217

而此刻，我也想向谭先生要一个道歉，只要他说一声抱歉，我就会当以前所有的事情都没有发生过，我想和他重新开始，我想和他永远在一起，我想跟着他一辈子做分析，我离不开他也不想再离开他，这些便是我内心最真实的想法。

"上次你不该那样骂我，我当时真的太痛苦了，要不是有后来的分析师帮助我，我觉得我都快死了，你要道歉。"说着说着我竟有些气鼓鼓的了。

谭先生看着我，眼神闪烁了一下，有些欲言又止的样子，终究还是什么也没有说。

而在沉默中等待的我，渐渐变得失望。

即便是失望和一阵又一阵的沉默，我却依然留恋在这里的感觉，留恋在他身边的感觉，无论多么难受，我都想和他在一起，永不分离。

"你知道吗？我只跟你有强烈的施受虐，跟后面这个分析师没有，反正就是跟你控制不住。"我苦笑着说道："我就是控制不住地想要虐你，让你难受，让你难受我就特别地开心，特别地快感。"

"可能，"谭先生轻咳了一声，"在我们的工作中，我当时有一些东西没有理解到，后来我在解析施受虐这本书的时候，我一直在想起你、想起我们之间的工作，并且试图去理解，我想我能理解得更多了。"

他瞟了一眼放在我旁边的几本书，摆在最上面的便是这本译著。

"我买了，还没来得及看，我会认真看的。"

"在创伤疗愈的路上，也许你还有很长的路要走，但是没关系，慢慢来，会越来越好的。"

这句话有了一点点官方的味道，我的心里掠过一丝酸楚，我最害怕的事情，就是和他的疏远。我想要和他纠缠，紧密地纠缠，一辈子紧密地纠缠，可是怎么谈着谈着就变成了这样呢？这次难道不应该是谈重新在一起工作的相关约定和设置吗？

"既然……那我就去找老刘做分析吧，大会的时候有一次他恰好坐在我旁边，我们就认识了，然后加了微信。"我自己都不知道为什么说出了这句话。

"他是谁？没听说过。不行！你不能找他。"谭先生急切地说道："我不放心，他不熟悉你，你的创伤太严重，一般的人不太适合你，扛不住你，会伤害到你，我不放心。"

他着急的样子瞬间就把刚才那些谨慎、理性、克制、专业统统都破功了。

我反而松了一口气，心里暗暗开心起来：这才是真实的他，真实的他还在，而且他还是如从前那般关心我、不放心我！

以前在我总是不停去找其他的分析师时，他说得最多的就是他不放心，他不放心我跟别的分析师工作，他担心因为我的创伤太重，杀伤力太大，别人会扛不住我。

"他也会骂人？你觉得他将来也会控制不住……骂我？"我好奇地问。

谭先生紧皱着眉头，嘴唇抖动了几下，一副就要脱口而出一些话但又被狠狠憋了回去的样子。

他这副难受的表情反而让我忍不住想笑，我明白自己的施受虐又开始作祟了，可是我控制不住，与此同时我做了一个决定：偏要找那个老刘去，不为别的，就为了气他。

"实在不行，你就继续跟老木工作，跟老木，毕竟他已经了解你很多了，你可千万不要去找什么老刘。"他又着急地补充道。

我没说话。

又是一阵沉默。谭先生低下了头，不自觉地用手揪了揪头发。

过了不知多久，他抬起头来，问道："明年你还来吗？"他的眼神又恢复到了那种深邃，但是我依然看到了眼神中显而易见的期待。

我立即斩钉截铁地回答："来！"我咬了咬嘴唇，把"而且我一定还会再来找你的"咽了回去。

他又用那种若有所思的眼神看了我一会儿，然后看了看茶几上的小闹钟，说："要不今天我们就到这里吧。"

我立即抬眼望向墙上的石英钟，这才发现时间已经到了整整一个小时。我怎么感觉才半小时不到呢？而且我们好像根本就没有说什么话呀？我的心里像突然打翻了五味瓶，一时间不知该如何反应，只好慌乱地把书重新抱在怀里，傻瓜似地直直望着他。谭先生也表情复杂地望着我，我们的目光在空中交织了好一会儿，然后我站了起来，带着又要分离的几分痛楚，恋恋不舍地往门外走，许多话想说又没说出来的遗憾与分离的沮丧感蔓延开来，以至于让我步履沉重，忘记了道一声再见。他站起身来定定地望着我，挺立的身躯有某种镇定的意味，但他也什么都没说，甚至没有说一声再见。

我慢慢走到楼外，外面正在淅淅沥沥地下着小雨，我在雨中混沌麻木地向前走着，我不停地在想：这是怎么回事呢？我们俩明明都有意重新再回头一起工作，可是谈了一个小时后怎么变成了这样一个遗憾的结局呢？我为什么就做不到直接表明我的真实心意呢？想来想去我真是有点恨自己了。

　　我行尸走肉般地走着，越想越心烦意乱，我的灵魂像留在了那间办公室里，直到怀里的书忘记了用力抱紧，哗哗地掉在了地上，我才清醒过来。我蹲下身把书一本本捡起来，眼泪这时候才涌出了眼眶，顺着雨水一起流下来。

第十二节
强迫性重复

"他的确还想跟你一起工作,但是他不能向你道歉,如果为了你回来就跟你直接说对不起,他就很难回到分析师的位置上了。他也不能主动喊你回去,只能看你的意愿和主动性。他在非常努力地回到一个分析师的位置上去,看起来他并没有失去理性和克制,他很好地守住了他的位置。"老木说:"他的确是真心想要帮助你好起来,而不是其他什么目的。"

哎呀原来如此!我气得狠狠地捶了下自己的脑袋:我怎么那么傻,我怎么又一次犯傻了,早知如此,为什么要逼他说对不起,既然他也想要我回去,我直接说想回去不就行了,原本就是一件极简单的事啊,唉,为什么我面对他的时候总是那么拧巴呢,为什么就做不到在老木面前这么直接呢?

"但我个人认为,你们暂时还不太适合在一起工作,这次的谈话没有什么突破,你们彼此间潜意识里有某种匹配的东西,彼此间有话说不出来,很容易就会回到施受虐的模式中去,这是你们俩之间的化学反应,跟你在一起他需要时刻觉察自己的反移情,当然,我想他一定会比之前更有觉察力的。"

潜意识里有某种相通的东西……化学反应……我想起第一次见他时就笃定他会对我很好,而我也只对他有这样那样一些特别的感觉,大概这就是所谓的缘分吧,缘分就是双方潜意识里有某种匹配的东西。

"但是不管怎样我都不想离开他,我知道我也离不开他,这次没谈拢,我就想明年再去找他,先缓一缓然后再去找他,反正我想好了一定要报名参加下一届的学习班。"说完这些后我沉默了好一会儿,我在心里努力试图酝酿出一些勇气来,好跟老木说出我的一个决定,一个离开的决定,对于这个决定我觉得非常不好意思,非常内疚。我是一个容易内疚的人,虽然我知道老木是一个非常专业、优秀的分析师,想找他做分析的人要排队等他,我的离开只是在给别人腾位置而已,可我依然有强烈的内疚感,仿佛自己做错了什么似的。当然我最终还是支支吾吾地把话说出来了:"我……想停止在你这里的分析,想先去找那个老刘做一段时间的分析,体验一下不同流派的风格,然后明年再去重新找回谭先生。"

我把跟老刘认识的过程向老木叙述了一遍:我是在大会的某个会场遇到老刘的,他当时恰好就坐在我旁边的位置,我们俩简单聊了一会儿,我对他的印象不是特别的理想化,但也谈不上哪里不好,我知道他的学历、能力、名望等各方面条件都比不上你和谭先生,却莫名其妙地有种动力想要去试一试他,想要拿他做一个过渡,最后还是要回到谭先生那里去的。

我语无伦次地说完,然后就屏息凝气,支棱着耳朵,有点惴惴不安地等着老木如何回应。

只是略微的停顿,老木就回应道:"我希望你能留下来继续分析,我们的工作进展得还算比较顺利,如果舍弃掉会很可惜,个人分析需要的更多是理性,而不是狂热的情感冲动。"

他竟然会挽留自己。我吃惊地忍不住回头望了他一眼，他坐在椅子上，把左手臂放在旁边的小桌上，身子微微前倾，眼睛似乎向前直视，但又没具体望着什么地方，依然是一副全神贯注倾听的样子。这个小房间中的座位安排，让我在分析中无法直接看到老木，要看他只能扭着脖子往后看，因此我很少回头去看。老木倒是可以直接看到我，但我发现分析中他几乎从来不看我，几乎每次回头我都发现他只是在认真地听，并不曾望向我。我心里明白，这样的位置安排就是为了避免双方太深的移情，他的流派并不赞成双方关系卷入太深，更多的是只通过语言进行工作。他的语言精练、准确，像一把精湛的手术刀，把我的无意识撕开了一道口子，而他给我的感受，一直都是那么冷静、理性、专注，我们双方永远都隔着一段咫尺天涯般的距离，以至于我曾经暗暗揣想过，也许在老木的心里，我们俩只是工作关系或者金钱关系吧，我付费，他工作，仅此而已，如果有一天我要走，想来他也不会挽留，没想到的是今天他竟然会说希望自己留下……我心里不由得升起一股感动。我的理性告诉自己，我的确应该留下，而不是为了与谭先生赌气就跟一个不熟悉的人去工作，老木的专业能力毋庸置疑，他有着非凡的理解力，在他这里，我解决了怕鬼这个最困扰人的症状，我能流畅地叙述自己的经历、表达自己压抑的内心感受，避免了见诸行动。的确，从理性的层面来考虑，我应该跟老木一直工作下去，而不应该再想着去跟谭先生纠缠，更不应该去跟一个以前压根不了解的人一起工作……可是，可是，我从来都不是一个理性的人，我总是凭着自己的冲动和情感行事。

是的，我从来都不是一个理性和现实的人。

"不知道为什么，我是那么执着地想回到谭先生身边去，如果这次我没见到他还好，一旦见到了就会遏制不住地冲动，我想回到他身边，哪怕离他近一点也好。"我老老实实地说道："这个老刘，是一个过渡，我也很奇怪为什么会对他感兴趣。"

"这依然是你和你母亲关系的原因，人总是有想回到痛苦的强烈冲动，之前你一直说你在北方不习惯，想要回越城去生活，就是因为你潜意识里想回到那个曾经令你万分痛苦的地方去，你和谭先生的纠缠也是如此，其实是你一直想要回到跟你母亲那样的关系模式中。人们一再地想要回到过去，就是为了跳出来，跳出强迫性重复，找到一个新的出路，建立一个新的模式。你在谭先生那里还没有完全跳出这个重复，现在又要去找一个新的人一起加入这个施受虐游戏，这对你的成长有什么益处呢？还不如把在这里的分析坚持下去，在这里建立的是一个全新的模式。"老木简直有点苦口婆心的意味了。

"道理我都懂，我找老刘说不定是一种自毁或者自我惩罚在作祟，具体是什么样的潜意识我目前还不知道。但我知道你是对的，你是真心为我着想、真心想帮我，我懂，真的，"我说："可是你知道的，我没有父母、没有孩子、没有爷爷奶奶外公外婆、没有像别人那样必须要来往的亲戚，没有像别人那样不得不跟孩子的老师同学们打交道，我甚至没有一个朋友——那种生活中可以一起出去逛逛街、聊聊天的朋友，我的丈夫跟他的母亲也共生得很严重，所以，我真的很孤独。我只有几个在微信群里讨论专业知识的同学，也只有在学习期间才会见面，关系并不是那么深

第三章 脚踏多只船 225

人……我很羡慕有的人什么都有，父母、亲人、孩子、好友，而我呢，却什么都没有。我有时候甚至会想：如果有一天我死了，会有一个人为我流下哪怕一滴眼泪吗？我觉得可能没有。当然现在终归是比以前好多了，可以找咨询师、分析师聊天，而我以前一个人在越城的时候，没有一个人关心我、记挂我，没有人联系我，我像被封闭在了一个真空里，又像漂浮在世界之外。没有相互映照的客体，我都不知道自己是否还活着，不知道自己是否存在。就像爱因斯坦说的，'月亮是否只在你看它的时候才存在？'我没有存在感，我像被风吹散的蒲公英，四处飘零，我的内心和记忆都裂成了碎片……直到遇到谭先生，我们之间那种施受虐的过程，让我感觉到我们之间强烈的连接感，而事实也证明，他就是那个会奋不顾身跳下水来救我的人，这个世上没有其他人会对我这么好了，没有，除了我母亲，我再也没有遇到第二个了，所以，对我来说，他是一个多么难得的人，我想好了，我要一辈子都跟他纠缠来往，反正他还年轻，我们有的是时间，我这辈子都不会跟他切断联系的，他让我觉得自己是存在着的，是活着的，是有一份情感纠缠的，是跟这个世界有一份连接的，我非常渴望和眷恋这种感觉。"

我一口气说完，然后又转过头去看着那块薄得透光的窗帘，我喜欢看那些在缝隙中闪烁着的细碎阳光。我想：我离开以后，一定会记得它，因为，我曾向它投射过那么多次深切的目光啊！

老木久久没有说话。

我们俩一起沉默了一阵，最后他说道："不管是谭先生还是老刘，你最终还是想要自己去亲身经历和体验你的重复，去见诸行动，而不只是在这里来言语化……但是，我理解和尊重你的选择。"

我说："谢谢你，真的很谢谢你对我的帮助。"

当我走到阳光下，回望这栋大楼，我的心里没有任何分离的难过，有的只是对老木由衷的感恩，他就像这阳光一样，虽然那么遥远，却照亮和温暖了我的心灵，即使我选择了离开，他的那些正面的影响也将永远保持在我的心底。

第十三节
新的咨询

"你说我为什么总是喜欢穿着打扮很青春的样子呢？明明都已经人到中年了，还喜欢戴着帽子，穿着卫衣和牛仔，斜挎着休闲包。乍一看还以为是一个小姑娘，其实已经是一个中年妇女了。但我就是不习惯穿那些正式一点的衣服，穿着别扭极了，觉得累。"

老刘说："那是因为目前为止你人生中最美好的时光是在青春期。"

哦，原来如此，我提笔把这段对话记录了下来。

自从跟老刘开始工作后，我每次都会把分析的内容记录下来，写在一个黑色皮质封面的大笔记本里，有时候拿出来看看，用来帮助自己理解分析中的一些心理动力和因果关联，我把跟他的分析变成了一个学习的过程，每次都很平静地叙述一些经历，表达一些感受，然后他会给出一个回答，他的语言也特别好，虽然没有老木的精准和深刻，但也很实用，经得起推敲。

我喜欢这种平静的感觉。

在与老刘工作之前，我特意问过他三个问题，一是你会主动抛弃你的来访者吗？二是你生气时会骂来访者吗？他回答：一，都是来访者提出离开，他不会抛弃来访者；二，当然不会骂来访者，毕竟是专业从事这个工作的。

第三个问题是有些违反设置的，我小心翼翼地问老刘："你的家庭情况还好吗？父母都……健在吧？我就是想知道你是不是在一个正常的环境中长大的。"

为什么会有此一问呢？因为在前不久我才知道，老木的母亲在他上大学的时候就去世了，而谭先生，则大约是在他十岁时他的父亲去世了。知道这两个信息之后，我唏嘘感叹了一下命运的巧合，因此我非常想知道，是不是正是因为我自己的身世如此，所以才总是遇到这些有同样经历的人。

老刘笑了，很爽快地告诉我："我的父母都健在，而且身体很健康，两个人关系很好，他们一直都很爱我。我自己的家庭也很平稳，毕业，找工作，结婚生子，一直都很顺遂。"

我淡淡地哦了一声，心里说不出有什么感受。

"你开始选择跟你不一样经历的人，也许这就是变化。"他说。

我没有回答。

在我们之后的工作里，完全可以用相敬如宾这个词来形容我和他的关系状态。在经过了和谭先生强烈的施受虐，以及和老木讲述过那些巨大的痛苦之后，到了老刘这里，我好像就没有什么难以抑制的激荡情绪了，我像一段被燃烧过的木头，只剩下了灰烬般的平静，那些惊涛骇浪般的痛苦已经有了答案，如今我只需对他讲述一些生活中比较琐碎的烦恼，用来更全面地理解自己。我开始渐渐喜欢并适应这种不好不坏、不远不近、平静淡然的相处模式，虽然我心里也明白，这是因为我对老刘的移情和信任还没有达到一个比较炽热的程度，但相比以前依然算是进步多了，这是一种进步，一种巨大的进步。因为以前的我总是在两端摇摆，非黑即白，呈现出强烈的边缘特点。

我没有跟老刘说起谭先生，我只提到过曾经有一个让我移情很深的分析师，后来有过争执就离开了，仅此而已。

我更不会告诉他，在我偶尔情绪波动的时候，我依然还会给谭先生发短信，更愿意跟谭先生说起自己内心的真实感受，用文字表达情感，这是我喜欢的方式。

我发短信告诉谭先生，我和老木结束了，跟老刘开始了新的工作，我说我总是想起他，可是又担心我们俩会如老木所言，一直跳不出施受虐的强迫性重复。

谭先生没有回复我。

但我知道他会看到，并且进入他的心里。

我在母亲忌日的那天给谭先生发短信，说自己依然还会在这段时间莫名地有反应，过去了这么多年，经过佛法的熏陶和精神分析的帮助，我明明觉得自己的意识层面已经放下了，并没有感觉到很痛苦，甚至有意想要忘记这个日子，可是每当到了农历五月的中旬，我就会每天莫名其妙地情绪低落、莫名其妙地流眼泪，然后就会反应过来，这是母亲的忌日快到了。我的身体已经烙上了这个记忆，忘也忘不了。

谭先生也没有回信。

我虽然有些伤心失望，但这些依然在我的意料之中，以他要坚守的专业性和分析师位置，他不便回信，估计也不想回信。

但是有一次，当我一个人在夜晚的街头漫无目的地游走时，看着城市里繁华却陌生的万家灯火，却感觉不到连接感，更没有所谓的归属感，我开始想念越城，我后悔来到北方一个并不适应的城市，过着不适应的生活……这是我这么多年来第一次在晚上这样孤独地游荡，仿佛又有了当年在越城流浪的感觉。

于是我给谭先生发短信，说自己一个人正在大街上游荡，不想回家，我就想这样走一晚上。不曾想到的是，这次他却很快回了几个字：速回家。

他终究还是那么不放心我。我的胸膛顿时像有一股清凉的流水淌过，一阵清凉感降下来，从喉咙到达心脏的部位，瞬间就让我焦躁散乱的心宁静了下来。我真真切切、实实在在体验到了这种身体上的感受，我第一次有这样的亲身体验。

我明年一定要去找回他，一定。我心中暗想道：或许不用等到明年，再过几个月就可以，我一定要学会停止我对他的这些施受虐的习惯，我一定不要再这样下去了，其实施虐跟受虐一样痛苦，这本就是一个事物的一体两面。我一定要约个合适的时间好好跟他谈一谈，然后认认真真地做一辈子分析。我没有亲人，他就是我唯一的亲人。

第十四节
噩耗

这又是一个完全没有任何预兆的、极其普通的一天。

这天我做了一些家务活,把春夏用品收起来,把秋冬的衣物拿出来。我的衣服实在有点太多了,作为一个极少出门,甚至连楼都很少下的人来说,其实并不需要那么多的衣服,可是我还是会忍不住网购,买一堆只有自己能看得出区别的衣物——买的永远都是黑色,款式大同小异。当然我已经把自己分析得很清楚,这是我对母爱的渴望导致的购物冲动,好在这股冲动正在逐渐弱化。

时间很快就从白天轮转到了晚上,人到中年以后,时间似乎就变得快了起来,一眨眼便过去了一天,我总是怀疑时间也许真的只是相对论的产物。这天晚上我吃过了晚饭,没一会儿便觉得特别困,便早早就钻进了被窝,潜入了层层叠叠的梦乡——我已经不再轻易失眠或者做噩梦。

半夜一点多的时候,我从苍茫的梦中醒了过来,喉咙一阵干渴,于是摸索着爬起来去喝水,并习惯性地顺手拿起了手机来看。

我无比惊讶地发现那部万年静音的手机上竟显示两条未接来电,有两个人打过电话来,分别是珊同学和洪同学,因为我没有接听,所以留下了两条留言。留言的内容很奇怪,珊同学说:"有一个很不幸的消息,也不知道该不该告诉你。"洪同学说:

"你现在怎样了,你还好吗?很担心你。"

我丈二和尚摸不着头脑。

他们这是怎么啦?明天再发短信问他们吧,现在太晚了。我一边想着一边漫不经心地点开了朋友圈。

映入眼帘的第一个朋友圈,便是谭先生的照片,配文是:沉痛悼念。

谁这么缺德,竟然开这种玩笑,开玩笑就算了,竟然还发朋友圈,过分!我气哼哼地想,这样不好,不吉利,尽管我总喜欢刺激整蛊他,却又万分不愿看到别人对他有一丁点儿的伤害。

我顺手往下划拉,却惊讶地看到了更多雷同的内容:他的照片加上悼念的配文。朋友圈里几乎都是同学,这个晚上他们竟然都发了几乎同样的内容。难道这不是玩笑?我开始着急。我慌乱地找到几个同学微信群,然后看到了大家的议论,一些触目惊心的文字冒出来:心肌梗死、猝死、如此年轻……那些文字像发着寒光的刀片一样旋转着从手机里飞出来,狠狠地扎进我的眼睛和心脏。

我的眼前一黑,晕倒在地。

每个人终要面对分离

不不,你不需要对我说抱歉。回忆痛苦的确是一件不容易的事情,但是我能承受,如果不能承受,我肯定不会逼自己说。我刚才的沉默是想让自己平复一下,只要提到我的母亲,我总是会心潮难以平静。我在讲述的过程中,看到你数次落泪,泪光就像这湖面一样闪烁,我很感动,你一定是一个很善良的女孩。

是的,我的讲述免不了会让你想到你的父亲,但是你刚才简单的一点描述就让我觉得他是一个很坚强也很善良的男人,他饱受病痛的折磨,却不愿连累家人,宁愿一个人默默地扛,他跟很多父亲一样,平凡而伟大。

是的,每个人终将要面对分离。

死亡从哲学、生物学、医学、法律角度会有不同的解释,请问哲学方面是怎么看待死亡的呢?

我明白,每个哲学家的思想都不一样,你最喜欢哪个哲学家的理论呢?

原来你更喜欢卡夫卡和加缪的小说!真巧,我也特别喜欢他们两位的作品,尤其是卡夫卡,有个朋友去了捷克的卡夫卡纪念馆,还特意给我带回了纪念品。对了,还有那个贝克特的《等待戈多》,我也非常喜欢。

我好像感受到了更多的你。

太阳已经西斜,让我把故事的最后一章讲完。

第四章 谭先生死了

第一节
墓碑上的名字

列车到达申城的时候，天刚蒙蒙亮。我尽量靠近墙边，顺着汹涌的人流方向，慢慢往前走，我微微佝偻着身子，走几步就必须要用右手握成拳用力地捶两下自己的左胸，捶打过后，忘记工作的心脏才能又正常跳动起来，缓解一下我的胸闷和呼吸困难，可惜效果维持不了几分钟，于是，过一会儿我就又要给自己来几下这样的捶打。可是有时候，心脏又会跳得特别快，猛然间来一阵不规律的悸动，我感觉心脏在剧烈地疼痛，这时候就会觉得更加全身乏力、几乎站立不稳……自从那天半夜晕倒之后，我的心脏一直都是这种状态：一阵比较长时间的似乎停止跳动，间或夹杂着猛然间的一阵悸动。父亲去世时我的惊恐发作症状，只是发作了大约十几秒，而这次，一直持续、没有消退。

每一分每一秒，我都清醒地感受到自己身体的剧烈痛苦，以前那种恍惚、解离、丧失了情绪反应的不悲不喜，不知什么时候起，已经消失不再了。此时的我，无论多么痛苦，无论多么煎熬，无论多么想要在下一秒钟就死去，我的灵魂都倔强地据守在我的身体内，不肯飘走离开。

我就像一条被冲上岸的半死鱼一样走出了出站口，我佝偻着身子，红肿着眼睛，半张着嘴，像拉动破风箱般地喘气，还时不时地捶打着胸口，我一开口，就听见自己有些发颤的声音："去郊外的公墓多少钱？"

那些排队的的士司机一个个都拒绝了我。

有一个称自己有车的中年男人跑过来，说他的车在车站外面，不用排队，问我坐不坐，没有计价表，一口价，价格稍微贵一点点。我有些迟钝地望着他，刚想点头，一直在眼前晃动着的谭先生的脸似乎开口说话了：我不放心。

我不想让谭先生不放心。我冲这个黑车司机摆摆手，转身去坐公交车。在我出发之前，好心的洪同学帮忙查好了公交路线。

太阳还没出来，这座城市就已经醒来。公交车不快不慢地穿行在这个城市的大街小巷，我坐在公交车窗户边最后一排的座位上，一直望着窗外的街景。路上的车辆还不是很多，早高峰还没有到来，最早开门的是那一家家的早餐店，每家门口都雾气腾腾的，有很多人在买着早餐，然后拿在手里边走边吃……我看着这一切，眼泪一阵阵地涌上来。这是他的城市，他生长、生活和工作的城市，他应该也曾在路边买过早餐，在这些大街小巷的道路上印下他的脚步，空气中也许还残留着他的呼吸……

这是他的城市，所以我也爱上了这座城市。

这是一条比较长的线路，穿行了几乎两个小时后，公交车到达了终点站——这座城市的边缘地带。我下了车，按照洪同学查找到的资讯，在这里换乘一趟去往乡下的公交，再坐上一个多小时，应该就可以到达郊外的那家公墓。然而我在等待了半个多小时后，迟迟没有看见这趟车的到来，我茫然不知所措。

太阳开始冒出来，将阳光照耀在这片我全然陌生的地方。有当地路人告诉我，这趟车只有在周末的时候才比较多，大约两小时一趟,但如果不是周末,经常是一个上午也难等来一辆。这里已经是城乡接合部,不会有什么的士,有也不愿去那么偏远的地方。

我着急得更加喘不上气来:难道我要在这里打道回府吗?难道我不能见到他了吗?不,我一定要去见他,我一定要见到他。

当一个民工打扮的男子开着一辆摩托车过来揽客的时候,看着他略带几分淳朴的笑容,我只犹豫了片刻,就坐上了后座。虽然想到若是谭先生此时在这儿,一定不会允许我这么冒险,可是,可是,我没有其他选择,事到如今我没有办法了,我决心今天一定要见到他。

摩托车飞奔起来,有时穿行在农田边的小路上,有时穿行在一片小树林中,有时又跑上了高速公路,裹在呼啸的车流中奋力向前。我悲伤的心里增添了一些紧张,万一摩托车手是坏人,那自己就完了,在这荒郊野岭,没有人会听见我的呼救。可是,为了见到心中的谭先生,我宁愿死也要达成心愿。

摩托车狂奔了不知多久,大约是将近一个小时吧,摩托车手把车停在了一道大铁门前,里面有一片墓林,他以为这里就是目的地。然而守大门的工作人员走出来回答道:"这里主要是殡仪馆兼火葬场,公墓在另外的地方,有小巴车可以到那儿,已经很近了。"

我绝望地蹲在了地上。可是很快我的脑袋里浮现出一个问号:当天谭先生是不是就在这里被火化的呢?我望着铁门内的白色建筑,想象他在大火中燃烧的情形,眼前不由得一阵晕眩,随之心脏又一阵绞痛。

第四章 谭先生死了

工作人员看了看我的脸，把摩托车手骂了一顿："你是从高速公路上面下来的吧？你不知道这样很危险吗？万一出了事你负责得起吗？为了挣点钱你竟然把一个外地姑娘开摩托车带上高速！"

　　那个瞬间我恍惚几乎以为是谭先生附体在工作人员身上。

　　所幸在这个关键时刻，恰巧有一辆小巴缓缓地驶过，工作人员大叫起来："就是那辆车！停车！停车！"我赶紧付了钱给摩托车手，真诚地向他们两人道了声谢，然后上了这辆小巴。车子在尘土飞扬的小路上只拐了两三个弯，就到达了公墓。

　　当我下了车，站在公墓大门口的时候，我的身体开始不由自主地颤抖起来，身体轻轻地抖动，眼泪止不住地流。我一步步挪了进去，公墓的面积非常大，无数的墓碑在阳光下反射着清冷的光芒，像无数只绝望的眼睛，这是另一个世界，一个已经将时间、生命和情感凝固了的世界。我按照手机里详细的地址，一个区域一个区域地找过去，越往里走就越是全身无力，不仅腿软得像棉花，连捶打胸口的力气都没有了。当我找到了那个区域，并开始往上爬坡的时候，心脏越来越难受，我努力地喘气，艰难向上，挣扎着爬过一层又一层的死亡。我用尽全力地攀爬，终于来到了他的面前。

　　我一下子扑倒在永远包裹住他的水泥盒子上，撕心裂肺、撕心裂肺地号啕大哭起来。

　　我紧紧地抱着这个水泥盒子，就像紧紧拥抱着他一样，曾经无数次我想要紧紧抱着他，紧紧地抱着他不撒手，直到世界的末日，直到宇宙的尽头，可是在他活着的时候，心理治疗这个行业的伦理设置不允许我们之间有任何的身体接触,我永远都只能可望而不可即地看着他,近在咫尺,却无法触摸。而如今终于可以紧紧地拥抱他了,可我只能抱着这冰冷的水泥盒子。

我把脸贴在水泥板面上,想象他在水泥盒子里面的样子,想象骨灰盒里他的骨灰的样子,不禁肝肠寸断,我撕心裂肺地哭了很久很久,到后来我听见自己的声音变成了一声又一声的嘶喊。

严重的内疚感和罪恶感浪潮般淹没了我:一定是我害死了他,一定是我害死了他,一定是我施受虐总是气他,所以加重了他的心肌梗塞,一定是我一直以来想尽办法地气他才把他害死的!否则他不会这么年轻就去世,他还这么年轻啊!是的,一定是我害死他的,一定是我害死他的,我是个坏人,我太坏了!悔恨交加的我歇斯底里地哭喊着,我用头撞着水泥板,心痛得想要立即死去。那些在母亲去世后曾经持续了多年的噩梦、是我自己杀死了母亲的噩梦,在此刻仿佛成了可怕的现实。

我正在悲痛欲绝间,不知道什么时候我的身旁突然出现了一个大活人,似乎是一个中年男子,打断了我的狂躁,我听见他说道:"你可千万别做傻事啊!我在坡的那边都听到了你的哭声,凄惨得太吓人了,所以过来看看。你要节哀顺变,人死不能复生,这都是没有办法的事情。你不要太想不开了,我是这个墓地的工作人员,就在坡下面干活,你不要以为这里没人哟。"

我没有说话,心里只希望他快点走开。我跪坐在地上,没有余力抬头仔细看他,工作人员絮絮叨叨地说了一阵后,终于走了。天地间又只剩下我与这些无声的亡灵。

过去那些孤独、流浪、飘零的感觉重新将我淹没,我短暂拥有过一份如此纯真、如此深情的关系，可是上天又狠心把它拿走了！

我愤怒地拍打着水泥，声嘶力竭地哭叫着，既想要狠狠地大骂："你这个大傻子，为什么这么蠢？为什么不注意身体？你为什么要去死？你忘了我们明年还要再见面的吗？你就这样一句告别都没有，猝不及防就死了，那明年我该去哪里找你啊？！"更想狠狠地痛骂自己："你为什么要玩施受虐？为什么总是要气他？早知道如此，当时就不应该离开他啊，应该一直在他身边啊，正常待在他身边啊，你可耻地浪费了太多的时间了，你已经经历过那么多死亡了，为什么还不懂得珍惜！"

在这种愤怒的狂躁中，在想要再次见到他、和他在一起的欲望中，我好几次涌起强烈的想要挖开他墓地的冲动，他如果没有火化，或许我真的就会控制不住地挖开这里，然后紧紧地把他抱在怀里，再也不愿分开。在这一刻我终于理解了一些恐怖电影中的情节，有的科学怪人使用各种仪器把亲人的遗体保留着，想尽办法去复活，而此刻，我是多么想要拥有那样的能力，复活他的能力！

哭累了之后，我坐在地上为他点燃了一根接一根的香烟。我呆呆地望着黑色墓碑上他的名字，从我的身体到灵魂，仿佛都一段段地破碎掉了，只有眼泪还是一阵一阵不停歇地流下来。

我上辈子是不是杀了人，杀了很多很多的人，上辈子我是不是做尽了丧天良的坏事，是一个恶贯满盈、十恶不赦的坏人？！所以我这辈子就得到报应，外公死了，外婆死了，爷爷死了，奶奶死了，父亲死了，母亲死了，我到处流浪，没有人管我，而现在，现在，就连他也死了，那个试图疗愈我的人、真诚关心我的人、我心里唯一的亲人、我心里唯一相信永远不会抛弃我的亲人也死了。这是报应，这一定是报应，否则没有办法解释发生在我身上的这么多接二连三的不幸。这一定是我上辈子的报应，这辈子我就是一颗天煞孤星，我是一颗灾星，谁靠近我谁就会死！我痛苦、绝望又凌乱地想。

那我还有什么理由活下去呢？人活着总是需要理由的，或者为了赡养父母、老人，或者为了养育孩子、拉扯弟妹，又或者为了报答某些恩情，完成某些心愿……我却什么都没有。这个世界很热闹，我却什么都没有。我连一个活下去的理由都没有。我持续淹没在痛苦、绝望又凌乱的念头中。

我万念俱灰地抚摸着墓碑上谭先生的名字，我的母亲去世后，我曾经不止一次尝试过自杀行为，而今天，这个消散已久的念头竟然又隐约在我心底飞快地闪过。

就这样，我在他的墓地前时而号啕大哭一阵、时而默默流泪一阵、时而无声发呆一阵……时间仿佛凝固了一样，像一个巨大的水泥盒子把我的心埋葬在了这里。我多么希望我在刹那间就苍老以及死去，如此一来我便可以一直留在这里，永远陪伴他，以及被他永远地陪伴，不用再去面对那个充满喧哗骚动却又无比孤寂凄凉的世界。

不知过了多久，那个工作人员又来了，他语气夸张地嚷起来："你怎么还在这！我都回去吃了中饭又睡了一觉了，你竟然还在！上午大概十点的样子你就在这里了，现在都下午三点多了，你怎么还不回家去？你快回家去吧，你伤心成这样，他也会

第四章 谭先生死了

走得不安心呀！"

我低着头不看他，也不答话，虽然这是一个好人，但我实在没有心情回答他的善心，只是希望他快点离开。"我在这里工作这么久，没见过你这种，你早点回家去吧，这里也不是久待的地方啊，我先去那边干点儿活，待会再过来看看你。"他嚷嚷着走远了。

我又默默地坐了一段时间，眼泪、情绪、躯体反应，暂时性被全部掏空了，我把剩下的最后一支烟给了自己抽，一边抽，一边在脑海中如电影镜头般闪过谭先生的脸庞，但是他的每一张脸都是那样的忧伤和沉默，我知道，我的自我的一大部分已经随他而去了。

太阳将要西沉的时候，我站了起来，再次轻轻抚摸着谭先生的墓碑，如同抚摸他瘦削的肩膀，最后，我亲吻了墓碑上他的名字，冰冷的触感印在我的双唇上。再见，你会一直在我心里，直到我也死去，化成灰烬。我在心里默默地对他说道。

然后我一步一回头地离开了这里。

第二节
死亡的气息

我在一家破旧的小旅馆里躺了两天。

旅馆的房间阴冷、潮湿，墙壁上有可疑的污迹，所幸床单干净，老旧的空调吱吱嘎嘎却能正常运作。不过，就算更糟糕的环境，我也能接受，因为此时的我觉得自己根本就不配享受任何美好舒适的事物。

我从早到晚半躺在床上，半躺的姿势能让我的胸闷稍微缓解一些，墓地之行耗竭了我所有的力气，只能先休息一阵才能回北方。

我躺在床上，过去三年多时间里和谭先生的点点滴滴反复浮现，无论我睁眼还是闭眼，画面都是那么清晰。悔恨、自责和内疚让我的心沉在地狱里，时刻都像在被烈火炙烤。如果时光可以倒流，我一定会好好珍惜他，我一定不会虐他故意让他难受，啊！多么愚蠢的我啊！我们总是伤害自己最亲近的人，我母亲那些伤害我的行为，我已经理解那是因为她和我的严重共生，她把我当成她自我的一部分，她伤害我是因为她的创伤以及自虐冲动。这些伤害让我如此痛苦，可当面对一个我完全信任、感情至深的人时，我却同样控制不住地要去折磨他。我的心里无奈地想道：强迫性重复，或者说，轮回，是多么的可怕啊！

当夜幕降临后，我会下楼去路边的小摊买一份快餐，嚼蜡般地咽下，纯粹只是为了供养这具肉体，我的心仍然停留在那片山岗上。

第三天的上午我起了床，退了房，慢慢走去了谭先生的单位。

他办公室的门窗紧闭，我在他的办公室外站了许久。曾经无数次，我走进这道门，那么顺其自然，却从不曾想到，有一天，他将再也不能出现在这里，他再也不能忙忙碌碌、楼上楼下地走来走去。

我背靠着墙壁，眼睛望着这道门，房间里面的摆设在我脑海中清晰可辨，在这里我们发生过的对话和场景亦清晰再现。他对我说过的那些支持、鼓励的话开始翻涌出来，一遍遍温热着我已经死灰般的心。

"我不放心你。"这是他比较常说的话，即使不说的时候也时常流露出这样的表情。这一点他跟我的母亲极为相似。

"你的眼睛很特别。"这是他只说过两次的话。想到这儿我下意识摸了摸自己的眼睛，这些天我根本没心思化妆，连润肤乳也没涂，如果他此刻看见我这个样子，会怎么想？不，不，为了他，自己也要好好保护自己的眼睛。

我不知道自己站了多久，事实上因为累我还蹲了一会儿，后来走廊外开始响起各种踢踢踏踏的脚步声，为了避免被人看见，我满怀着悲怆的深情摸了摸这道门，并给门框右上方的门牌标识拍了照，然后，我走出了这个曾经无比熟悉、无比眷恋、如同桃花源一样的地方。

当天晚上我登上了回北方的列车。

第三节

昏天暗地

"你怕吗？如果你怕的话，我俩的工作可以随时停止，我没关系的。"

我捶着胸口喘着粗气，对着视频另一头的老刘说。

老刘眼神有些沉重地看了我好一会儿，然后轻轻摇了摇头，"我不怕。"他说。

我略有些意外地看着他。"我的亲人一个个都死了，现在连分析师都死了，我是一个不吉利的人，你真的不怕吗？你不怕当我的分析师？"

他再次摇摇头。

我产生了一丝感动，心想：那就继续工作下去吧，我现在需要有人倾听我的痛苦。但如果老刘刚才只要流露出一丁点儿犹豫，我就会毫不犹豫地停止和他的工作，再也不会见他。我知道，与他工作的这段时间里，自己和他还没有产生特别深刻的连接，现在抽身离开不会有什么感觉。我不在乎与他之间这种平淡的感受，我知道谁都不是很轻易就能跟其他人产生深刻的连接，这么多年来，我不也只是遇到了一个谭先生吗，施受虐需要双方的匹配，以及强烈的情感投入。

就当老刘是一个客体小 A 吧，我想：我知道此时的我需要哀悼、需要言说、需要有人倾听，而目前，我好像几乎又要失语了，我只能对他说得出来话，毕竟，他是我现在的分析师，他恰好此刻在这个位置上。

我一连退了许多微信群，我不再看朋友圈，除了给老刘转费用，几乎不再看微信。因为我觉得如果没有人经历过与我同样的经历，就没有人会真正懂得我的感受，我不想对着夏虫语冰，只能自己一个人躲起来，孤独地舔舐自己的伤口。

我每天都把窗帘拉得严严实实的，一丝光线都透不进来。我也很少吃东西，实在饿得受不了了就煮一点米粉，或者快餐面。丈夫在此之前就去了他的上级单位进修，时间是半年，幸好他不在家，就算他在家，我对他也说不出话来，丈夫是一个老实人，但从来都不是一个懂得如何去安慰别人的人。

就这样，我一个人在家里待了三个月，连楼都没下，几乎从没有拉开过窗帘，我在黑暗中躺在沙发上，看手机软件里的各种小说，我努力让自己的思维能力不要断裂，看小说是一个好方法，因为小说里的故事情节是连贯性的。虽然没有出现特别严重的解离，但我觉察到自己依然有断裂的危险——有时候大脑会突然间空白几秒钟，忘了刚才自己在做什么、想什么，然后很快又会复原。

除了小说，每周一次与老刘的视频见面也能让我疗愈不少，尽管每次见面时我们都几乎重复同样的内容：我说我是天煞孤星，我很晦气，一定是我害死了他，我很坏，我总是故意气他所以加重了他的病情……老刘则说不是你的错，不关你的事，这是他的命运，是他没有照顾好自己……

除了轻微的解离和强烈的负罪感，这次最折磨我的，是死亡本身。

在经历过一次又一次的死亡之后，在深刻理解了严重解离、噩梦、失眠、恐惧、抑郁、内疚、自虐自伤、自毁自杀等一系列症状的心理动力之后，死亡开始赤裸裸地向我走来。就像我曾经跟老木形容过的那样，本来一队人在一起走，可是走着走着，突然发现跟在后面的队伍中少了一个人，走着走着，跟在后面的人又少了一个……当走到现在，后面的人已经全部都不见了，已经只剩下我一个人了，已经只剩下我一个人独自面对死亡、面对那个不知什么时候便会到来的巨大未知了。

死亡的气息如此浓重，以至于有好几次我躺在沙发上时，因为没有听到外面有任何的声响，便疑心外面已经尸横遍野，所有人都已经死去，全世界只剩下了我一个人，这种感觉如此强烈，如同曾经跟随多年的那个"鬼"，是一种无法用理性抗拒的真实体验。全世界的人都已经死了，全世界只剩下我一个人还活着……我惊恐万分地爬起来，赶紧掀开窗帘一角把脑袋钻出去往外看——只有这个时候我才会掀开窗帘，当看到外面行驶的车辆和走动的行人时，我才会放下心来。

我就这样一个人昏天暗地过了三个月，照了照镜子，虽然瘦了一大圈，但是胸闷、呼吸困难等症状渐渐消退了，于是我决定回越城。

第四节

对死亡的体验

丈夫送我去火车站的时候,问我:"你是不是再也不会回来了?你是不是想要和我离婚?"

黑夜中,他的眼神如黑夜般黯淡和伤感。

我沉默。因为我已经无法回答任何关于未来的话题,谁知道明天会发生什么呢?也许明天我就会像父亲、像谭先生那样猝不及防地死掉,我不想去谈什么离婚、什么回来,一切毫无意义。命运一而再、再而三地撕裂了我所有对未来的想象和预设,我已经无力去想象对未来的期待和预设了,犹记得当时谭先生问我:明年你还来吗?我回答来,可如今,只要一想到这句话,我就一阵心痛。人们总以为来日方长,而其实,是世事无常。

我拉着行李登上了南下的列车。流浪的生涯是痛苦的,可是当我极度痛苦的时候,却决绝地重新想要回到流浪的感觉,老木说得对,人总是有想回到痛苦的冲动。

半夜时分,我在无比真实的漂浮感中醒来,感觉自己身在黑暗的、无边无际的茫茫宇宙中,无重力地漂浮着,四周只有无边无际的黑暗、苍茫和孤独,我不知道自己会去向哪里,很快便开始觉得正在下坠,无休止地坠落,无休无止地在黑暗中坠落,仿佛没有终点,只有一种崩溃的恐惧——生命最原始的极端痛苦裹挟住我……就这样不知过了多久,耳边传来火车到站的声音,我才猛然间惊觉此刻是在南下的火车卧铺上，我掀起窗帘努力往外看，当看到站台名字的时候，才一下子有了落地的感觉、回到现实的感觉、被锚定的感觉。

我以为这又是一次解离，直到后来在分析工作中经过深入分析才知道，这是一次对死亡的体验，我在无意识中，用对死亡的体验，替代了自杀的冲动。毕竟，当亲人们和所爱的人都在另一个世界的时候，死亡就成了一种诱惑，回家般的诱惑。

一直以来，我恐惧的不是死亡，而是分离。

清晨我到达了越城，打车去往通过微信租下的房子。南方的春天真的很美，天空湛蓝，绿树成荫，繁花似锦，就连空气中都充满了香甜的气味，我不停地朝窗外看，一切都是那么熟悉而又陌生。我跟谭先生、老木、老刘都许多次提到过想要回来，如今终于回来了。

的士很快就到达租下的住处，是在一所百年名校的校园内，楼龄比我的年纪大得多，是很早以前修建的教师单身公寓，原来的主人早已不愿住在这里，于是用来出租，但因为是在校园内，所以租金并不便宜。这是我在微信上只看了视频就仓促租下来的，房间的残旧超出了想象，好在窗外的风景不错，是一片封闭式的草地和树木，绿茵茵的。半小时后我被密密麻麻的蚊子咬得左抓右挠，才明白了欣赏这片风景要付出的代价是什么。蚊子的密度之大，只要我伸手随便一捞，便可抓住好几只。

当夜晚来临，更大的意外出现了，蟑螂三三两两从房门底下爬进来，从水管下面钻出来，它们大摇大摆地在地板上散步，有的甚至还会飞，从柜子上腾空而起，呼啦啦飞到我的蚊帐顶上。

我吓得哇哇叫，对它们的恐惧让我束手无策。我生气自己的胆小与软弱，想起曾经的自己其实并不害怕蟑螂，每次见到便用扫把扫走便是，可为什么现在却如此害怕呢，如同见了鬼魅般惊恐，只能无奈被动地回避。只困惑了一小会儿，我就想到了谭先生办公室里的那只蟑螂，瞬间明白了应该正是在那次之后，我变得害怕蟑螂，这是一种认同，也是在潜意识里保持对他感情的连接。明白过来之后，我伤感地哭了起来。

在泣不成声中，我开始了在越城的生活。

在这个阴暗、潮湿、蚊虫乱舞的房间里，我写下了许多首诗，每一首都是对他的怀念，我做了许多梦，每一个梦里他都还在好好地活着，可是当梦醒之后，我只能哭泣，绝望地哭泣。

第五节
新文身

我决定再去文身。

十几年前母亲去世后不久，我就曾经文过身，那时候不明白自己为什么非要去尝试这个在当年算是比较另类的事物，当时我冲动地跑去一个花里胡哨的文身店，在背上的左肩处文了一只黑色的蝴蝶，那时的技术很落后，在滋啦滋啦的机器声中，我的左肩升腾起一股股青色的烟雾。也就是在那之后，我开始了长达多年的自虐自残行为。

而这次，我又想到了文身，不同的是，如今我带着一种对自己心理清醒的觉知。这种觉知让我多了几分冰冷，甚至有些凛冽的气质。

我在网上团购了文身，然后在某一天去了店铺。

"麻药要另加三百元。"帅气的文身师看过了我的蝴蝶之后说："文身肯定要用到麻药的，团购的费用中不包含麻药。"

我愣了一下，这是像房屋装修一样要增项啊！我只考虑了一秒钟，就言简意赅地答道："那我不要麻药了，你直接文。"

文身师吃惊地望着我，以为我是想讲价，他耐心地试图劝服："我们的麻药也是要成本的……这样，最少也得两百。"

"我不要麻药。"我冷静地看着他说道。

"一百，不能再便宜了。"文身师犹豫了又犹豫，最后咬牙喊道。

"我说了我不需要麻药。"我眼神坚定地望着他。

文身师吃惊地看了我半天,才真正反应过来我是真的不想要麻药,而不是在跟他玩讲价的游戏。"算了,不另收你钱了,我会给你用麻药的,麻药还是要用的,麻药还是要用的。"文身师有点语无伦次地说道。在接下来的工作中,他一声不吭,埋头苦干,按照我的要求把已经有点模糊的黑色蝴蝶变成彩色的,再在旁边画上了几朵小花,他认真地工作着,工作中没有再说一句话。

这是一个善良的小伙,不敢不对我用麻药,很抱歉有点吓着他了,只是很遗憾让我感觉不到身体的疼痛了,我心想。我很清楚自己是在用文身替代自虐自残的行为,我对谭先生强烈的内疚感促使我想要惩罚自己,我清楚地知道自己的潜意识,知道自己是在干什么,可与此同时又停不下来,面对死亡我无能为力,唯有身体是我自己的,可以拿来各种使用或宣泄。

我带着肩背上新的文身穿行在如织的人流中,看着这熟悉而又陌生的城市街景,过去如同在地狱般的经历一幕幕扑面而来,在我现在的大脑里得到了重新理解。现在的我终于明白了,让我的生活陷入地狱的,除了一些客观的因素,还有一些是潜意识里的需求、潜意识里的选择。多年前我来到这里,带着对母亲的苦难人生的歉疚,带着仍想要与母亲连接的渴望,于是,我重复了母亲的苦难,我把自己活成了母亲的模样,我继承了母亲的创伤、苦难和症状。只不过,当时的我并没有能力觉察这一切,荣格大叔说的对:你没有觉察的事情,就会变成你的命运。

我去了以前居住过的地方，确切地说是我住过的比较久的一个地方，我曾经在两年内搬了十一次家，只有这个地方住的时间最久，而且，难得的是至今未拆。这栋位于某个城中村的旧楼，看上去像一个历经了无数沧桑的老人，静默地站在岁月的流逝中，我站在楼下仰头望去，用目光沿着灰色的墙面一层层往上数，找到了我曾经长久驻足的那个阳台，曾经无数次我就站在那张铁网后面望着这个世界，觉得一切如梦如幻，觉得自己被隔绝在世界之外。而那个房间，也见证了我的孤独和痛苦，它见过我为了验证自己是否还活着而每天将手臂划得鲜血淋漓、它见过我听到外面有一点动静就吓得彻夜不敢合眼、它见过我失业时没钱买食物而饿得气息奄奄、它见过我被噩梦和幻觉折磨得濒临发疯……

在此刻的阳光下，现在的我看到了过去的我，仿佛是一种时光交汇的碰撞，两个我终于可以互相深情地凝视，两个我终于可以互相理解和抚慰，而我也终于深刻地明白：现在的自己已不再是过去的自己了。

这个城市也不再是过去的城市了，我游走在曾经熟悉的道路上，看到好几个城中村都已经被拆迁，昔日脏乱差的地方已经变得干净明亮，据说这些地方以前的村民从此过上了衣食无忧的好日子；看到曾经的荒地上盖起了一栋栋摩天大楼，在蓝天白云的背景下反射出金属色的光芒；看到曾经藏污纳垢的小巷子里也变得整洁通透，还多了许多的绿色植物；看到不再是当年仅有的两条地铁线，而是多了十几条四通八达的地铁线路；看到公众场合都装了天眼，所以治安也变得非常清明……

久远记忆中那个没有禁摩、没有天眼、治安混乱、偷窃和抢劫屡见不鲜，让当时的我每日都提心吊胆的城市已经如昨日般一去不复返了。

一切变得越来越好。

一切都在越来越好，虽然这个世界还有一些不尽如人意的地方，但是和平就是那个最大的好。时代的巨大车轮已经滚滚向前，只是很遗憾，母亲、外公、外婆、爷爷已经离开了这个世界，他们饱尝了动荡与艰辛，却没能更多地体验这些不再担惊受怕的宁静与平和。

我相信，时代的车轮是不会倒退的。我亦诚挚地祈愿，时代的车轮不要倒退。

但是有几个地方我没去旧地重游，一个是我刚搬去租住的当天，住处旁边的发廊就出了命案的城中村，记得好长一段时间我都吓得瑟瑟发抖，晚上听到一点脚步声就会惊恐地竖起耳朵，如今，那个城中村已经被拆除，看网上的信息，那里已经成了一片青年时尚社区。另外两个地方是我被抢劫和被殴打过的街道……我觉得自己现在还不能很从容地面对这些经历，所以就先不强迫自己去面对。

这个城市崭新的面貌取代了我大脑中那些糟糕的记忆，如果没有这些崭新的画面，我仍然还滞留在过去的记忆和感受中，卡在过去的创伤里，一遍又一遍地重复过去，一遍又一遍，回不到真正的当下。我突然深刻理解了在各种鬼片中，冤魂最终总是要回到自己当时被害的地方，通过一番情景再现后，最终才释放了怨气。

第六节
艰难的自助

老刘在视频那头问我:"去换了新的窗玻璃吗?"

我摇了摇头,并下意识地伸手一捞,抓住了几只肥硕的蚊子,怕弄脏手,又松手将它们放飞了。

老刘说:"你完全可以在同城网站上叫一个人来换玻璃,这样蚊子就不会飞进来了。你依然还在自我惩罚。"

我说:"是的,我就是在自我惩罚,这样我心里会好受些。"

老刘停顿了一下,像在考虑一些话该不该说,但他还是说了出来:"在你心里他是最好的,唯一的,尽管他已经不在了,你还在想办法保持着跟他的连接,可是你有没有想过,他其实对谁都挺好的,因为这就是他的工作。我听说在他的葬礼上,有一个女孩也是悲痛欲绝,她不停地号啕大哭,还不停地跪拜、不停地磕头,据说她跟他已经工作了很多年,算起来应该是超过了他跟你工作的时间吧。"

我立即失控地大叫起来,心里某种幻想的东西被他猛然间狠狠地打破了、撕裂了,稀里哗啦地碎了一地。

"停止自我惩罚,不要再自我惩罚了,爱一个人就去做他未完成的事业。"老刘说。

可是我已经愤怒得听不进去了,我啪的一下挂断了视频。然而就在当天的晚上,我惊悚地发现,我就跟被鬼附了体似的,两只手不受控制地抬起来，竟然想要挖出自己的两只眼睛，挖出谭先生曾经说过很特别的我的眼睛。我看着自己的两只手缓缓地抬起来，慢慢地、慢慢地想要靠近自己的眼睛，我恐惧得浑身战栗，努力控制住它们不要抬起来，可是过了一会儿，它们又不听使唤地抬了起来……我就这样艰难地挣扎着，满头大汗，不一会儿就浑身湿透了。

我用颤抖的双手发短信给老刘，告诉他正在经历的这个恐怖画面。他回信说："那就把你的手绑起来，先控制住自己的手。"

我一个人住，谁来绑我？绑了我怎么吃饭、怎么上厕所？难道要一直绑下去？气愤至极的我第一次开始骂他："你个王八蛋。"老刘没有再回信。

"你们说我怎么办呢？"无助的我满怀着羞耻心将这个诡异的现象告诉了小群里的同学："我该怎么办啊？"

"你去医院看医生开点药吧，安全第一，可千万不要出什么事了！"同样惊讶万分的同学们如此这般建议道。

"开什么药呢？"我又问。

"不知道呢。"同学们纷纷表示她们也不知道应该开什么类型的药，以前没遇到过这样的事情，甚至都没听说过这样的事情，所以不懂得这个现象该怎么处理才好。但是她们真诚的回应让我觉得很感动。

我最终没有去医院，虽然我知道去医院找专业的医生看看才是最正确的选择，我也不是讳疾忌医，我只是不想对另一个完全陌生、完全不了解自己的人讲述自己的故事，我对分析师都经常说不出来话呢，更何况是一个陌生人，而且，医院的环境是那么嘈杂，我不想去那样的地方。

于是我开始艰难地自助。我在这种恐惧的情绪中飞速启动自己的脑力，进行自我分析和试图寻找解决方案，我想到了愤怒，很显然这是愤怒，我对谭先生的愤怒，在知道了他跟其他来访的关系后，我因为愤怒，所以想要毁掉他曾经欣赏过的事物。我发现自己的嫉妒心是如此强烈，竟然在他去世后还让自己如此难以自控。

为了宣泄这种愤怒，我打开手机相册，找到一直保存的谭先生的那几张照片，之前在他去世后我经常一个人看着他的照片流泪或者发呆，但是此刻，我对着他的照片开始痛骂：你个大傻子，你个王八蛋，你个大傻子，你个王八蛋。我并不擅长骂人，翻来覆去都是这两句，我一边骂一边用力拍打着桌子，让两只手掌拍得生疼，这种疼痛让我感觉到压力释放了许多，仿佛有一股冲动的能量从掌心里倾泻了一部分出去，心里也渐渐轻松了一些。

第二天开始我每天都跑去美食街，泰国菜、日本菜、川湘菜、粤式的小吃和糖水，我从美食街的这头晃荡到那头，想吃什么就吃什么，好在价格并不贵，我还能负担得起。当一道道美食在我的舌尖上绽放魔法的时候，当愉悦感在大脑里升起的时候，那些蠢蠢欲动的暗影便暂时后退了。我全神贯注地品味着那些美食，感受到愉悦感正一点一点慢慢往身体里充盈，我在心里告诉自己，我不想再伤害自己了，连这座城市都已经旧貌换了新颜，那我也要学会换另外的方式来应对困境，我要用美好的体验来取代痛苦的冲动。

我努力让自己开始学会享乐，学会感受更多的愉悦。除了享用美食，那些琳琅满目的商场和散发着书香的书店也是极好的去处，无论是各种精美的商品，还是各种人类智慧的凝结——书籍，都能充分转移我的注意力。而当晚上回到房间，我便继续对着谭先生的照片骂骂咧咧，用手掌用力拍打桌子……有时候我还会发短信骂老刘，骂他帮不了我，骂他没有一点用。当然，老刘一直都没有回应我，按照设置他也不好回应我。

两天后，我的症状完全消失了。

在接下来的分析工作中，又恢复了正常的我并没有责怪老刘把谭先生葬礼上的事情告诉我，虽然那会使我痛苦、使我愤怒，那会戳破我以为谭先生与我之间没有别人的幻觉，但我依然会想要知道一切的真相，了解真相比让痛苦消失更为重要。

但是症状消除后的我从此进入了很长一段时间的愤怒中，对老刘感到愤怒，对谭先生感到愤怒，对蚊子感到愤怒，对蟑螂感到愤怒，对这个烂房间感到愤怒。

第七节

回忆、感受和触摸

明年你还来吗？来！

我今年又来了，可是你已经不在了。

想到去年的那两句对话，我心情无比伤感地走进医院，下意识地又走到了谭先生原来的办公室那里，我一抬眼，便五雷轰顶般地呆住了：他原来的办公室竟然已经被彻底改建了，原来的模样已经荡然无存，不复存在！

我目瞪口呆地站在这条原来无比幽静的走廊里，我的耳朵听到了里面传来的某种仪器开启的嗡嗡声，心却像掉进了一个冰窟窿里，在短暂的震惊过后，一件我以为已经遗忘的往事又浮现在脑海：当年母亲去世后，父亲没有经过我的同意，就把母亲留给我的一只翡翠手镯，也是她留给我的唯一的一件遗物，自作主张转送给了别的亲戚。当年的我什么也没说，作为女儿我不能去责怪父亲，只能在心里默默地痛苦，如同血淋淋的伤口又被撒上了厚厚的一层盐。此刻我的心里便是这般同样的感受，似乎连心里那最后的一丝念想都被剥夺了。

在整个学习期间，我都是痛苦而又烦躁的，但我又必须压抑自己，不愿意被其他人发现我的痛苦。因此当原来的一个同组同学问："去年你怎么退群了呀？发生什么事了吗？"我装作平静地回答道："没发生什么。"我本就是一个不擅长跟别人谈论自己的人，我一直都觉得这个世界没有什么感同身受，除非对方也经历过同样的痛，我的人生经历太过于惨痛，超出了同时代生长背景下同龄人的想象和理解，所以，我从不强求别人能够理解我，如果对方不能理解，那么我又何必要去提及呢？况且，谈论自己内心的痛苦根本就不是一件容易的事情。

在每天上午的大课里，我不再频频回头，我几乎一动不动地坐着，没有扭着脖子往后面望过一次。倒是童同学似乎有些不习惯了，偶尔会问问我："你还好吗？"

我每次都故作淡然地回答道："我还好。"

但是有一次我失控了，终究是没能忍住自己的情绪。在某次聚餐后仍然缭绕的香气中，当十来个同学议论谭先生这件事的时候，我终于抑制不住地流下了眼泪。在场的人似乎吓了一跳，有几个人下意识地投射过来厌恶的目光，用厌恶甚至带了些憎恨的目光望着我，我赶紧带着几分羞耻感自觉地走开了，我知道，在人际群体中，大多数人并不喜欢看见别人的黑暗与痛苦。人们想要看见的，是那些美好、温暖和笑脸之类的东西。

在那之后，我觉得自己必须要出去走走，必须去做点什么才能心安，必须为了疗愈这个巨大的创伤而去努力做些什么，于是我一个人默默开始了我的哀悼之旅。

在申城学习期间，我坐着公交车去了谭先生在其他单位挂职的地方，找到了他的办公室，坐在他的座位上抚摸着桌面，感受着他留下来的气息，默默垂泪。

这一期的学习结束后我回到了越城，过了一段时间后，我在盛夏的某一天出发，坐了七八个小时的高铁去了另一个边远的省份，找到了谭先生读书的学校，我走在他曾经待过的校园里，看见天空是那么蓝，鲜花是那么美，想到他再也看不到这些了，不由得黯然神伤。

在谭先生一周年忌日的时候，我从越城又重新来到申城，这次我没有去墓地，而是在他原来家的楼下坐了整整一个下午，冬天的室外有寒风一阵阵吹过，我坐在冰凉的石凳上却浑然不觉……

我用了整整一年的时间去回忆、去感受、去触摸一个更真实的谭先生，在他一周年忌之后，我结束了哀悼的行为，重新踏上了北上的列车。

高铁在晚上到达了北方这座城市，当列车快要到站的时候，我站在车门内望着这座灯火阑珊的城市，忽然就落下了两行眼泪，只有我知道自己这一年到底经历了些什么，我识别出自己的这些泪水属于哀悼，哀悼谭先生的离去、哀悼那些施受虐痛并快乐的时光、哀悼自己与他今世再也不能重逢的遗憾……我知道我永远也不可能忘记他了，我以为经过一系列的哀悼之后，在经过一系列有意识的告别之后，我便可以真正把他放下。而事实上，在我去过谭先生曾经工作的地方、曾经就读的学校、曾经居住的小区之后，对他的了解更加全面了，对他的感受更加立体了，他是一个真正的好人：勤奋、克制、隐忍、善良、专业、细致。他在我的心里变得更加熟悉和亲切，当哀悼结束后，我们的关系并没有终结，而是似乎产生了一种新的连接，在这个新的连接里，我接受了谭先生的死亡，并且我在对自己进行有意识的自我惩罚中消磨掉了一些对他的内疚，这样一来我就不会在潜意识里破坏自己的现实生活了。我决定今后将会试着学习他那些好的性格特质，从而让自己也变得更好。我望着城市上空那一大块黑色的幕布，不由自主地想着：如果他能给我留下遗言，他会对我说些什么呢？不论怎么想，我都觉得，像谭先生那么善良的人，一定是叫我好好学习、好好生活、不要内疚、不要伤害自己之类的吧。

我不禁连带着想到了每一个死去的亲人，父亲、母亲、奶奶、未曾谋面的爷爷、外公外婆，如果他们也都能够给我留下遗言的话，他们又会说些什么呢？我把亲人们挨个想象了一遍，我觉得不仅是以前很爱自己的母亲，就连对自己不那么好的父亲、奶奶，他们也一定会对我说：好好活着、好好生活、不要伤害自己。

我突然就很想要好好地活下去了，我要替那些死去的亲人们继续活着、好好看着这个世界。

与此同时，我心里也不得不承认，有些事情发生了就是发生了，就不可能再回到完全没有发生之前的模样了。尽管现在我已经懂得用所学知识理解、觉察和帮助自己，我不再像母亲去世后那样，让自己陷入那么多年地狱般的生活中，但我也不得不承认，失去所爱之人的遗憾、空虚、痛苦以及像被砍去了身体一部分的缺失感，也许一辈子都将挥之不去。

第八节
消失的老刘

时间过得真快，一转眼，回到北方又过去了八个月。

现在每当我描述一件事情时，总会刻意地提到时间，什么时候、多长时间……我越来越觉得，对时间的描述和记忆是如此重要。

曾经我对于时间有种非正常人类的凌乱感，曾经经受的创伤把我的感觉和回忆割裂成了无数的碎片，并且有一些碎片似乎永远遗失了，就像云消散在虚空，水消散在水里。我在重新回到越城的那段时光，在那座城市的不同角落里，打捞起过去许多消散的心灵碎片，并努力将它们用时间线黏合在了一起，拼凑出了一个个比较连贯完整的事件。尽管还有许多碎片仍然遗失在外，但我相信总有一天它们会随着我内在的强大自然而然地逐渐浮现。有些过于痛苦的事件，暂时遗忘也好，那是一种对心理的保护。

时间是什么呢？在禅宗的概念里时间是一个幻觉，在爱因斯坦的理论中，时间是相对的。而在这个三维空间里，我想着也许时间即意味着有过去、现在、将来，通过对时间的描述和记忆，将事件纳入时间之内，它们便会随着时间成为过去，否则将一直在时间之外永恒地存在。

死亡是不是就是走出了这个时间之外呢？我不知道。

我只知道，也许我想要的那种永恒，只能存在于刹那之间。

人们所能把握的，也只能是当下的这个瞬间。

这次从南方回到北方后，我发现丈夫也变了，他带着一种对我失而复得的珍惜，恢复了曾经对我的那些好，我们开始一起聊天、一起做饭、一起看电视、一起去公园散步，像每一对老夫老妻那样平平淡淡却又配合默契。

我跟老刘的关系一直都持续着，每周一次的分析我很少缺席。老刘不像老木那样把自己防御得严严实实，也不像谭先生那样对人掏心掏肺地付出所有，他似乎不是那么好也不是那么坏，不是那么远也不是那么近，他并不处在非黑即白的两端，平心而论，他其实是一个很不错的分析师，但在我的感受里，他似乎有点游离在理性，但又有点琢磨不定的中间，这对原本有些边缘的我是一个磨炼，也是一个很好的榜样。我觉察到随着时间的推移，我对他还是产生了移情，我们对陪伴自己走过痛苦的人当然是会产生情感的。

在与他相处之初，我多多少少还有些不适应，就像把一颗有棱角的心脏放进了打磨机器里，感觉有些不舒服，但渐渐地便也就习惯了，我发现自己越来越没有那么执着了，从这方面来说，似乎老刘也是适合我的。与此同时，他那种自我的气质也让我感觉他越来越像我的父亲，终于有一天，我对他脱口而出："爸爸！"

他有些意外地"呃"了一声，却并未说什么。

谭先生给我的是母亲般无私的关爱与温暖，我却因为过去的创伤把这段关系变成了施受虐的纠缠，最后，他也像我母亲那样早早离世了。而老刘，却逐渐呈现出我父亲的一些特质，这究竟是他对我的投射的认同,还是他本来就如此呢?

老刘像我的父亲,这到底是老刘的性格本来就很像,还是在我的投射下形成的呢?

这个问题让我很困惑,但无论是哪一种答案,都让我明白了自己当时为什么会莫名其妙地选择他,我终于深刻地体会到:我们并不是随机地选择了我们人生中的亲密关系,而是只和那些已经存在于自身无意识中的人相遇。

在谭先生去世之后,这是一段平淡稳定的时光,无论生活还是学习,一切都很平稳,我也没有再出现任何莫名其妙的症状,我变得更加努力学习,我想要将来能像谭先生那样去帮助别人。虽然我不知道自己什么时候会死,但活着的时候就尽量做一些有意义的事情。

到了这一年的夏天,我做出了一个大胆的决定:我决定要一个人去东南亚学习和生活一段时间。如果说回越城是对过往经历的一个回顾,去国外则是学习迈向未知、体验一种完全崭新的生活。我冲动地办好了一切手续,并且买好了机票,在见诸行动完毕后,未知的恐慌才翻天覆地地奔涌而来,于是在等待出国的这一个月里,我陷入了巨大的焦虑。

在分析中,我又开始了祥林嫂式的念叨:"我好焦虑啊,我以前没在国外生活过。"

老刘温和地安慰我说:"不用太焦虑,东南亚不远,待不下去了就回来。"

我又说:"我的英语不好可咋办?"

老刘说:"没关系,大不了就跟人比画手势呗。"

但是我总觉得老刘的安慰太轻描淡写，像微风吹过，不能缓解我重如泰山的焦虑，当我焦虑或犹疑时，我总是想要得到一而再、再而三的确定和安慰。我开始惶恐不安地想象出国后可能会遇到的可怕之事，未知像宇宙间那个巨大的黑洞，鬼魅般地凝视着我。我觉得面对未知就如同在等待一个必定要到来、却不知什么时候到来的死亡。

我又开始犯病了，很久没有犯病的我又开始发作了。我在分析时间外给老刘不停地发短信，有时候是述说自己的焦虑，有时候发的则是一些生活中的见闻，有时候是一些搞笑的表情包，总之我一焦虑就控制不住自己的手，几乎每天都给老刘发上好几条短信。

老刘起先偶尔会回复两句完整的句子，诸如"遵守设置，有话到分析中来说"之类的，后来变成了"嗯""哦"的字眼，再后来便不再回复了。然而他越不回应，我就越要想办法让他回应，我发的短信反而会越多。

终于有一天我完全失控了，我开始给他打电话，等他接通了后却又立即挂掉，并不说话。我就像一个调皮不懂事的孩子，故意去激惹大人，让对方产生哪怕是暴怒的反应，好像只有这样，才能更好地缓解内心的焦虑，才能让他知道我到底有多么焦虑。

老刘在工作中试图分析这些，我却固执地不肯深入言说这些焦虑背后的东西。他无奈地说："如果你一直这样，我们就只能停止工作了。无论是什么都应该只拿到分析中来说，而不是在分析外发短信、打电话。"

我以为他只是吓唬吓唬我而已，但是我没有想到的是，老刘倒是一个干脆利落之人，在我如此这般打过他三四次电话之后，他马上就把我们之间所有的联系方式一下子都拉黑了！

就像六月的天空突然下起了雪，我像一个被突然抛弃在无边旷野的婴儿，哇哇地啼哭。

我疯了似地一遍一遍给他的微信留言、给他的QQ留言、给他的手机号留言，可是所有的文字都像石头一样无声无息地沉没在水底，令人窒息。我拨打他的手机，永远都是忙音。

老刘就这样消失在了我的生活中。

我崩溃了。我就像一个嗷嗷待哺的孩子被抛弃在无边的旷野，被抛弃的痛苦让我每天都以泪洗面，我什么也干不了，每天只能一遍又一遍给老刘无望地发短信，希望奇迹发生、希望他还能有一丝丝的情感或者怜悯，重新回复信息并接纳自己，只要他重新出现，我就能立即好起来。如果他能回来，我一定不会再试图刺激他、试探他，我已经深深地明了：他不是谭先生。

我哭泣着，茶饭不思。我没有出现解离、没有惊恐发作、没有心脏绞痛，但我的身体还是有所反应，开始上吐下泻起来。渐渐地，当我痛苦哭泣的时候，不知道为什么，我的眼前总是浮现出父亲葬礼上的场景，浮现出父亲躺在红丝绒盒子里的样子，浮现出山坡上的那块墓地……这些闪回让我更加痛苦。

我像分裂了似的，每天当我绝望地给老刘发短信时，脑海里却是父亲的影子在不停闪现。于是，在一次比一次更强烈的绝望中，我觉察到了那些曾经被压抑的情绪——永远无法取悦到父亲，以及被父亲抛弃的不甘。

我觉得这应该就是当初我非要找老刘做分析的心理动力吧，

我试图改变他，就仿佛等同于改变了父亲。

可如今我在原来焦虑的基础上，又增添了被抛弃的痛楚——我再一次被抛弃了。无回应之地即绝境，死亡即无回应，无回应即死亡，老刘在我的心里如同死去了一般。

第九节
自我的力量

　　焦虑中的我坚持不下去了,与焦虑同时升起的,还有对自己强烈的羞耻感:我瞧不起自己,我怎么又犯老毛病了呢?我不愿再继续这样下去了,我烦了,我想要跟过去不一样了。

　　我为什么对老刘也会产生分离障碍?我一直以为自己会像离开老木那样轻松,却没想到仍然会感受到痛苦,难道自己一直都会这样的吗?跟有过连接的人一旦分离就痛苦难当?我讨厌自己的分离障碍,我想要改变。我不想一再重复这样的模式了。

　　我曾经在申城学习期间,跟几个女同学相约着减肥,她们想减肥的原因是为了健康或美丽,而我,则是在了知了自己在强迫性重复父母的一些命运之后发誓要改变,要改变的入手点,就是体重,我用减肥来表达自己想要改变的决心。我和父母一样,都是年轻时特别瘦,进入中年后身材发福,因此,我决意要跟他们不一样,我在大半年的时间里用健康的方式一下子减掉了近三十斤。当我再去申城的时候,把同学们都吓了一大跳。

　　改变命运就是改变自己的模式不是吗?觉察到自己的模式是什么,然后把不好的模式打破、改正。

　　思忖良久,我终于决定跟珊同学打个电话,向她求助。

　　如果要问这几年做分析的过程带给我最大的影响是什么,我最先想到的,是自己终于学会了向他人求助。在母亲去世不久后,在我几乎没办法活下去的时候，也曾求助过自己有至亲血缘的人，得到的只是对人性的怀疑。也就是从那时候起，我甚少与人说起自己的痛苦与难处，并且无论多么困难都不轻易求人，只是以光鲜亮丽的面目示人……然而这几年我终于开始相信有些人是善意的、是愿意助人的，自己也是值得被帮助的，无论是谭先生、老木，还是那些只工作过一两次的其他分析师，还是那些热心的同学，都真诚地帮助过我，这些经历给了我新的体验和信心。

我和珊同学相识于一次小组，在得知我的一部分经历后，珊同学曾带着我见过一位行业内著名的分析师，老师是外国人，平时也教课，那段时间在中国，珊同学是他的御用翻译。那次的见面谈了好几个小时，让我非常受益，只不过自己英语不好，虽然觉得这个老师真的很厉害，但是不敢有找他做分析师的想法。

在这一天我终于鼓起勇气给珊同学打电话，告诉她最近关于自己发生的一切。我的额头和手心都冒出了细汗，握在手里的手机滑溜溜的像一条鱼。

我沮丧又无奈地说道："我现在也不知道该怎么办了，我太痛苦了！这几年我被疗愈了很多，那些自毁自虐、施受虐、不想活、边缘……已经好了很多，但是分离障碍依然这么严重，离开依恋的对象就简直活不下去……"

"这又是一种丧失啊！"叹了一口气，珊同学说道。

"现在你身边有别的支持吗？有其他人在支撑你、帮助你、安慰你吗？"她问。

"没有。我平时没有朋友，我习惯了只对自己的分析师讲述自己。有几个同行的同学讨论专业知识比较多，谈论自己的事情相对还是比较少。我老公不是学这个的,所以他不是很理解。"我回答。

"这是一种丧失,他受不了了其实可以将你转介的,而不是一走了之。"珊同学说。

"每一任分析师都知道,我有严重的分离障碍。"我说:"我越是有分离障碍,就越是遇到这么多的死亡和分离,可能我就是这样的命运吧,总是会被抛弃的命运,一而再、再而三地体验分离和死亡,我就是这样的命。谭先生去世后我几乎都没法活了,我特意花了整整一年的时间去哀悼才慢慢走出来,但那是因为他对我很好,我也对他有深厚的感情,可让我觉得很无奈的是,老刘明明都已经拉黑了我,他对我不好,我却为什么还会对他有依恋,对他竟然也无法分离。我唯一没有分离障碍的就是老木,那是因为我觉得他太遥远而且相处时间比较短,所以对他没有产生连接感,只要有连接感,我就会难以分离,我真的很恨我自己会这样……"

"我们依恋一个人不要觉得羞耻,在分析中,我们就是会退行的,我们就是会像一个孩子依恋父母似的依恋我们的分析师,这是一个正常的过程,你对他产生了父亲般的移情,负移情也是移情。分离当然会觉得痛苦啊。"珊同学温柔地安慰道。

"他的心真狠啊!跟我父亲一样狠!无论我怎样放下自尊苦苦哀求,述说我的痛苦、告诉他我无法分离,他都再也不理我了。我经历的死亡太多,所以任何的分离都会激活那些死亡创伤,并且会有严重的躯体反应。"说着说着,我又想要哭了。

"他非常清楚地知道我有这些症状,但他的心就是很硬,他烦了,直接就抛弃我了……他经不住我的试探,所以直接就把我扔了,让我生不如死。"我恨恨地说道,眼泪终于还是止不住地掉下来,我有些难为情地说道:"所以我其实是想求你一件事,你可不可以跟那个老外老师说一下我现在的状况?问一下我现在该怎么办呢?我觉得我不能一直这样下去了,不能一直去依赖别人,不能一直离不开别人,我也不想再去找一个新的分析师来转移注意力,不想一再地重复了,所以我不知道该怎么办了!老师是这么著名的创伤治疗大师,他一定知道我这是怎么啦,他一定能指点一下我该怎么办……"

"可以啊!老师现在在国外,正好今天要和我在视频上见面谈工作,我待会就问问他。"珊同学马上就爽快地答应了下来:"我算一下……我和他一个小时后见面,这样吧,我两个半小时后给你打语音电话,你先等等哈。"

"好的好的,太感谢了!"我挂了电话。

我急切地等待着,为了缓解这种急切,我忍不住在客厅里来来回回踱起了步,但是这种急切中又包含着一种安心,就像是一个掉落在水里的人,听到了岸上有人冲我大喊:你再坚持坚持,我去拿棍子来捞你……此时的我坚信自己能够等来救援。

窗外的马路上哇啦哇啦地开过一辆洒水车,很快四周又静了下来。

在等待中,我又忍不住拿起手机试了试老刘的微信号,我发了一个表情,对话框里马上显示对方已经将我拉黑,我无声地叹了一口气,又把手机放下了,但是心里不再那么难过了。我后知后觉地想起了和谭先生的最后一次见面,那次他说他不放心,觉得老刘可能会扛不住我、会伤害我……原来，他一早就懂得我的脆弱，一早就懂得跟我工作的难度。

两个多小时在胡思乱想中过得飞快，珊同学很快把语音电话拨了过来："我把你现在的情况跟老师说了，你以前跟他说过的那些事情他都还记得，你的经历比较特别，他对你的印象比较深刻，所以我也不需要重复太多了。我跟他讲了你的现状后，他回复了一大段话，我简单记录了一下，现在转达给你哈，下面这段话是老师说的哟。"

我连连点头："好的我明白，我在认真听着。"我把耳朵更紧密地贴近了手机，像一个虔诚的弟子。

珊同学开始转述："对于你的分析师，你说是扔，你认为是他扔掉了你，我却觉得是他逃跑了。他还能怎么办呢？他的确扛不住你那份沉重的焦虑，在你的分离焦虑后面，是一次次死亡的叠加，是一次次被抛弃的创伤，是小小年纪便在生存线上的苦苦挣扎……所以他很难扛得住的。再说你给他打电话也是在破坏设置，这个的确会让分析师很烦躁，对于这种设置外的扰动，没有几个人能够耐受得住！他没有办法，只能一走了之了。你知道吗，慈悲也是需要极大勇气的呀！"

"所以，他不见得是抛弃，而是承受不了。不管你愿不愿意，你都忍受了那么多的痛苦，承受那么多的人生苦难，但是你知道吗，这些痛苦对另一个人来说，是不一定能承受得住的，就像女性能忍受得住生育的疼痛，男人却不一定能经受得住。你经历过这么多严重的心理创伤，不是所有人都能经受得住的，有些人甚至只是看到或者听到这些都会觉得害怕。所以你要知道自己有多强的坚韧，能支撑到现在。"

"你知道吗？你有没有想过，你其实已经被生活磨砺成一个高手了，你想找到跟你一样经历那么多创伤还能活下来的人几乎是不可能的，还想要找到更高的，唯有你自己了！所以到了这个时候你要放弃向外寻求了，放弃寻求外面还有一个人能治疗你。一直以来你都忽略了自己的能力，现在你应该要学会自助了，霍妮就是用自助的方式把自己培养成了一个精神分析大师。你要放弃向外求，用你学到的东西好好梳理自己，我觉得你可能在事件的解释上走了反方向。例如，你说分析师逃跑了，你却觉得是他抛弃了你、扔掉了你，就好像他是一个强大的人，他把弱小的你抛弃了，这个相反的解释会让你否认属于自己强大的部分。你把强大投射给了对方，却把糟糕的部分留下来给自己内化了。所以，你如果有意识地去扭转过来，就一定会找到自己内在的平衡，你会真正强大起来，因为你原本就是强大的呀，经历了这么多创伤的人还能活下来，你真的不知道你有多么强大！你的那个分析师受不了你、扛不住你，这很正常，因为你给他打电话就是在突破设置，让人受不了！因为谭先生非常非常善良、真心想帮你、真心想要你好起来，所以才能够一直忍耐，而且他也崩溃过。而老木，用他的防御离你远远的，也是在保护他自己啊。但是他们都帮到过你，每个分析师都或多或少帮到过你，他们帮过你，但这只是一个过程，现在你应该靠你自己了！"

"靠分析师只能是一个过程，最终你还是要回到你真实的生活中来的，你一定能做到的，你经历了如此多的人生苦难，都顽强地活了下来，还有什么是你不能承受的呢？你完全可以自由地过你想要的生活，无论是去东南亚还是留在中国北方，你都可以自由地过你想要的生活，而且，你经历过的那些创伤也是很有价值的，你可以更深刻地理解和共情别人的痛苦，感同身受地去理解，你的共情能力会比一般人要深刻得多，你对生活、对生命一定会有更深刻的理解和领悟……说这么多，我就是想让你明白，你是有力量的，你的存在是有意义的。"

就像被一道道接连不断的雷电反复击中，那些语言裹挟着巨大的能量一波又一波地呼啸而来，我像块破石头似地呆立着，脑袋懵了一阵又一阵，整个人都无法有任何的反应。慢慢地，过了好一会儿，意识才又回归到了身体内，我像无数次死过去又活过来、活过来又死过去，最终重新复活了一样猛然间激动起来，我被这番话彻底撼动了，那些原本根深蒂固的念头、想法、自我认知统统都被撼动、被颠覆了，我的整个身心渐渐变得如火山似的沸腾，我如梦初醒般地恍然大悟：啊！我怎么没想到呢？我以前怎么没能用这个角度去思考和理解呢？我总以为自己是那么脆弱、幼稚，甚至糟糕，我以为我总是要去依恋某个人，否则就简直没法活下去。原来不是这样的，不是这样的呵！原来我是有力量的，我的存在是有意义的！

那些过往经历过的痛苦：挨打、挨饿、流浪、怕鬼、被抛弃、被囚禁、母亲的去世、父亲的去世、谭先生的去世……一桩桩一件件地涌上来，像加快倍速的电影，飞快地在眼前过了一遍。我第一次惊讶地发现：原来自己竟然在不知不觉中承受了那么多的痛苦，原来自己已经经历了那么多的磨难！原来能熬过这些痛苦活了下来就是一件了不起的事情！原来自己是生命力这么

第四章 谭先生死了

顽强的一个人!

我终于醍醐灌顶般地想起了那句话:那些杀不死我的使我更强大。原来,自己是有力量的,并且是那么的有力量,却一直被自己的习得性无助和自我贬低惯性思维给忽视了。

原来,面对自己的创伤和人生经历,完全可以有不同的解释和不同的看法……与此同时我还想起了《六祖坛经》里的另一句话:迷时师渡,悟时自渡。原来如此,原来如此啊!

"谢谢,谢谢,我明白了,我明白一些了。我能活下来已经证明自己的强大了,我并不会因为失去了对某个人的依恋就活不下去。事实上,当年谭先生去世之后,我不也还是熬过来了吗,只要自己不放弃,我们总是能活下去的,而且我原来就是有力量的。以后我会好好地梳理自己,心内求法,找到自己真正的平衡……谢谢,谢谢,太感谢了,我也感受到了你强大的支持。"我连连道谢,难以抑制内心的澎湃。

"嘻嘻,现在知道自己是一个高手了吧,要知道你自己很有力量,而且,不是所有人都会抛弃你的,至少我会一直都在,只要你愿意,你有什么都可以跟我说一说。对了,明年我可以去东南亚看你呢,我离你那不远,坐飞机一下子就到了。"珊同学说。

我感动得直点头。

挂了电话之后,我站在窗前又一次仰望着天空,忽然觉得自己也渐渐地空了,仿佛附着在身上的一些什么东西在纷纷掉落,就如同眼前的那片蓝天,澄明清净。我想:这便是一个新的开始,从此我要让自己学会进入一个新的阶段。

我很清楚地知道,我的恐惧、焦虑、胆怯依然还在,因为死亡一直都在，如影随形，人与人之间的分离是必然的，每个人都终将只能孤独地走向自己最终的归宿。如果再次遇到没有任何预兆的创伤事件，也许仍会让我对生命的脆弱和无力感充满恐惧，也许仍会让我出现各种状况。但是我告诉自己，无论将来遇到什么，我都会依靠得到过的那些爱与关怀，更要依靠自己的力量坚持下去，我会在死亡与创伤的环绕中，努力地活下去。

生命的意义是什么，我已决定不会再去执着地询问他人。加缪说："如果你一直在找人生的意义，你永远不会生活。"我以前就是因为太爱抱怨过去，还总想要得到一个道歉，结果就在这个过程中错失了更多宝贵的东西。重要的是我们活着的每个当下，就像禅宗里一直在提倡和练习的那样，活在当下。

一股自然而然的力量推动着此时的我，我忽然很想重新尝试禅坐，重新进行已经中断了好几年的禅坐，那因为极度的愤怒情绪而不得不中断的禅坐。我找出了已经许久没有用过的垫子，掸去灰尘，安然地坐了上去，我盘着腿，微闭了眼，把注意力放在人中那里，吸气时感受到人中的微微凉气，呼气时感受到人中的微微热气，渐渐地，渐渐地，我身体的全部感官都静了下来。在这种安住在当下、身与心的和谐中，我的内心慢慢充盈起如同天空般广袤深沉又苍凉的宁静。

那天晚上，我做了一个很美好的梦——梦见了谭先生，在梦里他久久凝视着我，他是那么认真地看着我，眼神温厚而深沉。我也默默地回望着他，专注地望着他，我们就这样互相心无旁骛地注视着彼此。就这样望着望着，我感觉到一股能量从四面八方涌入我的身体，让我觉得自己变得勇敢和自信了很多。醒来后我明白到，谭先生那种没有对我企图心的关怀，那种永远都不会抛弃我的包容，终于被我完完全全地内化了，化成了精神能量与我融为了一体。

后来，我如期登上了飞往国外的航班，勇敢地面对未知的生活，那时候的我压根不会预想到，另一个巨大的困境在等着我。当我一个人身处异国的时候，猝不及防的意外发生了，世界陷入了巨大的恐慌中，这完全就是一场灾难，病毒肆虐，有些人死去了，有些人失业了，有些人与亲人很久不能相见……世界原本正常的生活秩序全都被打乱了。那时候我跟很多人一样每天都害怕得瑟瑟发抖，尤其是当看到我暂住的那个城市宣布封城的消息时、当看到我的国家和我暂住的国家之间停航消息的时候，我一个人在公寓里大哭，真的很害怕流落在异国他乡不能回国。不过，哭归哭，却努力地熬了过来，哪怕是在最艰难的时候，我也从未想过要放弃。我曾亲眼见过因封城而抑郁跳楼自杀的老太太遗体落在我的阳台下，很害怕，也很为她感到遗憾，但我更加顽强地坚持了下来……在那段时间，我把这辈子的方便面份额都吃完了。

后来终于等到两国之间的复航，我就历经艰难险阻地回来了。

但是我也完全没有预想到，在我最艰难的时刻，我和老刘重新联系上了，过去毫不犹豫抛弃过我的他，让我以为永远都消失不见了的他，却在这个巨大的全球性恐慌面前，让我在异国他乡感受到了他的温暖、支持与关怀，除了让我感动，也消除了他之前带给我的抛弃感和绝望感。

当然这是另一个故事了，人生就是一个故事接着一个故事。我们活着，人生才会有更多的可能性，才会有更多的希望，万事万物总是在变化的，怎么可能会永远停留在某个固定的时刻呢？无常，并不只是代表悲伤和无奈。

　　我现在就是特别想要好好地活着，活着，去看到这个世界更多的可能性，去看到自己更多的可能性。虽然最后谁都会死，但如果我们认真生活过、认真体验和感受过便是值得的。生命本身就是一场体验。

尾声

不用谢。是我应该谢谢你这大半天的陪伴和聆听。

很高兴听到你说你因我的故事领悟和释然了很多,虽然我知道这完全是因为你自己原本的智慧与坚韧。我们的答案总是在我们的问题里,就像未来存在于当下的这一刻里。

你还如此年轻,我羡慕你不流泪时也闪烁着光芒的美丽双眼。

好的,你先走,你还要去车站搭班车回学校。我的丈夫待会儿会开车过来接我,我再在这里待一会儿。

是的,他变得更体贴、更成熟一些了,疫情让他更懂得珍惜当下、珍惜眼前人。

最后我想我们应该交换一个联系方式,也许电子邮箱更合适,用来万一出现什么状况时需要进行行程报告,你觉得呢?毕竟是在特殊时期,该遵守的规则,还是要遵守的。在国家机器的运转面前,我们是一个单位最小的个体,而且,这个世界也许并不存在绝对的自由。

好的,记下了。

祝你一切顺利。

再见。

专业名词解释

解离（dissociation）：精神分析的重要概念。是一种无意识的防御机制，它将一系列心理或行为过程与个体的其他心理活动隔离开来。——《维基百科》

移情（transference）：精神分析的重要概念，最早由弗洛伊德提出。移情是指患者的欲望转移到治疗者身上而得到目的的过程。——《维基百科》

反移情（counter-transference）：又名反向移情。精神分析的重要概念，指治疗者在精神分析过程中对患者产生的潜意识情感和态度。——《百度百科》

现实解体（derealization）：是一种精神症状，患者感到外部世界的性质发生了改变，因而显得不真实，患者一般知道这种改变是不真实的。——《精神医学》

投射性认同（projective identification）：精神分析的重要概念，最早由梅莱因·克莱因提出。是一种防御机制，在该机制中，一个人幻想自己的一部分自我被分割并投射到物体中，以伤害或保护被拒绝的部分。——《维基百科》

施受虐（sadomasochism）：一种施虐与受虐结合在一起的状态，在与别人的社会关系和性关系中，同时存在屈服和攻击的态度，伴随的强烈的破坏倾向。——《精神病学词典》，牛津大学出版社

读书笔记

读书笔记

读书笔记

走进正念书系
STEP INTO MINDFULNESS

2023年重磅上市！

国内罕见的正念入门级书系
简单、易懂、可操作
有效解决职场、护理、成长中的常见压力与情绪难题

正念之旅
从0到1，正念比你想得更简单

ISBN: 978-7-5169-2430-3
定价：55.00 元

叶子轻轻飘落
在生命的艰难时光中，关爱与陪伴

ISBN: 978-7-5169-2429-7
定价：55.00 元

待出版

职场正念
享有职场卓越绩效、非凡领导力和幸福感

正念工作
唤醒强大的生产力、创造力和幸福感

青年人的正念
以好奇、开放的心态探索正念和冥想

扫码购书

沅心理
2023年重磅好书隆重上市！

孤独之书

谁最懂你的孤独？
ISBN：978-7-5169-2426-6
定价：55.00元

生命的对话

如何在风华悄逝中，依然
让生命绽放光彩？
ISBN：978-7-5169-2428-0
定价：55.00元

爱与虐

在关系的撕扯与较量中，
实现一场完美疗伤
ISBN：978-7-5169-2425-9
定价：55.00元

扫码购书

杨定一博士 《全部生命系列》

天才科学家中的天才　　　　　　中国台湾狂销排行 NO.1
奥运冠军心灵导师耗时 10 年大爱力作　彻底优化并改写无数人的命运轨迹

进阶生活智慧　活出人生真实　收获生命丰盛

用断食让身心彻底净化、
轻松逆生长！

ISBN：978-7-5169-2319-1
定　价：89.00 元

大健康领域开山之作
统领先进实证研究和中西医科学文化

ISBN：978-7-5169-1512-7
定　价：69.00 元

让自己静下来，
是这个时代的非凡能力

ISBN：978-7-5169-1947-7
定　价：69.00 元

让睡个好觉
成为简单的事

ISBN：978-7-5169-1511-0
定　价：75.00 元

步入生命的丰盛，
成功和幸福滚滚而来

ISBN：978-7-5169-2004-6
定　价：65.00 元

扫码购书

健康饮食书系

吃出健康 | 吃出青春 | 吃出活力 | 吃出快乐

健脑饮食

数十年脑健康饮食研究结晶
"护脑三步骤"轻松提升
大脑日常功能

ISBN: 978-7-5169-2427-3
定价: 69.00 元

食而无惧

拥有无限的饮食自由
识别、预防、治疗食物过敏、
不耐受和敏感

ISBN: 978-7-5169-2223-1
定价: 79.00 元

情绪饮食

探知饮食背后的心理奥秘
彻底远离各种饮食障碍

待出版

复兴饮食

有效减脂、增肌的
科学饮食指南

待出版

扫码购书